Les
Mange-Rêve
L'enfer blanc

JEAN-LUC LE POGAM

LES MANGE-REVE

L'ENFER BLANC

ISBN : 978-2-37554-152-4
Dépôt légal : août 2018
Loi n° 49-956 du 16 juillet 1949 sur les publications destinées à la jeunesse, modifiée par la loi n° 2011-525 du 17 mai 2011

Slalom | un département **place des éditeurs**

place
des
éditeurs

Un jour c'est sûr, on oubliera
Qu'y avait des neiges éternelles,
Des hivers longs, des hirondelles.

Yves SIMON

Slalom

La seule chose promise d'avance à l'échec,
c'est celle qu'on ne tente pas.

Paul-Émile VICTOR

Moi, j'aime bien novembre.

Novembre, c'est l'hiver, le vrai, ce mois de l'année où les températures peuvent atteindre les moins trente degrés d'un jour à l'autre. Trois mois déjà que la buée sort de la bouche des copains dans la cour du collège, de celle des gens qui se parlent dans les rues à la sortie d'un magasin, du cinéma. Sur les quais de gare, quand ceux qui s'aiment doivent se quitter et se murmurent des mots rien que pour eux, des mots qu'on voit se transformer en vapeur d'eau avant de s'envoler. Peut-être que les mots des gens rejoignent les nuages pour se métamorphoser en fines gouttelettes qui retomberont ensuite sur le toit des maisons ou dans la mer, en pluie pour faire grandir les fleurs, en neige pour repeindre de blanc les villages et les villes. Peut-être que les mots méchants font les tempêtes et les mots doux la bruine.

Novembre, c'est aussi l'arrivée des glaces.

De la maison où je vis avec mon père et ma belle-mère, je les regarde depuis des semaines s'emparer chaque jour un peu plus du golfe, enserrant les embarcations, dévorant silencieusement les rives et les chemins côtiers qu'elles ne lâcheront plus avant le mois de mai.

Mon grand-père dit qu'avant le grand dérèglement climatique, l'hiver ne durait que quelques mois, qu'il débutait en décembre et s'achevait en mars. L'oie bernache et autre canard pilet quittaient alors les eaux de la petite mer pour laisser place à la sterne pierregarin ou à l'échasse blanche, autres migrateurs.

Aujourd'hui, il ne reste rien de tout ça. La nature, vaincue par le poison des hommes, a fini par capituler.

Et c'est encore pire depuis quatre ans. Depuis les élections de juin 2030.

Grand-père Yvon et mon père le répétaient depuis des années que ça nous pendait au nez à tous.

Eh bien, c'est arrivé.

Bogdich a été élu président à cause de tous ceux qui ne se sont pas donné la peine d'aller voter contre lui. Et je te jure que depuis, ça craint un max ici !

Alors, aujourd'hui, 16 novembre 2034, j'ai décidé d'écrire tout ce que je vois, tout ce que j'entends et tout ce qui se passe ici, parce que ça empire tous les jours.

Mes lettres, je les enroule sur elles-mêmes, puis je les glisse dans des bouteilles de verre que mon grand-père a oubliées depuis des lustres au fond de sa cave. Je les ferme ensuite systématiquement à l'aide de bouchons de liège qu'il a gardés dans ses vieilles boîtes en ferraille rouillée.

Peut-être qu'un jour je montrerai ma collection de messages à mes potes Thibault et Mélanie. Mais comme pour l'instant j'ai peur qu'ils se demandent ce qui m'arrive encore, je préfère n'en parler à personne. Et puis, s'il survient quelque chose de grave, s'il y a un raz-de-marée ou un truc du genre après la fonte de la neige, mes bouteilles sortiront de la maison toutes seules. Elles traverseront les océans et iront raconter les choses d'ici à ceux qui vivent de l'autre côté du Mur. Le reste du monde pourra alors lire mes mots et on saura partout que ce qui se dit chez nous à la télé et à la radio en ce moment n'est que mensonge et manipulation.

De toute façon, nous, par le collège, on le savait déjà, que c'était du bidon !

Madame Le Floch, la prof de français par exemple, ne cessait de nous le répéter :

— Cette télé, Internet et ces maudits jeux vidéo ne sont faits que pour vous empêcher de réfléchir ! *On* veut vous rendre idiots !

Mais personne ne l'écoutait jamais, la Le Floch ; elle nous prenait trop la tête avec son Ulysse, son Perceval et ses croyances à deux balles.

— On pourrait dormir pendant ses cours, elle ne s'en rendrait même pas compte, m'a un jour glissé Mélanie dans le couloir qui mène à la salle de torture numéro 245, où on allait passer deux heures de français avec le *Matin brun* de Franck Pavloff.

Mélanie, elle est trop sympa ! Comme on était déjà voisins dans notre impasse du Petit-Port, on a décidé dès la rentrée de poser nos trousses l'une à côté de l'autre en classe, ce qui n'est pas pour me déplaire. Avec elle, rien n'est jamais compliqué et tout tombe sous le sens. Elle a tellement d'énergie et possède un tel caractère qu'aucun garçon n'ose plus s'y frotter. Le gros Tornyol et sa bande de débiles de troisième par exemple. Ils s'en méfient depuis qu'elle les a fait virer du collège. Un soir, en rentrant chez elle après son cours de danse, ils l'avaient agressée, rouée de coups et avaient déchiré ses vêtements parce qu'elle n'avait pas voulu se laisser embrasser ! Elle s'était alors mise à hurler et n'avait dû son salut qu'à un couple de retraités qui l'avaient secourue avant de la ramener chez elle.

Mélanie, elle a juste pas de bol avec son beau-père, un type pas clair doublé d'un alcoolique, qui passe sa vie à refaire le monde enfermé dans son garage avec ses bouteilles de vin, ou à frimer dès les beaux jours au volant de ses bagnoles rutilantes. Il ne travaille jamais, il surveille. Il critique, il insulte et il frappe.

Souvent, quand ça tourne mal chez elle, en attendant le retour de sa mère infirmière de nuit à l'hôpital, elle vient se réfugier chez nous.

Dans ces moments-là, elle ne dit plus rien et ne fait que pleurer. Et quand elle revient à elle, elle dit : « Je n'en peux plus de vivre dans cette baraque avec ce dingue ! » Lorsqu'elle parle du dingue, elle dit toujours *l'autre*.

— Depuis que *l'autre* est là, j'ai plus ma place à la maison. Il veut tout commander. Il répète sans cesse à ma mère d'arrêter de payer pour mes cours de danse. Il lui dit qu'elle n'a pas à mettre leur fric là-dedans, que c'est du gaspillage. Et quand ma mère me soutient en lui rappelant combien il dépense chaque mois en alcool et en cigarettes, *l'autre* lui dit de se la fermer. Il la maltraite, et si elle se rebiffe, il la frappe. Et moi aussi.

Mes parents, qui ont bien vite compris, l'invitent souvent à dîner et invoquent nos devoirs, nos révisions en commun ou toutes sortes d'alibis quand *l'autre* déblatère au téléphone.

Retrouver Mélanie dans cet état me donne chaque fois envie d'aller lui casser la tête, à ce gros nase de Christian Nagorne. Mais, conscient que c'est moi qui pourrais me prendre une grosse raclée, je me contente de serrer les dents en me disant que quand on sera plus grands, on ne se gênera pas, avec Thibault.

Thibault, lui, c'est mon super pote. Évidemment, il est un peu jaloux pour Mélanie et moi, mais on reste quand même les meilleurs copains du monde. Nos parents nous appellent « les inséparables ». On a intérêt, car si on veut monter notre groupe de rock au lycée dans trois ans, va falloir se serrer les coudes et s'améliorer côté musique !

D'ailleurs, devant nos bonnes notes et pour fêter notre passage en quatrième, ils ont décidé en fin d'année dernière de nous offrir à chacun une guitare.

On s'est dès lors inscrit chez « l'Anglais », comme l'appellent les vieux du coin.

L'Anglais, c'est Ian. La cinquantaine, aussi baraqué qu'un cure-dents, les cheveux en catogan, habillé la plupart du temps n'importe comment, il s'est installé voilà quelque temps dans un des moulins en haut du village.

Dans sa vie d'avant, il était musicien et passait son temps dans les studios d'enregistrement ou sur la route avec des groupes de rock. Il donnait des concerts dans le monde entier.

On est bien chez lui, calés entre Johnny et Begood, ses deux chats, dans un canapé dont les ressorts sont tellement déglingués qu'on a l'impression d'être assis dans une vieille poêle à frire pleine de marrons ! Ian dit que c'est excellent pour le dos. Nous, on rigole moins car, au bout d'une heure, on a les fesses en compote !

Mais on aime être là. On aime le thé à la bergamote et les petits biscuits au gingembre qu'il a rapportés de son pays de l'autre côté de la Manche, avant le Mur. Quand on arrive au moulin, ça sent toujours bon l'encens. Il en fait brûler en permanence comme le bois dans le poêle dont la douce chaleur réchauffe le salon dès les premiers froids.

Chacun de ses cours commence par dix minutes d'écoute. C'est le *deal.* C'est grâce à Ian que Thibault et moi, on a découvert Jimi Hendrix, un guitariste américain qui jouait même avec les dents et mettait le feu à sa guitare à la fin de ses concerts.

Le feu... C'est par lui que tout a basculé à la fin du dernier cours.

J'entends encore ces hommes faire irruption dans le moulin. Je les entends ouvrir la porte d'en bas sans même frapper avant que le bruit de leurs bottes ne jaillisse dans l'escalier. Je les revois enfin défoncer la porte à coups de pied avant de surgir dans le salon, les armes à la main.

— C'est toi l'Anglais ? lance celui qui semble diriger le commando.

Mesurant au moins un mètre quatre-vingt-dix, le type ôte le bonnet noir qui lui recouvre le crâne avant de s'allumer négligemment une cigarette.

Sur la manche de son uniforme, j'aperçois un brassard rouge sans toutefois avoir le temps de lire ce qui y est inscrit tant les choses vont se précipiter.

— Eh bien oui, c'est moi l'Anglais ! répond poliment Ian.

Il pose délicatement sa guitare sur le vieux fauteuil de cuir qu'il occupait quelques secondes auparavant et propose :

— Voulez-vous prendre une tasse de thé avec nous ?

En disant ces mots, il tend la main vers Thibault et moi. Je remarque immédiatement que cette main, d'habitude si sûre, est devenue étrangement tremblotante. En face, les deux hommes restent muets et nous observent, un curieux rictus au coin de la bouche.

Je sens l'inquiétude me gagner.

Pour tenter de masquer son émotion, Ian se retrousse les manches et s'adresse à nous d'une voix étranglée :

— Bon, les gars, vous allez montrer à nos invités ce que vous savez faire, OK ?

Intimidés, nous nous contentons de répondre par un sourire. En moins de dix secondes, l'ambiance vient de basculer. Elle est devenue pesante et une angoisse sourde me tord déjà l'estomac.

Thibault ne doit pas en mener large non plus car il s'est rapproché de moi discrètement et ne cesse de se racler la gorge.

— En plus, tu te fous de nous ! aboie le géant au crâne rasé en s'approchant du vieux fauteuil de cuir.

Il considère un instant la Gibson de Ian en se massant le lobe de l'oreille droite. Son sourire ressemble à celui du Joker dans *Batman*.

Il lui suffit ensuite d'une fraction de seconde pour lever puis abattre le pied droit sur le malheureux instrument qui laisse échapper un craquement sinistre.

J'en suis maintenant convaincu : ce mec est un gros malade. Mais, comme Ian qui crispe les poings en s'efforçant de rester silencieux, je me garde de faire part de mon sentiment à l'assemblée.

La peur me transperce maintenant de part en part. J'ai envie de me lever, de courir vers la sortie, mais je m'aperçois que toute tentative de fuite me mènerait à l'échec. En effet, le deuxième homme de la bande, un type grand et sec, au visage effrayant, se tient dans l'entrée du salon.

— En plus, t'as passé ta vie à rêvasser au lieu de bosser, grince-t-il en parcourant d'un air méprisant la collection de photos de sa longue carrière que Ian a affichées sur les murs.

— Mais ? Je suis artiste, c'est mon métier !

— Ah ? Parce que c'est un métier, ça, artiste ?

La réflexion fait s'esclaffer son complice alors que déjà les premiers cadres s'écrasent sur le vieux plancher dans un fracas qui nous terrifie, Thibault et moi.

Ian, qui a comme nous compris qu'avec ces types-là il ne sert à rien d'essayer de parlementer, se résigne. Je vois du coin de l'œil se transformer cet homme que Thibault et moi admirons depuis des mois. Il a donné toute sa vie à son art et assiste, impuissant, à la destruction des souvenirs de ses années de travail. Les larmes lui mouillent les yeux.

Ça pleure aussi, un adulte.

L'autre barbare jette son œil inculte sur le dernier cliché encore au mur, l'en décroche et, dans un éclat de rire, l'envoie valdinguer contre le poêle derrière lui près de l'entrée.

— Mais, *bloody hell*, vous êtes qui pour vous permettre de faire ça ? hurle le musicien, hors de lui.

Joignant le geste à la parole, il se rue alors sur celui qui piétine maintenant les cadres ; mais le crâne rasé a anticipé. Il lui fait un croche-pied qui envoie le pauvre Ian au sol.

J'adresse un regard furtif à Thibault. Tétanisé, il est lui aussi mort de trouille.

Le deuxième homme quitte tranquillement l'encadrement de la porte et vient aider son complice. Ensemble, ils parviennent sans peine à neutraliser notre ami qui se débat pourtant avec véhémence.

J'aimerais pouvoir intervenir, mais, face à ces deux brutes taillées comme des bûcherons, je suis conscient de mon impuissance.

Et que mijote Thibault de son côté ? A-t-il un plan ?

Un troisième homme, sans doute resté en planque au rez-de-chaussée, apparaît tout à coup dans l'encadrement de la porte. Trapu, il a des cheveux plutôt courts et gras, des oreilles démesurément grandes. Son visage est marqué de plusieurs cicatrices qu'une barbe épaisse et mal fixée ne parvient pas à dissimuler correctement.

Saisissant Ian par le bras, le forçant à se relever, il lui lance, glacial :

— Allez, lève-toi, musicien. Le show est terminé.

Je connais la voix derrière ce postiche...

Ian s'exécute, livide, alors que mes yeux restent rivés sur ce troisième homme. Je connais cette voix, j'en suis certain, et j'ai très envie d'aller lui tirer la barbe.

— Quant à vous deux, vaudrait mieux pas la ramener ! Pigé, les morveux ? vocifère-t-il, comme s'il avait perçu mon intention.

— Fais gaffe, me murmure Thibault en tordant la bouche comme lorsqu'il me demande les résultats pendant les interros de maths. Ces mecs-là sont capables de tout. Baisse les yeux, j'te conseille. Et fixe tes godasses.

Écrasant sa cigarette sur le plancher, le plus grand adresse à ses complices un ordre qui claque dans l'air :

— Tombmor pour l'Anglais !

Si tout de ce supplice m'est étranger, Ian, lui, semble en maîtriser le sujet.

— Barrez-vous, les jeunes ! s'époumone-t-il, désespéré. Foutez le camp ! *Run ! Run !*

L'ordre a provoqué chez nous une peur panique qui nous fait bondir sans que nous sachions vraiment dans quel sens fuir.

Immédiatement, la brute en chef se jette sur nous, nous paralysant, l'un par l'oreille, l'autre par les cheveux.

— Tombmor pour ces deux-là aussi ! éructe-t-il.

— Mais, Torg, risque alors le barbu à l'adresse de son chef, les ordres sont pourtant clairs ! Ils disent que...

— Et ils disent quoi, les ordres ?

— Que les mineurs ne peuvent pas être déport...

— Oh, Nag ! J'ai dit Tombmor, c'est clair ?

Forçant notre bourreau à me libérer, Thibault se débat pour essayer de se défaire de l'étau qui lui enserre l'oreille, et se prend soudain les pieds dans le tapis sous la table basse.

Plaqué au sol, mon malheureux copain a maintenant en plein milieu du dos le genou de Torg. Le type lui fouille les poches et y découvre son portable, il le jette aux pieds de Nag qui se fait une joie de le réduire en miettes.

Un coup d'œil rapide me permet de constater que Ian, chevilles et poignets ligotés, a définitivement perdu la partie.

Je n'ai plus le choix. Torg me tourne le dos et il ne me faut qu'une fraction de seconde pour lui balancer un violent coup de pied entre les jambes. Le butor laisse alors échapper un hurlement de douleur. Lorsqu'il lâche enfin mon copain pour se retourner vers moi, il a changé de couleur et souffle comme un porc. Sa grosse carcasse se relève en titubant. Il se tient à deux mains l'entrejambe, il fait un pas puis, sous le regard ébahi de ses complices, tombe à genoux, un bras tendu vers moi avant de s'écrouler finalement face contre plancher où il se recroqueville sur lui-même en grognant comme un ours blessé à mort.

– Iwan, Thibault, *get away* ! *Quick !* supplie une nouvelle fois Ian.

Thibault est déjà debout.

– Dépêche, Iwan, dépêche, s'il se relève on est morts ! me lance-t-il, pâle comme un linge.

Bizarrement, le dénommé Torg ne semble pas vouloir bouger.

Je me rue alors vers la sortie de la pièce sans avoir remarqué la volte-face de Nag qui obstrue le haut de l'escalier. Nous nous arrêtons, interdits.

L'homme me dévisage en souriant, fier de son effet. Provocateur, il jette un coup d'œil circulaire et contemple les dégâts en se caressant la barbe.

Une bûche est là, à portée de ma main près du poêle. Je l'empoigne à la vitesse de l'éclair et le frappe à la volée, juste sous le menton.

Le coup a dû être d'une violence inouïe, d'une force incontrôlable comme seule la peur peut exceptionnellement en donner.

Thibault, stupéfait, me fixe, bouche bée, l'air de dire : « Ben, comment t'as fait ça ? »

Comment lui répondre que je n'en sais rien moi-même ?

La seule chose dont je suis sûr, c'est que l'autre est K.O. Il porte la main à sa tête, vacillant tel un chêne vaincu par la tempête. Mon copain, qui après ce coup de maître doit se sentir en reste, le pousse sans réfléchir vers la gauche pour nous libérer le passage, l'envoyant du même coup valdinguer sur le poêle qu'il renverse dans un tintamarre à réveiller un mort !

K.O. et recouvert de braises, il rigole moins, le barbu !

Instantanément, des milliers d'étincelles jaillissent du foyer qui finit de se vider sur le plancher. Trop tard, la fumée nous pique déjà les yeux. J'aperçois une dernière fois Ian qui se débat avec le géant. Les flammes embrasent les rideaux de la pièce, lèchent les photos éparpillées au sol, dévorent les fauteuils et le petit buffet de bois.

Dans un réflexe commun, nous dévalons l'escalier. Je sais qu'en bas, sur le guéridon de l'entrée, il y a un vidéophone que Ian déconnecte au début de chaque cours pour que nous ne soyons pas dérangés.

Faire le 17 puis appeler les parents…

J'empoigne le clavier.

Thibault me regarde, dépité.

— Te fatigue pas, balbutie-t-il, blême, en me tendant la batterie qu'il vient de ramasser sur le carrelage. Ils l'ont complètement bousillé.

— Ces salauds ont pensé à tout ! dis-je, effaré.

Des cris nous parviennent de l'étage. Ce doit être l'enfer là-haut, car le toit laisse déjà échapper une épaisse fumée lorsque nous parvenons à l'extérieur de la bâtisse où les flocons du nouvel hiver virevoltent par centaines dans les airs.

En toute hâte, nous enfourchons les vélos que nous avons pour habitude de laisser contre un muret derrière le moulin et qui ont par miracle échappé au massacre.

Le froid glacial nous saisit dès les premiers coups de pédale, sans nous épargner, sur le sentier tortueux qui conduit à la route.

Une seule chose nous importe dorénavant : trouver du secours pour sortir Ian de là...

Pas le temps de réfléchir.

La tête dans le guidon.

Surtout, ne pas glisser.

Devant moi, Thibault fait corps avec sa machine et, pour la première fois, j'ai du mal à le suivre. On dit que la peur donne des ailes. Il a dû s'offrir cette option avec sa bécane !

J'en suis là de mes pensées lorsqu'il me semble soudain apercevoir du coin de l'œil une masse noire dans le sous-bois.

— Freine, Thibault, freine !

Plus facile à dire qu'à faire quand il y a de la neige sur le circuit et que l'engin n'est équipé que de vieux pneus usés !

Alarmé par mes appels, mon compère se retourne et perd l'équilibre. Son bolide se vautre alors, provoquant une gerbe de neige dont le pilote ressort genre esquimau qui aurait perdu la route du pôle. Furieux, il se secoue, me cherche partout autour de lui. Sans perdre un instant, je gagne le sous-bois et file à toutes jambes vers les deux 4 × 4 qui y sont discrètement stationnés.

— Qu'est-ce que tu fous encore ? trépigne le bonhomme de neige qui enjambe à son tour le fouillis de végétation que la neige dévore en silence.

— Ian n'a jamais eu de 4 × 4 !

— Et puis quoi ?

— Et puis quoi, et puis quoi ? Mais réfléchis un peu ! À qui peuvent appartenir ces deux caisses si elles ne sont pas à Ian ?

Thibault risque un « Ben euh... ». Je poursuis ma marche sans perdre une seconde.

— Le commando a garé ses bagnoles ici pour ne pas attirer l'attention ! Et si ces types les ont planquées là, c'est qu'ils ont l'intention de les reprendre après leur sale besogne !

— Et qu'est-ce que tu comptes faire ? Tu ne sais même pas conduire !

— J'en sais rien, dis-je en balayant de la main la pellicule de poudreuse qui recouvre presque totalement le pare-brise et me gèle les doigts.

— Plutôt que d'astiquer les bagnoles, file-moi ton portable, que j'appelle mes parents !

— Il est resté là-haut sur le pupitre à partitions !

Le temps presse. Je sens la tension monter d'un cran supplémentaire.

Si les autres fous nous prennent ici, on n'aura pas de deuxième chance.

— Tiens, j'imagine que t'as pas les clefs !

Thibault me tend une grosse pierre dont il est allé dépouiller un muret tout proche.

Le pare-brise ne résiste pas à ma fureur. Je monte sur le capot, dégage du pied les restes de verre et pénètre dans le véhicule.

Si les sièges avant n'ont rien à révéler, une grosse mallette métallique repose à l'arrière.

— Alors, tu ouvres ? me crie mon acolyte que j'ai laissé en plan à l'extérieur. Je déverrouille une des portières et le laisse s'introduire.

— Ben, magne-toi, ouvre ! s'excite-t-il encore.

Ouvre, ouvre, mais qu'est-ce qu'il me prend la tête par moments, lui ! Et si j'ouvre et que ça nous explose au nez !

En plus, la mallette est fermée à clef. Une courte inspection sous le siège passager me permet de mettre la main sur une bouteille de Vodka, un gros tournevis et un pied-de-biche.

J'enfonce sans attendre ce dernier entre la boîte métallique et son couvercle. Le métal cède dans la seconde, laissant apparaître des bracelets serre-joints de différentes tailles, trois ou quatre paires de menottes comme en utilise la police. Il y a aussi des pinces, un sac garni de quelques foulards et un GPS tout neuf qui me fait penser que ces types ont à l'évidence prévu de faire de la route.

Nous sommes sur le point de poursuivre notre perquisition lorsque l'écho d'une énorme déflagration, suivi de cris et de coups de feu, nous parvient du moulin.

— La bonbonne de gaz ! me lance Thibault, elle a pété sous l'effet de la chaleur. Ian a dû en profiter pour filer et ils lui tirent dessus ! Allez, magne-toi, on y va !

Sans attendre davantage, il s'enfuit en direction des vélos.

— Faut pas que je traîne, me dis-je à voix basse en m'emparant à nouveau du pied-de-biche.

Dès mon entrée dans cette voiture, j'ai senti monter en moi une espèce de folie destructrice, une envie de tout casser comme je n'en avais jamais connu auparavant.

Alors, sans réfléchir davantage, j'enfonce frénétiquement la barre dans le tableau de bord, heureux de tout bousiller là-dedans. Je voudrais la pulvériser, cette maudite bagnole, y mettre le feu, juste pour venger Ian.

Là-bas sur le sentier, Thibault perd patience.

— Iwan, dépêche, ça craint !

Effectivement, les voix se rapprochent. Torg, Nag et leur complice ne vont plus tarder à rappliquer.

C'est à regret que j'abandonne mon chantier sans même avoir pris le temps de m'occuper du second véhicule. De toute façon, la nuit est presque tombée ; il faut filer.

Je jette mon arme le plus loin possible et, alors que derrière nous des lampes torches arrosent déjà le chemin, je m'empresse de rejoindre mon coéquipier qui n'attend que ça pour détaler. Aucun doute, les types accourent maintenant au pas de course vers leurs voitures.

Nous roulons sans lumière sur cette route qu'une couche de neige fraîche recouvre abondamment. On aurait dû prendre les Ski-Doo[1].

Devant moi, Thibault pédale comme un damné et je peine de plus en plus à tenir la cadence. Or, il me faut impérativement rester dans sa trace.

Le noir presque complet de la nuit ne tarde pas à nous envelopper.

Et cette neige qui n'en finit plus de tomber...

Tout à coup, l'évidence me saute aux yeux : la neige... Les traces... Elles vont guider le plus simplement du monde nos poursuivants jusqu'à chez nous !

Un vent furieux est en train de se lever.

Dans la panique, je parviens à me faire entendre du fuyard qui me devance en lui criant un mot, un seul :

— Château !

Dès la sortie du sentier, il prend sur la gauche. Rassuré qu'il m'ait entendu, je pédale de plus belle. Je sais qu'à la sortie du prochain hameau, un petit bois précède l'accès au

1. Motoneiges.

marais. Et le marais, c'est de l'eau. Et l'eau ne laisse jamais aucune trace de passage.

Devant, Thibault a encore accéléré l'allure.

J'ai l'impression que mes poumons vont exploser, mais je m'accroche.

Coûte que coûte, tenir le rythme, ne rien lâcher...

Après un bon quart d'heure de route, nous atteignons enfin l'orée du bois. La transmission de pensée semble fonctionner à merveille car mon copain, à présent debout sur son pédalier, vient de se lancer comme un fou dans un slalom entre les hauts peupliers. Nous mettons pied à terre dans une synchronie parfaite et piquons, tambour battant, tout droit, dans le marécage. Je sens immédiatement la couche de glace encore fine de ce début d'hiver craquer sous l'effet de mon poids et me retrouve dans l'eau boueuse jusqu'aux mollets, m'appliquant de mon mieux pour ne pas trébucher. Vélo à l'épaule, j'engage Thibault à me suivre ; ce qu'il fait sans dire un mot. Il sait lui aussi qu'il nous faut gagner au plus vite le pigeonnier du château, cet endroit secret que nous partageons souvent avec les copains pour écouter de la musique et discuter peinard. Le genre de refuge où les adultes ne viennent jamais.

Je suis hors d'haleine quand se dessine enfin dans la nuit la silhouette de notre fameux repaire qui laisse comme d'habitude grincer sa vieille grille, comme un mot de passe. Ce n'est que lorsque Thibault l'a repoussée d'un coup de talon que nous nous débarrassons de nos bicyclettes.

Un long moment s'écoule alors. Sans un mot, haletants, le dos plaqué au mur, nous tentons de récupérer un peu.

Le sommet de la bâtisse, ordinairement ouvert aux allées et venues des pigeons, est déjà obstrué par une couche de neige. Mais c'est insuffisant pour faire barrage au froid et au vent qui hurle au dehors.

— On ne va pas pouvoir rester ici longtemps, dis-je entre deux respirations.

— Tiens, regarde un peu ça, me répond mon copain en allumant le feu avant de son bolide.

Il me tend un sac plastique dont je reconnais immédiatement l'origine. Il était dans le 4 × 4.

— Pourquoi t'as piqué un sac de foulards ?

— C'est des brassards, pas des foulards !

— Et rouges en plus !

— Ben... J'en sais rien en fait...

— Mais qu'est-ce que t'es con, toi alors ! T'aurais mieux fait de piquer la bouteille de Vodka, je suis trempé jusqu'aux os et je ne sens plus ni mes doigts ni mes pieds !

— T'as raison. Au moins, ça nous aurait réchauffés !

Et le fou rire nous prend tout à coup, réaction nerveuse, incontrôlable, que nous devons sans doute autant à cette première victoire sur nos agresseurs qu'à la peur qu'ils finissent par nous mettre la main dessus malgré toutes nos précautions.

Puis le silence envahit à nouveau le pigeonnier, uniquement troublé par l'écho de nos respirations. La lueur de la lampe de Thibault arrose la muraille au gré de ses mouvements, faisant briller les coulées d'humidité qui se glissent entre les pierres comme des serpents se jouant des ombres et de notre angoisse.

— Quelle heure ?

— 20 heures 15.

Je pense à mes parents qui ont dû m'attendre avant de partir à cette expo photo à Concarneau.

Il me tarde de rentrer chez moi.

— Bon, tu fais l'inventaire et on se tire, tranche Thibault en braquant la lumière vers le sac qu'il m'a mis dans les bras.

Je m'exécute. J'en extrais le GPS aperçu dans la voiture et une poignée de brassards que j'observe longuement.

— Ça te rappelle quelque chose ? murmure mon copain en braquant plus précisément sa lampe.

— Ben, ce sont les mêmes que ceux que portaient les types du moulin, non ?

— Exact.

— BMR... Ça veut dire quoi « BMR » ?

— Comment veux-tu que je le sache ? J'ai pas eu le temps de le leur demander !

— Voyons ce que dit le GPS...

J'appuie sur « *On* », et la pâle lueur du petit écran laisse aussitôt apparaître une série de routes et de villes qui clignotent comme s'il s'agissait du parcours d'un rallye.

J'enrage intérieurement.

Qui étaient ces types ? Pourquoi Ian ? Et ce Nag, cette fausse barbe, cette voix ?

Mon voisin m'arrache à mes réflexions.

— Bon, on se rentre et demain matin, on appelle les flics.

— Et pourquoi pas ce soir ?

— Avec cette neige, pas la peine de rêver, ils ne mettront pas le nez dehors.

Calfeutrés dans leurs niches, les habitants du lieu nous observent de leurs petits yeux endormis, surpris par ces deux improbables visiteurs.

Je glisse les brassards et le lecteur GPS dans les poches de ma parka ; ça peut toujours servir.

— Allez, on se casse, me lance Thibault qui a déjà son vélo à l'épaule.

Après avoir soigneusement tiré la grille derrière nous, nous nous remettons en route sans un mot, sans presque un bruit, nous efforçant de marcher dans la même trace. Nous ne laissons ainsi dans la neige qu'une seule empreinte. On n'est jamais trop prudent.

Parvenus à la sortie du bois, nous nous séparons d'une tape dans la main vers deux directions différentes qui brouilleront encore les pistes au cas où... Comme *ils* n'ont plus qu'un 4 × 4, il leur faudra choisir entre leurs deux proies.

Et maintenant, c'est cavalier seul. La neige crisse sous mes pneus. J'accélère, pressé comme jamais de retrouver mon chez-moi. S'il m'arrive quoi que ce soit sur cette foutue route, je sais que j'ai toutes les chances d'y laisser ma peau. À l'heure qu'il est, même si les gens s'habituent au fil des années à ces hivers de plus en plus longs et rigoureux, il y a en effet peu de chances de croiser dehors âme qui vive par de telles conditions. Et encore moins lorsque la neige atteint en moins d'une heure une épaisseur de quinze bons centimètres !

Et ce n'est pas fini ! Dans le ciel, les nuages accourant du sud-ouest présagent le pire.

Pédaler...

Toujours plus vite...

« Le grand dérèglement », qu'il appelle ça, mon grand-père Yvon... Tu parles ! J'en suis certain, ce sont plutôt les ordinateurs du nouveau gouvernement qui commandent tout ça, oui !

Éviter de glisser.

L'air glacé me pénètre les poumons et les épais flocons qui se ruent sur moi me piquent comme des guêpes lorsqu'ils entrent en contact avec mes yeux et mon visage.

Ne pas tomber, ne pas s'arrêter...

Pédaler jusqu'à la maison sans penser à autre chose.

Encore cinq cents mètres.

Tout droit puis à droite aux poubelles. Tourner à gauche.

Cinquante mètres.

Tourner à gauche.

Enfin ma ruelle, la délivrance !

Dans le ciel noir comme du coaltar roulent de gigantesques nuages sombres gorgés de cette neige intempérante qui, durant des heures, des jours, des semaines et des mois interminables, va dévorer villes, champs, terrains de sport, jardins, plages, étangs et marais jusqu'à mai ou juin.

J'enrage une nouvelle fois. Avec Thibault, on aurait dû se rendre chez Ian en Ski-Doo. Mais, à bien y réfléchir, il est vrai qu'on ne peut plus rien prévoir désormais en matière de météo et tous les Européens le savent depuis quatre ou cinq ans, le climat peut devenir dingo dès le mois de septembre et tout peut changer du jour au lendemain. La seule chose qui nous reste est d'essayer de vivre avec, en nous équipant au mieux pour traverser cette longue saison.

Le Ski-Doo fait partie du matériel indispensable pour se déplacer. C'est une sorte de scooter posé sur deux larges skis à l'avant et une roue-guide chevillée à l'arrière. Le moteur de l'engin est alimenté par une batterie qui, placée entre la selle et le guidon, se nourrit de la lumière du jour pour la restituer sous forme d'énergie électrique. Ainsi, même si on avance très vite, pas de pollution, peu de bruit et surtout pas le moindre effort à fournir !

Je parviens enfin dans l'impasse du Petit-Port, ralentis devant chez Mélanie.

Quelques traces de pas que la neige a presque fini d'effacer... Aucune lumière dans la maison, si ce n'est une vague lueur au travers des vitres opaques du garage.

Pas même un signe de vie.

Par contre, un peu plus bas, c'est chez moi, et chez moi, il y a de la lumière alors qu'il ne devrait pas y en avoir !

Je saute de mon vélo, longe la façade de la maison tel un fantôme et m'approche de la fenêtre du salon.

Mélanie est là, installée dans un fauteuil de cuir qu'elle a rapproché de la cheminée. Si elle est chez nous, c'est que ça a encore dû bien barder avec son beau-père. Elle semble absorbée par un livre qu'elle ne quitte des yeux que pour consulter régulièrement sa montre.

Et moi, je reste dehors, le cœur battant, à la regarder en secret. Chaque fois que je la vois, quand je pense à elle le soir avant de m'endormir, chaque fois qu'on va ou qu'on rentre ensemble des cours, ça me fait cet effet-là, des drôles de trucs partout dans mon corps. Mais pour l'heure, il me faut à tout prix échapper à la congélation. Clefs en main, je reviens donc sur mes pas et pénètre dans la maison où une douce chaleur m'accueille.

À la fois soulagée de mon retour et inquiète de mon retard, Mélanie bondit du fauteuil et me dépose un bisou sur la joue. Faire mine de rien, ne pas me prendre la tête. Après tout, ce n'est qu'une bise comme tout le monde s'en fait chaque matin en arrivant au collège.

Je referme la porte à la volée, retire à toute vitesse mes vêtements et chaussures que je laisse tomber au pied du buffet, juste à côté de la housse qui renferme la guitare de mon père.

— Ben, t'étais où ?

Sa voix est si douce, je me sens rougir jusqu'aux oreilles qui me chauffent déjà à cause de la différence de température avec l'extérieur.

Que lui dire ? Par où commencer ?

J'aimerais tant que mon père et Gaëlle soient là, pour leur raconter, à eux aussi. Je décide d'entamer la conversation à ma manière :

— T'as faim ?

— J'aurais pu bouffer un ours en t'attendant !

C'est devant une assiette de pâtes au gruyère que je lui fais le compte rendu détaillé de cette abominable soirée. Et rien ne retient plus les mots que Mélanie avale sans en perdre une miette.

Ce n'est que lorsque j'ai terminé qu'elle me fait part de son sentiment :

— Iwan, ce que j'y comprends, moi, c'est que si ces malades ont tout cassé chez Ian, c'est parce que ce sont des racistes. *Ils* ont la haine des étrangers, ne cherche pas plus loin !

— Mais... ?

— Peut-être même qu'ils ont aussi la haine des artistes ! Et ça, c'est nouveau !

— Mais s'ils en veulent aux artistes, dis-je en pensant à mon père et ma belle-mère photographes, ça craint, non ?

Un ouragan de souvenirs submerge tout à coup mes pensées.

J'ai six ans, mon père journaliste-photographe s'absente très régulièrement pour son travail. Ces semaines-là sont toujours trop longues ; surtout lorsqu'elles se transforment en mois parce qu'il est parti en reportage dans des pays en guerre comme la Syrie, la Libye ou l'Irak, et qu'il n'y a plus d'avions pour en revenir.

Informés de tous les attentats, les enlèvements et les assassinats d'Occidentaux par les mouvements djihadistes, ma mère et moi, on fouille fébrilement Internet, on scrute la boîte mails qui reste désespérément vide, on s'accroche aux nouvelles du journal télévisé du soir dans l'espoir le plus souvent vain d'y débusquer son visage. Ne serait-ce que pour une seconde ou deux. Juste l'apercevoir, savoir qu'il est vivant, qu'il va bien.

Et chaque fois qu'il rentre, ce sont des engueulades à n'en plus finir, maman, fatiguée, l'implorant d'abandonner ce boulot, papa lui répétant qu'elle ne peut pas lui demander ça car des vies d'hommes, de femmes et d'enfants innocents sont en jeu, qu'il est de son devoir de journaliste d'en informer le monde pour espérer changer les choses.

Je le revois ensuite avant chaque nouveau départ, nous promettant que c'est le dernier ; mais ma mère n'est pas dupe et le ton monte inexorablement entre eux deux.

Puis, il y a cette dernière fois, celle de l'attentat au drone qui vient de coûter la vie à vingt-deux membres du GIAT[2] à Tripoli. Mon grand-père et son meilleur ami sont dans l'équipe prise pour cible par Daesh.

Ignorant l'incompréhension de ma mère, papa quitte alors la maison en lui jetant à la figure qu'il s'agit de son père à lui ! S'il a été tué, il a le droit de le savoir, et s'il est blessé et encore vivant, il a le devoir de le ramener chez nous !

— Oui, mais ton devoir, c'est aussi de t'occuper de ta femme et de l'éducation de ton fils !

La porte de la maison claque derrière lui, enfonçant un clou dans le lourd silence qui fait suite à la réflexion cinglante de ma mère. Elle a déjà pris sa décision mais je ne le sais pas encore, et lui, s'en va, sans même me dire au revoir.

La tête entre les mains, le nez collé à la fenêtre de ma chambre à l'étage, je suis, à travers mes larmes ou la pluie qui ruisselle sur les vitres, les petites lumières rouges du taxi que la nuit avale en quelques secondes.

Je connais son parcours par cœur depuis qu'il me l'a raconté. Toujours le même : il prend un train pour Paris. Une fois à la capitale, on viendra le chercher à la gare Montparnasse pour le conduire à un aéroport. Jamais le même. Là, il embarquera discrètement dans un avion spécial avec quelques collègues pour se retrouver plusieurs heures plus tard dans un pays où tout peut arriver, n'importe où et à n'importe quel moment.

2. Groupe international antiterroriste.

Ce soir-là, j'entends ma mère pleurer jusque tard dans la nuit. Jusqu'à ce que le sommeil me prenne enfin.

Lorsque je me réveille le lendemain matin pour aller à l'école, ça empeste le café. Ça ne sent jamais le café chez nous le matin. Ma grand-mère est assise à la table de la cuisine. Elle renifle en tournant sa cuillère dans un bol fumant.

Lorsque mamie Jeannig lève des yeux pleins de larmes vers moi, je comprends immédiatement que si elle a peut-être perdu son mari, je viens à coup sûr de perdre ma mère.

— Maman est partie, confirme-t-elle doucement avant de se lever pour me serrer dans ses bras.

Deux semaines plus tard, mon père rentre au bercail, et avec lui il ramène le sien. Certes, blessé à la tête et aux jambes, mais mon grand-père Yvon est bien vivant. Il a, comme quelques rares autres membres de la mission, échappé à l'attentat.

Aujourd'hui encore, je me rappelle les paroles de mon héros de père lorsque tout le monde s'est embrassé :

— Plus jamais ça, petit... Plus jamais !

Depuis ce jour, Yvon n'a plus quitté Jeannig et mon père a tenu parole. De toute façon, personne n'est indispensable sur les champs de bataille. La preuve, ils n'y sont plus et les guerres continuent !

Quant à ma mère, elle a disparu sans laisser d'adresse.

Grâce à un ami engagé dans la recherche de personnes disparues, mon père a fini par retrouver un jour sa trace en Australie. Ensemble, on a même réussi à la joindre par vidéophone. Mais dès qu'elle l'a entendu prononcer son prénom, elle a raccroché. Sa réaction a été si rapide que l'écran n'a même pas eu le temps d'afficher son visage.

Par la suite, nous avons appris qu'elle avait quitté son logement d'Adélaïde pour la Nouvelle-Zélande. Mon père n'a pas cherché à en savoir davantage ; il a abandonné les recherches.

Après avoir quitté *Planète actuelle*, il a reçu plusieurs propositions pour travailler avec de nouveaux magazines. C'est finalement en octobre 2029 qu'il s'est décidé pour *Migrations*. Ses reportages allaient porter sur les pays du Sud, de plus en plus nombreux, où l'eau manquait cruellement, entraînant des exodes massifs de populations dont il allait suivre les déplacements sur la planète entière !

Il ne partait le plus souvent que pour quelques jours et lorsqu'il rentrait, il me racontait les histoires incroyables de ces gens d'ailleurs qu'il comparait à des oiseaux migrateurs. Stupéfiants de courage, pères, mères et enfants étaient capables de marcher des jours et des nuits durant sans jamais s'arrêter, de traverser déserts et océans avec comme seul espoir la découverte d'un monde meilleur au bout du chemin.

Et dire que chez nous, certains prétendaient que ces étrangers ne venaient en Europe que dans le but de nous voler eau, travail, logements et femmes, d'y imposer leur religion. Qu'ils étaient à l'origine des attentats qui secouaient le Vieux Continent. Qu'il fallait construire un mur tout autour avec des miradors pour les empêcher de passer. C'était le genre de réflexions qui rendait papa fou de colère.

Pendant ses déplacements, j'allais vivre chez mes grands-parents, à trois kilomètres de la maison. Yvon et Jeannig m'avaient aménagé une petite chambre avec un grand lit rien que pour moi dans les mansardes de l'étage. J'y avais mon bureau, mon ordi, ma musique, mes posters sur les murs. J'y étais bien.

J'adorais les retours « surprises » de mon père lorsqu'il ouvrait la porte de la maison en la poussant du genou. Il apparaissait alors dans l'encadrement en bois, chargé de sacs et de paquets cadeaux, nous gratifiait chaque fois d'un grand éclat de rire et – c'était devenu son gag favori – s'écriait :

— Salut, tas de fainéants, me revoilou !

Dès lors, les embrassades n'en finissaient plus ; c'était génial !

Jusqu'au jour où, plus d'un an après le départ de ma mère, la porte d'entrée s'est entrouverte doucement, tout doucement. Pas comme d'habitude.

Et lorsque mon père nous est apparu, il n'avait plus, contrairement à son habitude, qu'une seule surprise à la main. Elle souriait timidement, se tenait presque sur la pointe des pieds, comme si elle voulait ne laisser aucune trace de son passage sur le tapis de l'entrée. Elle était belle ! Si belle, avec ses longs cheveux châtains retenus en arrière par une paire de lunettes de soleil qu'elle portait sur la tête, alors que dehors il pleuvait depuis trois jours. Elle arborait un sourire qui en disait long sur son bonheur d'être là. Ses grandes boucles d'oreilles soutenaient chacune deux macareux qui se balançaient au bout de chaînettes dorées. Elle portait un blouson de toile sur un sweat-shirt blanc, un jean bleu clair et une paire de baskets. Ce devait être une sportive.

Je crois que j'ai dû l'admirer comme ça pendant au moins trois heures sans bouger ! Quand elle a lâché tout doucement la main de mon père, j'ai cru qu'elle allait tomber.

Puis, elle a parlé. Je crois qu'elle a dit quelque chose comme (je rappelle quand même que j'étais sous le choc) :

— Humm, bonjour... Je... Humm... Bonsoir...

(C'est vrai que nous nous apprêtions à dîner).

— Humm, je...

Rouge comme un piment, mon père ne quittait pas ses godasses des yeux. Pourtant, niveau godasses, c'était pas ça depuis le départ de ma mère. On se demandait même s'il ne faisait pas exprès de s'acheter les pompes les plus moches du magasin !

Ma grand-mère, tétanisée, laissa tomber sa cuillère dans son assiette de potage pendant que grand-père Yvon tentait nerveusement d'allumer sa pipe.

— Bon sang de bonsoir, répéta-t-il à plusieurs reprises en cassant l'une après l'autre les allumettes que sa main tremblante ne parvenait pas à enflammer.

— Je... Je m'appelle Gaëlle et...

— Et, sauf si tu y vois un inconvénient, Iwan – mon père avait posé délicatement sa main sur l'épaule de la jeune femme en parlant –, j'aimerais que Gaëlle reste quelque temps avec nous à la maison.

J'en restai coi. En plus, on me demandait mon avis !

Mamie Jeannig se leva et ajouta deux couverts en souriant tendrement aux invités.

Histoire de faire le malin, mon père me taquina pendant tout le repas, ne cessant de me lancer des « Ben dis donc, Iwan, t'es bien silencieux ce soir ! »

Je finis par lui rétorquer que je n'avais rien à dire juste avant que mon grand-père ne précise que j'étais préoccupé par mon devoir de math du lendemain.

J'opinai de la tête et profitai de l'aubaine pour m'éclipser sans toutefois omettre le fameux bisou du soir à tout le monde, même à Gaëlle.

Mince alors, mon père avait une copine, c'était clair !

Je me mis à l'imiter en riant sous ma couette : « Et, sauf si tu y vois un inconvénient, Iwan... T'es bien silencieux ce soir, Iwan ! »...

Mais quels pouvoirs avait donc cette femme pour nous avoir tous scotchés comme ça, à table, ce soir-là ?

Peu importe, j'étais fier de mon père et me dis avant de fermer les yeux que d'avoir les godasses les plus moches du magasin n'empêchait visiblement pas d'avoir la copine la plus belle du monde.

Il assurait, mon père !

Au fil des jours, Gaëlle s'est installée et notre maison est aussi devenue la sienne. Elle est devenue ma belle-mère, mon père a retrouvé son sens de l'humour et on se paie des fous rires comme jamais auparavant.

Mais c'était trop beau !

Tout allait bien, jusqu'à ce soir de septembre où mon père nous annonça d'une voix blanche que le nouveau président, Vladimir Bogdich, venait de plonger l'Union européenne dans une situation sans précédent.

— On est foutus ! déclara-t-il. Ils ont mis leurs menaces à exécution.

Le silence de Gaëlle soulignait le ton solennel de mon père : quelque chose de grave venait d'arriver.

Elle posa sa main sur ma tête tandis que mon père vociférait de plus belle :

— C'était pourtant évident que ce salopard cachait bien son jeu !

— Quel jeu, p'pa ?

— Un jeu que des crétins aveugles qui ont voté pour lui n'ont pas voulu voir !

— Ah ?

— Bogdich a érigé un mur électromagnétique tout autour de l'Union européenne ! Pour notre sécurité, évidemment !

— Avec des passages secrets ?

— J'ai bien peur que non, fiston.

— Tu veux dire qu'on ne pourra plus jamais en sortir ?

— Tout à fait. Et pour couronner le tout, les scientifiques pourris qu'il a à sa botte ont trouvé le moyen de maîtriser la météo !

— Mais, le temps, on nous a toujours dit au collège que personne ne pouvait en décider, pas même Dieu !

— Eh bien, tu vois, mon garçon, soit Dieu est un incapable, soit tes profs sont en retard de quelques logiciels !

S'adressant à Gaëlle, il partit ensuite dans des explications trop compliquées pour moi. Ce qui était clair, c'est que Bogdich s'apprêtait à régner en tyran et que ses brigades de surveillance allaient se propager sur toute l'Europe de l'Ouest.

Les brigades étaient constituées de miliciens dont certains ne partageaient pas forcément la cause de leur grand patron, mais tous avaient voté en masse contre l'ancien gouvernement à qui ils reprochaient de ne pas avoir fait son travail. Pour une partie d'entre eux, l'uniforme était le moyen légal de déverser enfin la violence qu'ils avaient si longtemps contenue.

Chaque milice était tenue d'organiser puis de faire régner le Nouvel Ordre moral sur son secteur. Les chefs, qui disposaient de tous les pouvoirs pour y parvenir, rendaient des comptes au pouvoir fédéral qui, lui, en rendait au pouvoir central de Varsovie, nouvelle capitale européenne.

Le Mur se faufilait entre la Russie et la Finlande. Il englobait la Norvège avant de venir séparer à tout jamais la France du Royaume-Uni, les Bretons de leurs copains celtes d'Irlande et d'Écosse. Mon père prétendait même que l'édifice devait longer notre pays jusqu'au sud, ceinturant l'Espagne et la Grèce en délaissant habilement la Turquie avant de s'embusquer enfin le long de la mer Noire puis de serpenter de l'Ukraine à l'Estonie.

J'étais stupéfait. En quelques clics, une poignée de types avaient réussi le prodige de nous isoler du reste du monde par un mur invisible, impalpable, un édifice fantôme infranchissable, invincible. C'était à faire se retourner dans leurs tombes les dizaines de milliers de maçons chinois qui avaient mis des siècles à bâtir leur si fameuse muraille ! Seuls quelques rares avions volant à très haute altitude pourraient obtenir les autorisations de survol et d'atterrissage.

Au fil des mots que mon père échangeait avec Gaëlle, il confirmait que le tyran élu, assisté de ses sbires les plus férus en informatique, ne s'était pas arrêté là. *Ils* étaient en effet parvenus à dominer la météorologie !

Devenus les maîtres du climat, *ils* avaient maintenant le choix entre assécher, inonder ou glacer tout ou partie du continent contenu dans l'enclave. Quelle option allaient-ils choisir ? Quelle option avaient-ils *déjà* choisie ? De toute façon, nous n'y pouvions rien.

Un nœud s'était formé au fond de ma gorge.

Cette année-là, l'été avait à peine eu le temps de flirter avec l'automne. Le changement de température qui nous faisait étrangement porter pull-overs, écharpes et manteaux si tôt dans la saison se justifiait dès lors : *ils* avaient choisi la glace pour notre prison.

J'étais encore loin d'imaginer ce que nous allions devenir, privés de foot et de balades à pied ou à vélo durant ce long hiver…

Mélanie est toujours là, assise en face de moi dans ce vieux canapé qui a depuis longtemps pris l'habitude de partager nos confidences.

— *L'autre* m'a encore traitée de « sale petite feignasse » tout l'après-midi. Je lui ai répondu que s'il n'était pas content, il n'avait qu'à aller squatter ailleurs. Que la maison, elle était à ma mère et moi.

— Et ?

— Il n'a pas trop aimé. Je me suis tirée au moment où il allait une fois de plus m'attraper par les cheveux. Il adore ça, me traîner jusqu'à ma chambre en me tirant par les cheveux. Son côté Néandertal sans doute. À l'abri ici, j'ai suivi ses allers et venues avec ses copains. Ils l'ont ramené voilà dix minutes. Il boitait, je l'ai vu dans la lueur des phares de la voiture. Un de ces jours, il va y rester, ce con. On le retrouvera ivre mort, congelé dans un fossé. Ma mère ferait mieux de le larguer ! Je comprends pourquoi elle a demandé à travailler de nuit à l'hosto.

Les yeux dans le vague, elle laisse échapper un soupir avant de me tendre une feuille de papier sur laquelle sont griffonnés quelques mots :

Iwan,

18 h 40, nous partons au vernissage de l'expo à Concarneau.

Les nuages qui arrivent n'annoncent rien de bon. Si on doit rester sur place, on t'appelle.

Repas à réchauffer dans le frigo, ne traîne pas trop sur ton ordi et ferme bien les portes à clef avant de te coucher.

Comme je sais que tu en mourras d'envie, tu peux inviter Mélanie si tu veux. Je crois que sa mère est de nuit jusqu'à mardi.

Bisous.

Papa et Gaëlle

Dans l'âtre, les flammes crépitent joyeusement en léchant les bûches avec délicatesse.

Dehors, le vent de sud-ouest souffle par bourrasques impressionnantes, collant sur les vitres des flocons de plus en plus épais alors qu'un peu plus loin dans la ruelle, le seul lampadaire encore en état de marche éclaire péniblement la neige dont la hauteur doit bien avoir atteint les vingt centimètres.

Et mes parents qui n'appellent pas ; pourtant, je les vois mal reprendre la route avec ce temps.

Je me sens lentement gagné par une inquiétude pesante et le bip du vidéophone ne fait rien pour me rassurer.

— C'est pareil chez moi, commence Thibault que je découvre bouleversé sur l'écran.

— Pareil que quoi ?

— Pareil que chez Ian, tiens ! rétorque-t-il, dans un sanglot.

— Comment ça, pareil que chez Ian ?

Je comprends, mais avec une seconde de retard, pourquoi mon copain semble si affecté.

— Mais t'es trop nul, toi ! Je te dis qu'ici c'est la même chose qu'au moulin, c'est tout !

Thibault s'écroule en pleurs et poursuit entre deux hoquets :

— Mes parents ne sont plus là et tout est bousillé dans la maison ! Leurs collections de CD et DVD, la bibliothèque, tout a été massacré. Les tableaux ont été arrachés des murs et piétinés. Il y a du verre partout. Ils ont même explosé mes posters de Bob Marley !

Je sens mon copain en proie à la panique et essaie de le calmer, mais rien n'y fait. Il poursuit :

— Ils ont balancé tous les livres dans la cheminée et sur les murs de la cuisine, c'est écrit à la bombe : « *Demain, le feu dans ta librairie !* »... Et c'est signé *BMR*.

Ces nouvelles me coupent les jambes.

— Dis-lui de venir, il ne doit pas rester là-bas tout seul, me glisse Mélanie à l'oreille.

Je propose immédiatement à Thibault de nous rejoindre chez moi.

— J'ai trouvé un truc intéressant dans le garage, termine-t-il en reprenant lentement son souffle. Je l'apporte avec moi !

La conversation s'arrête là, Thibault a déjà raccroché et se prépare sans doute à traverser les grands champs de neige, la peur au ventre.

— Musicien... libraires... Ses parents sont libraires et Ian est musicien, se répète Mélanie à haute voix en arpentant le salon.

Tout est en train de s'embrouiller dans ma tête.

Je jette la dernière bûche dans le feu qui s'en empare aussitôt et demeure là, accroupi face aux flammes, pendant de longues minutes, jouant avec un rondin que j'enfonce dans la braise, suivant des yeux les volutes de fumée qui s'enfuient vers le néant.

Que se passe-t-il donc autour de nous que mon père et Gaëlle ne m'aient pas raconté ?

Mélanie ne cesse de consulter son portable. Elle râle parce que nous sommes privés de réseau depuis le début de l'après-midi, passe d'une pièce à l'autre, souffle d'impatience, s'assied une seconde pour se relever l'instant d'après.

— Mais, qu'est-ce qu'il fout ? lâche-t-elle au bout d'un long moment, excédée. Appelle-le, toi, Iwan.

— Il n'a plus de portable.

— Comment ça : il n'a plus de portable ?

— L'un des types lui a fauché et ils l'ont bousillé.

— Et le tien ?

— Il est resté chez Ian avec mes partitions.

— C'est la merde, c'est la merde, c'est la merde ! s'écrie Mélanie.

Il est vrai que Thibault tarde. Je me lève et applique mon visage sur la vitre de la porte d'entrée.

Rien ni personne en vue.

Dehors, la neige tombe en un épais rideau blanc que le vent entasse devant la maison, avant de le balayer pour aller le déposer un peu plus loin dans un jardin voisin. C'est clair, après ses essais des hivers précédents, Bogdich lance cette fois le grand hiver !

La vieille pendule du salon égrène ses onze coups. Onze coups de trop pour Mélanie qui décide subitement que nous avons assez attendu Thibault.

— Et s'il lui est arrivé quelque chose ? s'interroge-t-elle tout haut en refermant son anorak.

— Ben ? Tu comptes quand même pas partir à sa rencontre ?

Je la suis à la hâte, le panier à bois en mains.

— Et pourquoi pas ?

— Avec ce temps, on a carrément des chances de se croiser sans se voir !

— Tu as raison ! finit-elle par crier alors que nous bravons les éléments jusqu'à l'abri à bois où nous faisons le plein de combustible.

La nuit à venir risque d'être affreusement longue, le thermomètre marque déjà moins dix-huit degrés, et toujours aucun signe de vie de Thibault...

J'en suis, moi aussi, à craindre le pire pour mon copain quand tout à coup, droit devant, une frêle lueur parvient à percer la nuit par intermittence. C'est lui ! Il a réussi !

Mélanie et moi nous précipitons au-devant de l'aventurier pour lui sauter au cou, heureux de le retrouver enfin.

Mais le héros, hors d'haleine, est complètement vidé de son énergie et c'est à grand-peine que nous le tirons à l'intérieur après l'avoir vigoureusement débarrassé de son manteau blanc.

— Nous sommes trois maintenant ! déclare Mélanie en servant un énorme bol de lait chaud à notre rescapé.

— Et je peux vous dire que trois, c'est mieux qu'un ! ajoute ce dernier en éternuant.

Je précise en éclatant de rire que c'est aussi mieux que deux !

Il est vrai que la présence de Thibault nous rassure. C'est bon de le savoir là. Nous sommes plus nombreux et plus forts, et l'ambiance de la maison s'en ressent immédiatement.

Profitant de ce moment de réconfort, j'ai une pensée pour mon grand-père resté seul dans sa maison au bord du golfe après avoir expédié ma grand-mère à Paris chez sa sœur. Il doit trouver le temps long avec cette neige.

Alors que Thibault et Mélanie discutent calmement auprès du feu, je me décide à l'appeler.

Peut-être qu'avec cette tempête, il n'aura pas, pour une fois, déconnecté son vidéophone comme il a l'habitude de le faire le soir.

— Tiens, dis-je à l'adresse de mes deux amis, vous aviez remarqué que le voyant du répondeur clignotait ?

— Ben, on te l'aurait dit, banane ! me répond Thibault qui, décidément, se remet très vite de ses émotions.

— Quelqu'un a dû appeler lorsque nous étions dehors, commente Mélanie alors que j'enclenche la boîte vocale.

À l'autre bout de la ligne, la voix que je ne reconnais pas tout de suite parle de manière saccadée. Les mots sont entrecoupés de cris et de bruits de moteurs, à moins que ce ne soit le vent.

Sur l'écran du visiophone, c'est le noir total.

— C'est super flippant ! murmure Mélanie, l'oreille rivée au haut-parleur. On dirait la voix de ton père.

— C'est ton père ! s'écrie à son tour Thibault, heureux de sa découverte.

— Ça fait une heure qu'on le dit, banane ! rétorque Mélanie.

Au terme de la troisième écoute, mon copain, qui a pris soin de noter quelques mots sur un calepin, se redresse et, fier comme un coq, lance à Mélanie :

— Dis donc, ça te dirait d'écouter ce que la banane a compris à ce message ?

L'interpellée croise les bras et lui adresse un bref soupir en guise de réponse.

C'est donc sans attendre, et en arborant son sourire le plus cabotin, que Thibault nous offre sa version du début du message dans lequel mon père semble répéter :

— *Tu m'entends, Iwan ? Tu fermes immédiatement tous les volets de la maison, les portes à clef. Tu n'ouvres à personne et tu éteins toutes les lumières. Appelez grand-père Yvon, il vous aidera si tu es avec Mélanie...*

Je sens la panique me gagner. La liaison se fait de moins en moins claire, l'écran s'éteint totalement et le portable de mon père commence à bredouiller des mots presque inaudibles :

— Ici, ils arrêtent tout le monde... quand... nous ont attrapés... la sortie de l'expo... on était à bord du bateau du passeur à la sortie de la Ville close... en face... plein de camions... lampadaires...... des types en... uniforme... MR... Ils... tous regroupés sur le quai... et... la nuit... dans un...

Lorsque la communication s'interrompt, mon père parle d'un train et d'un tombeau en or.

— Un tombeau en or... songe tout haut Mélanie. Tes parents visitent des tombeaux, les soirs de tempête ? Et c'est quoi, cette ville close ?

Mes mains tremblent et mes jambes me forcent à mon tour à arpenter nerveusement le couloir de l'entrée. Ni mes grands-parents, ni mon père, ni Gaëlle ne m'ont jamais parlé d'un tombeau en or ! Ils étaient censés visiter une expo sur les vieilles coques...

— J'ai jamais entendu parler de ce tombeau, dis-je en m'efforçant de bien y réfléchir. Quant à la Ville close, c'est la vieille ville de Concarneau. Elle est cernée de remparts et traversée par une ruelle pavée bordée de petits commerces d'artisanat breton.

— L'expo avait lieu là-bas ?

— Ben je crois, oui. Une expo photo sur les vieux chalutiers du siècle dernier.

L'oreille tendue, nous réécoutons encore plusieurs fois le message et ce n'est qu'à la cinquième reprise, alors que nous nous empressons Mélanie et moi d'exécuter un à un les ordres laissés par mon père, que Thibault s'écrie :

— C'est Tombmor ! Tombmor ! Et ils y vont en train !

Au moment où j'éteins la dernière lampe du salon, il en est encore à sauter sur place en tapant dans ses mains, aussi heureux que s'il avait décroché un vingt sur vingt en math avec la mère Nigelman.

— Ta gueule, Thibault !

Le message incompréhensible de mon père et la trouille que quelqu'un nous entende ont fini par avoir raison de ma patience. Je regrette déjà ces paroles qui m'ont échappé. Thibault toussote avant de marmonner.

— T'as une idée ?

— De quoi ?

— Ben, à mon avis, si les ordres sont de boucler immédiatement tous les volets, de fermer toutes les portes à clef, d'éteindre toutes les lumières et de se tirer fissa chez ton grand-père... ça sent plus la descente de trolls que la visite de lucioles, non ?

Dans le noir quasi complet de la pièce, seules les flammes dans la cheminée éclairent vaguement les murs où elles font danser nos trois silhouettes fantômes.

— « Tombmor pour l'Anglais ! » Tu te rappelles, Iwan ?

— Oui. Ça n'avait pas l'air de réjouir Ian !

— Regardez ce que j'ai trouvé chez moi, dans le garage.

Il s'agit d'une vieille carte routière toute chiffonnée sur laquelle le faisceau de sa lampe éclaire quelques routes retracées en rouge. Toutes partent de grandes villes dont les noms ont été surlignés au fluo et convergent ensuite plein nord vers un point précis.

Je sens le regard de Thibault se poser sur moi. Je sais ce qu'il attend et n'hésite pas un instant à me saisir du GPS resté dans la poche de mon blouson.

Pression de l'index sur « *On* ».

L'image apparaît...

— J'y crois pas, balbutie Mélanie, stupéfaite, penchée sur mon épaule.

Aimantés comme les poissons par la lueur du lamparo, nos trois paires d'yeux s'écarquillent alors : toutes les villes qui clignotent à l'écran sont celles passées au fluo sur la carte papier !

En jouant avec les flèches, je déroule lentement l'écran et monte vers le nord. Aucun doute cette fois : si le dernier endroit passé en jaune sur la carte est cet îlot rocheux que quelqu'un a dénommé Tombmor au stylo, c'est aussi celui qui clignote en haut du rectangle luminescent.

La forteresse de Tombmor...

— C'est là qu'ils les emmènent ! s'inquiète Thibault.

— On serait dans le même train si on n'avait pas réussi à s'enfuir !

— C'est là qu'ils les emmènent tous ! confirme Mélanie en pointant énergiquement du doigt le minuscule caillou perdu dans la Manche.

— Mon père et Gaëlle prisonniers dans un train ! Eux qui se battent depuis toujours pour la liberté et pour les arts ! C'est complètement dément...

— Ian aussi donne sa vie à la musique, et tes parents vendent des livres, poursuit Mélanie en s'adressant tout bas à Thibault.

— Donc, c'est pas aux étrangers qu'ils en veulent, ces salauds, mais...

Un bruit parvenant de l'extérieur nous fait tout à coup sursauter. Je jette à la hâte la carte sur la lampe torche et ordonne :

— Éteins tout ! Vite !

— Un moteur, chuchote Thibault après avoir obtempéré.

La peur nous envahit. Je viens de comprendre, mais un peu tard, que nous aurions également dû étouffer les flammes qui frétillent encore dans l'âtre.

Un court instant, nous restons tous les trois pétrifiés à l'idée de vivre un nouveau cauchemar. Mais comme souvent, c'est dans ces moments-là que ma réflexion est la plus vive. Lampe en main, je file vers l'étage à toutes jambes et traverse ensuite ma chambre à l'aveugle. La fenêtre de toit me permet de suivre du regard la grosse voiture sombre qui descend silencieusement l'impasse, moteur coupé, tous feux éteints.

« Un 4 × 4 ! me dis-je. Un 4 × 4 comme celui que je n'ai pas pris le temps de massacrer chez Ian ! Quel crétin ! J'aurais au moins pu lui crever les pneus ! »

— Tu vois quelque chose ? me lance la voix de Thibault, impatient, au rez-de-chaussée.

Concentré, je ne pense même pas à lui répondre.

Du véhicule à présent stationné au bas de l'impasse sortent deux silhouettes que la neige qui tombe toujours à gros flocons m'empêche de reconnaître.

Aucun doute, la technique est la même : comme chez Ian, *ils* ont garé leur voiture un peu à l'écart pour ne pas attirer l'attention.

Ce n'est que lorsque les deux rôdeurs en uniforme sombre passent sous le réverbère, l'un muni d'une lampe torche, l'autre d'un long objet qui pourrait être une barre de fer, que je m'oblige à accepter la vérité : *ils* ne nous lâcheront plus ! Après Ian et les parents de Thibault, ça va être notre tour.

Prudents, *ils* marchent dans la trace laissée par les pneus, ralentissent puis s'arrêtent lorsque le plus petit, celui qui boite, tend le bras vers le toit de la maison.

La fumée qui sort de la cheminée trahit notre présence, c'est évident.

Je sens mon cœur prêt à exploser dans ma poitrine. J'ai l'impression que chacun de ses battements ébranle l'étage tout entier alors que je voudrais être invisible, transparent.

Pour mieux se fondre dans la nuit, les deux ombres ont pris le parti de longer la haie de lauriers que Gaëlle oublie de tailler depuis des années.

— Alors ? me murmure soudain une voix à l'oreille.

Absorbé par mes pensées, je fais un bond de deux mètres et entends Mélanie se plaindre du coup de coude que je lui ai mis en reculant.

— Je ne vous avais pas entendus monter, fais-je sur le ton des excuses.

— On avait remarqué ! lâche ma copine en soufflant de douleur.

— Alors ? répète Thibault.

Au-dehors, les types franchissent le portillon en bois du jardin puis commentent nos empreintes devant l'entrée.

— Qu'est-ce qu'on fait ? s'impatiente mon copain, tandis que Mélanie, terrifiée, glisse une main tremblante dans la mienne.

Je sais qu'ils sont eux aussi morts de peur et c'est au moment où Thibault me secoue d'un coup d'épaule que je trouve l'idée qui va peut-être nous sauver la vie.

— Là-haut ! dis-je, sans prendre le temps de m'expliquer davantage.

Lampe torche éclairant au ras du sol, je jaillis de la chambre sans lâcher la main de Mélanie. J'entraîne mes deux amis sur la dizaine de marches et pousse la trappe qui nous sépare du grenier.

Je sais qu'une fois sous le toit, grâce au bazar qui règne dans ce large espace non aménagé, nous aurons une chance de nous trouver une planque.

En bas, les travaux de démolition ont déjà commencé, mais le volet en bois devrait résister encore quelques minutes avant de céder sous les coups de boutoir de ses assaillants.

Nous trouvons rapidement refuge derrière une montagne de cartons où mon père a pour habitude de ranger ses archives. Une série de vieux disques et trois ou quatre raquettes de tennis reposent contre le mur. À portée de main, ils pourraient nous servir d'armes le moment venu.

Face à la porte, nous nous installons dans un silence uniquement troublé par les coups réguliers portés au volet de la porte d'entrée. Nous sommes prêts. S'ils montent, on défendra chèrement notre peau et la bagarre sera sans merci.

Mais l'attente est de courte durée. Je viens de repérer le petit point rouge de l'interrupteur au-dessus de la trappe.

Si ce point brille, c'est que...

Je me rue sans attendre vers l'escalier tout en annonçant à mes deux amis que j'ai oublié de couper l'électricité et que s'*ils* allument, on est morts. Je dévale ensuite les marches jusqu'au salon. Je sais qu'à deux pas de la cheminée se trouve le compteur CEE[3].

À l'extérieur, la barre de fer finit par déchirer les lattes du volet qui cède dans un dernier craquement.

Je traverse la pièce à toute vitesse en direction du feu qui se meurt.

Atteindre le mur, couper le courant et remonter au grenier.

Je suis à un pas du compteur lorsque la vitre de l'entrée vole en éclats.

Les deux intrus finissent leur travail à coups de pied. Dans une seconde, ils seront à l'intérieur.

Je me jette sur cette maudite boîte électrique, appuie sur le disjoncteur et me laisse glisser le long du mur derrière le fauteuil que Mélanie a eu la bonne idée de placer là lorsqu'elle lisait en attendant mon retour.

Dans l'entrée qui n'est séparée du salon que par un muret d'à peine un mètre cinquante de haut, je perçois clairement l'écho des milliers de morceaux de verre que les deux sauvages piétinent sans ménagement.

Lorsque la peur vous prend, on a le plus souvent le réflexe de se baisser ou de s'allonger. Mon grand-père appelle ça « l'instinct ».

Accroupi derrière mon bouclier improvisé, je tends une main et parviens à me saisir d'un rondin.

Sur les murs, deux faisceaux lumineux cherchent déjà l'interrupteur de l'entrée.

— Ils ont coupé le jus ! braille l'un des deux types, furieux.

---

3. Compagnie européenne d'électricité.

— Ouais, répond son acolyte en reniflant bruyamment. Mais ils sont là ! Je les sens, les petits morveux, je les sens !

— Trouve-moi cette saloperie de compteur, Nag, et on va bien rigoler ! éructe l'autre.

— Compte sur moi, dans une minute c'est la fête !

— Et dans dix, le feu d'artifice !

L'une des lumières interrompt soudain sa course juste au-dessus de ma tête.

— Oh ! Torg, regarde un peu ! s'exclame un des types, le ton jovial.

— Dépêche-toi de m'allumer tout ça, je descends à la bagnole et je reviens avec les jerricans !

Mais ledit Nag doit confondre joie et précipitation, car je l'entends soudain glisser sur les débris de verre, probablement gêné dans sa progression par la housse de guitare et mes affaires abandonnées dans l'entrée. Il s'étale de tout son long sur le carrelage, et dans sa chute, cet idiot lâche sa lampe torche qui se fracasse contre le mur et s'éteint dans la seconde.

— Bordel de merde ! jure-t-il rageusement en soufflant comme un buffle.

De là où je suis, je le devine rouge de colère, prêt à égorger le premier d'entre nous qui lui tomberait sous la main, prêt aussi à démolir le moindre objet à sa portée.

« Un de moins », me dis-je en retrouvant un peu de confiance. Pourtant, la brute se relève tant bien que mal. Ses pas sont devenus hésitants tandis qu'il se dirige dans ma direction en se cognant dans la table basse, ce qui provoque chez lui une nouvelle bordée de jurons.

Tapi dans ma retraite, je prends peu à peu conscience de mon avantage : je connais les moindres recoins de ma maison ; lui non ! Il y progresse en aveugle, et sa colère ne fait rien pour lui faciliter les choses. Sans parvenir à le voir, je le devine pourtant là, à deux pas du fauteuil, les bras en avant afin d'écarter le moindre obstacle de son chemin.

Et je devine aussi que s'il parvient à activer le disjoncteur, je risque fort de passer un sale quart d'heure.

Brusquement porté par je ne sais quelle folie meurtrière, je me lève, armé de mon rondin. Il me suffirait d'une seule frappe bien placée pour envoyer ce fumier en enfer ; mais sans lumière, comment ajuster mon coup ?

Je sens les remugles d'alcool. L'homme n'est maintenant plus qu'à quelques centimètres de moi. Un frisson me parcourt la colonne vertébrale.

Une seule chose importe désormais : agir vite avant que son complice ne revienne.

Frapper.

Frapper rien qu'une seule fois, mais frapper dans le mille, comme au moulin.

Je mets en place un rapide scénario : main gauche, lumière. Surprise par l'éclair, la brute n'aura pas le temps de réagir. Main droite, je l'éclate au rondin !

Je me lance. La lumière éclabousse une fraction de seconde l'obscurité, mais c'est trop court. Je n'ai pas le temps d'ajuster mon coup.

L'homme dont j'ai mal estimé la taille prend le rondin sur l'épaule et hurle de douleur. Il a cependant eu le temps de m'apercevoir et parvient à me saisir le bras. Il tire. Je me débats rageusement et frappe plusieurs fois au hasard.

Certains coups font mouche et d'autres non, mais c'est, contre toute attente, au moment où mon bras levé s'apprête à s'abattre une nouvelle fois qu'il lâche étrangement prise, comme touché par la foudre. Après quelques secondes de silence, il s'affale dans un long soupir sur la petite table où il renverse un vase. Puis, plus rien.

— C'est bon, me lance une voix que je reconnais immédiatement.

— Thibault ?

Nous constatons à la lueur de la lampe qu'il tient en main qu'effectivement le type gît au sol, battu par K.O.

— Comment t'as fait ça ? dis-je, stupéfait.

— Quand j'ai entendu le boucan que faisaient ces deux-là, j'ai pensé que tu allais avoir du mal à t'en sortir seul cette fois. Alors je suis descendu et lorsque celui-là s'est retrouvé tout seul, je lui ai foutu la housse de guitare de ton père dans les pattes. Dans sa chute, sa grosse lampe métallique a roulé sur le carrelage jusqu'à mes pieds. Je n'ai plus eu qu'à l'éteindre avant de la ramasser et attendre le bon moment pour m'en servir de massue.

Et d'ajouter fièrement :

— Et voilà le travail !

Il est vrai que je ne suis pas peu fier de mon copain. Sans lui, je ne donnais pas cher de ma peau !

À terre, le démolisseur fait moins le malin. De vagues plaintes lui sortent de temps à autre de la bouche, mais c'est surtout sa barbe qui m'intéresse. Je la lui arrache sans plus d'hésitation.

Mélanie, qui nous a rejoints, tressaille d'horreur tandis que je parviens enfin à mettre un visage sur cette voix.

Christian Nagorne, notre voisin et beau-père de Mélanie, dit « Nag » !

— Bon, je crois qu'il a son compte pour aujourd'hui, dis-je. Mais l'autre va revenir et on ferait mieux de ne pas traîner dans le quartier.

La porte du jardin mène derrière la maison sur un étroit chemin qui longe une petite plage où la neige a copieusement recouvert le sable. J'y entraîne à la hâte mes amis après que nous avons tous trois revêtu nos vêtements les plus chauds.

Dehors, il a cessé de neiger et le vent, qui est un peu tombé, laisse place à un épais brouillard. C'est sans perdre une seconde que nous pénétrons dans le garage.

— On va où ? interroge Mélanie, encore sous le choc.

J'enfourche mon Ski-Doo, y introduis la carte magnétique de contact. L'engin démarre du premier coup. Je tends sans un mot deux casques à mes amis.

En un instant, tout s'est décidé dans ma tête, et c'est d'un ton déterminé que j'annonce enfin :

— Chez mon grand-père.

— Mais, ma mère ? Il faut que je la prévienne, que je lui dise que ce salaud a voulu nous tuer !

— Plus tard, Mélanie. On le fera plus tard. Grimpez, vite.

De l'intérieur de la bâtisse nous parviennent déjà jurons et appels au secours de Nag à destination de son complice.

Sans même nous retourner, refusant de penser au sort qu'ils ont réservé à ma maison, sans plus de mots, nous nous enfonçons dans la nuit cotonneuse, tous les trois cramponnés à un Ski-Doo qui ne compte normalement que deux places.

Mais cette nuit, je n'ai plus peur de rien, ni des gendarmes, ni de personne.

J'espère seulement – et en secret – que la batterie de mon engin aura assez de réserve pour nous mener à bon port.

— Voilà, tu sais tout.

Mon grand-père répond à ces derniers mots par un long, un très long soupir.

Assis sur son vieux coffre de bois près de la cheminée où les dernières braises rougeoient encore, les coudes sur les genoux et le menton sur ses mains repliées, il nous a laissés raconter à tour de rôle, parfois même tous ensemble, notre incroyable épopée. À aucun moment il ne nous a interrompus, pas même pour poser une question. Il nous suivait du regard, se contentant de tirer sur sa pipe.

Le silence a maintenant repris possession du salon et tous les trois, nous nous sentons comme soulagés d'avoir pu confier toute cette histoire à un adulte. D'autant qu'il s'agit de ce grand-père que j'admire depuis toujours et qui m'a si souvent raconté ses propres aventures !

Cette fois, c'est lui qui écoute, et mon histoire est une histoire vraie !

Yvon a largement passé la soixantaine, mais même si ses cheveux coupés en brosse et sa barbe rase ont récemment tourné au poivre et sel, sa bonne humeur et ses blagues légendaires le rendent si proche de nous que j'ai parfois du mal à l'appeler « grand-père ».

Son éternelle jeunesse, s'il la doit en partie aux nombreux sports qu'il a si longtemps pratiqués, il la doit également à mamie Jeannig avec qui il se dispute au moins deux fois par semaine, assurant que « s'engueuler, c'est bon pour le cœur » !

Une fois, c'est elle qui a mal rangé un tournevis dans son atelier, une autre, c'est lui qui n'a pas remis le beurre dans le frigo ou les cornichons sur la bonne étagère dans la cuisine. Mais le pire, c'est lorsqu'il se permet de fumer dans la maison alors qu'elle est partie faire les courses ! Ça, pour Jeannig, c'est le summum du manque de respect. En colère, elle ouvre chaque fois en grand toutes les fenêtres pour bien montrer que l'odeur du tabac froid lui est insupportable et jette à grands cris le cendrier et la pipe dans le jardin en reprochant à son mari d'avoir cette fois « dépassé la borne des limites » – c'est son expression.

Après s'être mutuellement reprochés un millier de petits détails insignifiants, Jeannig finit toujours par quitter la maison en claquant la porte, fâchée.

L'ouragan passé, me prenant à témoin, Yvon rallume alors la bouffarde qu'il garde en réserve, cachée derrière les livres de sa bibliothèque. D'une main toute tremblante d'émotion, il s'assied ensuite sur son coffre de bois en répétant à mi-voix des « C'est vrai quoi ! » et des « Ah, je te jure, ces femmes ! ».

Et puis tout à coup, il se lève, vide sa pipe dans la cheminée, retrousse ses manches et file à toute vitesse dans le jardin à la poursuite de son amoureuse qu'il prend d'abord par la main avant de l'embrasser ensuite sur la joue tandis qu'elle fait, pour le principe, mine de ne pas céder.

Et moi, je reste planté là, dans la cuisine, derrière le rideau brodé que j'écarte du bout des doigts pour mieux suivre la scène.

C'est comme mon père et Gaëlle. Leurs disputes me font toujours un peu peur, mais je sais que ça ne se terminera jamais comme avec ma mère. Alors j'attends peinard que la tempête se calme avant d'assister aux retrouvailles. Dans ces moments-là, on peut leur demander n'importe quoi, aux parents, on est certain de l'obtenir !

*

— Mais, dis donc, Yvon, où sont passés tous les tableaux du salon ?

Leur absence vient de me sauter aux yeux et la question qui fait sursauter tout le monde est sortie toute seule de ma bouche !

Mon grand-père semble gêné de me répondre, mais finit par lever les bras au ciel :

— Ah, les tableaux, les tableaux ! Eh bien, c'est la Jeannig !

— Ah bon ? s'étonne Mélanie, incrédule.

— Ben oui, confirme mon grand-père, tu sais comment elle est ! Un jour elle aime, le lendemain, ça ne lui plaît plus...

Il laisse passer quelques secondes puis termine en suivant des yeux les volutes de fumée qu'il a libérées dans la salle :

Et lorsqu'elle décide de quelque chose, t'as pas intérêt à t'interposer !

— Mais...

— C'est comme ça, mon gars ! C'est comme ça depuis toujours !

Il me fait rire, mon grand-père, quand il prend ce faux air triste des victimes à qui l'on a tout confisqué. Et il doit le lire dans mon regard car il coupe court à la conversation.

— Ouahh ! s'exclame-t-il en regardant sa montre, vous avez vu l'heure ! Il est grand temps de filer au lit !

Il n'est pas du genre à se faire contredire, et lorsqu'il lance un ordre, même s'il est aujourd'hui en retraite, ça doit lui rappeler l'époque où lui et son meilleur ami Jack, étaient les patrons du GIAT.

Le Groupe d'intervention antiterroriste était constitué d'hommes capables d'intervenir n'importe quand et par n'importe quel temps sur n'importe quel continent du globe. Les décisions importantes, il fallait souvent les prendre en moins d'une minute dans ce métier, et on n'avait pas le droit à l'erreur. Alors, quand l'ordre claquait, ça filait droit.

Yvon m'a souvent raconté les exploits de cette équipe et chaque soirée passée au coin du feu se terminait inévitablement par le même conseil : « *N'oublie jamais, Iwan, que dans une vraie équipe, tu n'es rien sans les autres et que les autres ne sont pas grand-chose sans toi.* »

Une sacrée équipe dont la réputation ne connaissait pas de frontières !

Jusqu'à ces fameuses élections de 2030 où, dès son arrivée, Bogdich et son gouvernement ont décidé de remplacer le GIAT par les ordinateurs qui ont bâti ce foutu mur virtuel.

Yvon a pris soin d'éteindre toutes les lumières, et c'est grâce au faisceau de sa lampe torche que nous nous rendons à l'étage. Je connais par cœur ce vieil escalier dont presque toutes les marches craquent lugubrement. Là encore, les tableaux des pêcheurs de morue à Terre-Neuve dont Yvon m'a si souvent vanté les exploits n'ont laissé que leur empreinte plus claire sur le papier peint. Il ne reste rien. Rien que des pans de murs désespérément vides.

Arrivés devant la porte du fond qu'il nous ouvre sans un bruit, mon grand-père tend sa lampe à Mélanie et s'apprête déjà à regagner le rez-de-chaussée.

— Elle a dû piquer une de ces crises, ta femme, pour avoir fait à ce point le ménage ! ironise ma copine.

— Allez, les enfants, bonne nuit. Et pas d'autre éclairage que celui-ci, compris ?

Nous acquiesçons timidement avant de gagner chacun un des lits qui meublent la pièce.

Sous ma couette aussi humide que cette chambre qui n'a pas été chauffée depuis des siècles, je pense à mon père et Gaëlle... Où sont-ils ? Qu'a-t-il bien pu leur arriver ? Mes yeux se mouillent, et les reniflements répétés de Thibault trahissent également son inquiétude.

C'est Mélanie qui, contre toute attente, rompt le silence :

— Dis donc, Iwan, ton grand-père est quand même un sacré menteur !

Sa réflexion ne me surprend qu'à moitié mais je feins de ne pas la comprendre.

— Ah ? Et qu'est-ce qui te fait penser ça ? dis-je en m'efforçant d'accentuer la surprise.

Assise sur son lit, elle braque tout d'abord la lampe dans ma direction avant d'éclairer un à un les murs de la chambre.

— Regarde, m'ordonne-t-elle d'un ton sec, il ne reste que les crochets ici aussi !

Elle a raison, le cadre des biches photographiées dans un parc voisin a disparu, et le thonier de l'oncle qu'ils appelaient le Grand Yann s'est également volatilisé.

Mais comme je ne veux pas laisser perdre la partie à mon grand-père, je contre-attaque :

— Et alors, pourquoi ça ferait de lui un menteur ?

— Parce que le meuble de bibliothèque que j'ai aperçu à la lueur de sa lampe au fond du couloir ne contient plus un seul bouquin non plus, banane !

Je sais que lorsque Mélanie emploie ce genre de terme, c'est que la moutarde commence à lui monter au nez, mais je ne vais quand même pas me dégonfler et admettre que mon idole de grand-père est un bonimenteur, non !

Je décide d'enfoncer le clou :

— Et puis quoi ?

C'est la provocation de trop. La riposte de Mélanie m'arrive en pleine tête, comme un missile :

— Et puis quoi, et puis quoi ! T'as quand même pas avalé que c'est ta grand-mère qui a fait tout ce ménage, si ?

Mon silence l'énerve encore davantage et elle reprend de plus belle :

— Tu crois encore au père Noël, Iwan Malaterre ?

— Ben non, je ne vois pas le rapport.

Sentant qu'il vaudrait mieux partager mon sentiment avec elle, je poursuis, conciliant :

— J'ai pensé à tout ça, moi aussi.

— Et ? questionne alors Thibault.

Je respire un grand coup et me lance.

— Eh bien, je pense qu'il a certainement ses raisons.

— Ça, c'est de la réponse qui tue ! Tu veux que je te les donne, moi, ses raisons ? vocifère Mélanie.

Debout sur son lit, elle poursuit sans même me donner le temps de formuler la moindre réplique :

— Si ton grand-père ne nous a posé aucune question et qu'il a tout de suite gobé notre histoire de dingues, s'il se balade dans sa propre maison sans allumer la lumière, ce ne serait pas parce qu'il est au courant de tout ce qui se passe ?

Ne pas l'énerver davantage.

— Ça, c'est clair ! T'as raison, Mélanie, renchérit mon copain. Moi aussi, je le soupçonne de nous cacher ce qu'il sait sur cette histoire !

Encouragée par le soutien de Thibault, la voilà qui saute sur le plancher et s'approche à grands pas de mon lit en me braquant le faisceau blanc à bout portant, droit dans les yeux.

Je m'enfonce vite fait sous ma couette.

— Et tu sais quoi ? menace encore Mélanie, hystérique. Eh bien, Yvon, il s'attend au pire ! Et c'est la raison pour laquelle il a envoyé Jeannig se mettre à l'abri chez sa frangine à Paris ! Il sait parfaitement ce qui se prépare, si tu veux mon avis !

— Euh... continue... dis-je, la couette redescendue sur le nez.

— Il doit encore être en contact avec les gens pour qui il travaillait avant. Il se tient au courant, c'est clair.

— Tu crois vraiment que...

— Avec le raffut que tu fais, Mélanie, on va finir par se faire engueuler ! risque Thibault.

— Je le crois pas, j'en suis sûre ! poursuit-elle sans même prêter attention à la remarque de notre copain. Et son réseau lui permet d'avoir toujours un coup d'avance. Une fois seul ici, il a démonté et planqué tout ce qui décorait sa maison : peintures, photos, livres et tout, pour pas se faire démasquer en cas de visite indésirable !

Et Thibault d'ajouter que mon grand-père a raison. Que si les autres malades en veulent aux artistes, mieux vaut passer pour un sombre imbécile qui n'y connaît rien que pour un érudit féru d'art.

— Ton grand-père est un malin, Iwan. Il a peut-être même dans l'idée de se faire passer pour l'un des leurs s'ils venaient à rappliquer !

Ça ne m'étonnerait pas de lui. Il est rusé comme un renard !

— Donc c'est un menteur. Un menteur génial, mais un sacré menteur ! conclut Mélanie.

Dehors, le vent reprend doucement sa place dans le paysage chaotique hivernal.

Il s'est en effet remis à souffler depuis une dizaine de minutes et bataille ferme avec les volets de la chambre.

Sans l'épaisse couche de neige qui doit maintenant recouvrir ses ardoises, le toit, pourtant habitué aux fortes tempêtes qui secouent la Bretagne depuis toujours, pourrait bien s'envoler. Les bourrasques sont parfois si fortes qu'on sent la vieille bâtisse comme déplacée. Mais elle résiste ! Comme le roseau de la fable de La Fontaine !

Dormir malgré tout.

Et que font tous ceux qui n'ont aucun toit avec ce temps ? Et où est Ian ? Et mon père ? Et Gaëlle ?

Leurs visages défilent devant mes yeux, je relis intérieurement les quelques mots laissés par mon père, le message du visiophone me revient en boucle et je maudis le temps qu'il nous a fallu pour le décrypter.

Dormir...

Mais pourrons-nous seulement fermer un œil cette nuit ? Un volet qui tenait jusque-là tête au vent vient de s'ouvrir d'un coup et claque violemment contre le mur de la façade.

Si personne n'intervient rapidement, la tempête va l'arracher à ses gonds et l'envoyer valdinguer je ne sais où.

Sans se poser de questions, toujours munie de la lampe torche, Mélanie saute à nouveau de son lit et se précipite vers la fenêtre qui, à peine ouverte, laisse entrer une nuée de flocons, comme propulsés à l'intérieur de la chambre par un ventilateur géant.

Je me précipite pour lui prêter main forte.

Après avoir tiré de toutes nos forces, nous soufflons enfin comme deux bagnards de retour de leur journée de travail.

Il était temps. Le loquet enfin rabattu, j'arrache la lampe torche des mains de Mélanie et en presse promptement l'interrupteur.

— Ben, qu'est-ce que t'as ?

Pétrifié, je ne trouve plus mes mots... et bredouille :

— En bas... Regarde...

Elle se penche et, tout comme moi, observe entre les lattes de bois.

— Merde... balbutie-t-elle.

Deux motoneiges sont là qui s'avancent et ralentissent progressivement jusqu'à s'arrêter dans la lueur du lampadaire.

Parvenus à la hauteur de la maison, les pilotes coupent le moteur. Ils marquent un long, très long temps d'arrêt avant d'ôter leurs lunettes et de mettre pied à terre. À la recherche d'empreintes, ils fouillent ensuite le sol pendant que ceux postés à l'arrière des véhicules échangent brièvement en décrivant des signes vers la façade. Uniformes sombres et brassards rouges... Encore ces BMR...

— J'y crois pas, ils ne se planquent même plus !

— Ils ne nous lâcheront jamais ! se lamente Mélanie.

— Si ce sont Torg et Nag, ces deux fumiers ont de la suite dans les idées.

— Ils ont quand même quelques raisons de nous en vouloir, non !

— Avec ce qu'on leur a mis aujourd'hui, c'est certain, mais il ne faut pas oublier à quel point ton beau-père te déteste.

Toute trace au sol ayant été effacée par la neige et le vent, *ils* scrutent la façade puis le haut du toit. Comme devant chez moi, ils cherchent à l'évidence un signe de présence.

Une voix en colère nous fait tout à coup sursauter :

— Mais, c'est pas vrai, ça ! Fermez-moi cette fenêtre tout de suite ! *Ils* sont juste en bas !

Yvon vient d'entrer en trombe dans la chambre et me repousse violemment contre Mélanie qui glisse sur le plancher.

Il est furieux, je connais ce ton.

— Il ne doit y avoir aucun signe de vie dans la maison, Iwan ! Tu n'es pas en train de jouer à un de vos foutus jeux vidéo, nom de Dieu !

Tandis qu'il referme la fenêtre, je crois bon d'ajouter :

— Mais, le feu dans la cheminée, la fumée, *ils* vont...

— Occupe-toi de tes affaires ! Tu me déçois, Iwan. Moi qui pensais que tout ce qui vous était arrivé aujourd'hui allait vous servir de leçon !

Je n'ose même pas lui dire que nous ne nous sommes pas levés pour regarder dehors mais pour sauver son volet.

Yvon s'assied à nos côtés. Il soupire longuement.

Conscient que nous avons eu de la chance, conscient aussi de la peur que nous avons faite à mon grand-père, je pose ma main sur la sienne en murmurant quelques excuses, même si je sais que nous n'avons pas désobéi à ses ordres.

— Ça va, petit, ça va, marmonne-t-il finalement. T'inquiète pas pour la cheminée. J'avais déjà étouffé les braises avant que vous ne montiez vous coucher.

Il glousse maintenant :

— Dis donc, mon lascar, tu ne me prendrais pas pour un débutant tout de même ?

La réponse qu'il obtient, c'est un ronflement, clair et régulier. Son origine, nous la découvrons rapidement et pouffons tous les trois de rire en même temps ; un rire qui nous soulage si fort qu'il se transforme aussitôt en fou rire. Yvon, qui n'en peut plus, s'écroule sur le sol, hilare, et Mélanie ne tarde pas à le suivre.

Ce boucan finit par réveiller Thibault qui, étonné de notre bonne humeur, se relève, hébété, dans son lit.

— Ben quoi ? lâche-t-il.

La tête qu'il fait dans le faisceau de lumière que Mélanie braque un instant sur lui ne fait qu'augmenter le délire du moment.

— Allez, déclare Yvon, tentant de retrouver son sérieux, la présence de ces fouineurs ne me dit rien de bon, je regagne mon poste d'observation. Quant à vous, plus un bruit. Si vous voulez être en forme demain matin, vous feriez bien de faire comme Thibault ! Vous aurez besoin de toutes vos forces !

Mon grand-père quitte ensuite la chambre d'un pas décidé, et nous l'entendons qui s'esclaffe encore en bas de l'escalier. La tempête de rires se calme bien avant celle du dehors que couvrent, entre deux bourrasques, les ronflements d'un Thibault reparti vers ses rêves.

Bien au chaud, soulagé, je me sens fier d'avoir profité de l'accalmie pour nous mettre tous à l'abri chez mon grand-père.

Nous étions dans l'œil de la dépression, l'entre deux marées, l'unique moment, l'unique chance qu'il me fallait saisir avant que ces deux malades ne mettent le feu chez moi, avant que la tempête ne reprenne.

Je l'ai fait.

En y réfléchissant bien, peut-être que j'aurais pu, moi aussi, être chef adjoint au GIAT auprès d'Yvon et ses copains !

Mais, au fait, pourquoi a-t-il dit qu'on aurait besoin de toutes nos forces demain ?

C'est l'écho d'une conversation juste en dessous de la chambre qui nous réveille.

Yvon est en pleine discussion avec quelqu'un au rez-de-chaussée.

— Quelle heure ? interroge Mélanie à mi-voix.

— Deux et demie, répond Thibault en bâillant. On dirait que ton grand-père a de la visite, Iwan, ajoute-t-il, inquiet.

— Tu crois que ça pourrait être les quatre types des motoneiges ? dis-je en me redressant.

— Impossible, ça ferait nettement plus de raffut en bas, tu crois pas ?

D'un même mouvement, nous quittons ensemble nos lits pour nous diriger avec mille précautions vers le couloir.

Le tapis qui recouvre une bonne partie du plancher de la pièce nous permet d'avancer sans bruit jusqu'à l'escalier que nous empruntons en mode « ninja », posant les pieds sur les extrémités des marches afin qu'elles ne craquent pas.

Pas feutrés sur le carrelage du rez-de-chaussée puis nous voilà à quelques centimètres de l'entrée du bureau d'Yvon d'où s'échappe la lueur bleutée caractéristique de l'écran du visiophone.

— Et ça va de plus en plus mal..., commente le correspondant, pendant que, sur la pointe des pieds, nous franchissons le champ de la lumière.

Ils ont rasé des villes entières, mis le feu aux musées, aux galeries, aux médiathèques, aux salles de spectacles et de cinéma, continue la voix. Ils ont même brûlé le moulin d'un musicien anglais par chez vous. C'est aux artistes que les Brigades s'attaquent cette fois, Fox ! Les derniers qui nous faisaient encore rêver.

— Ouais, répond mon grand-père songeur, accoudé au bureau. Ces salauds veulent tout effacer... comme au Tibet, en Irak, en Syrie et ailleurs.

— Oui, mais ici, on est en France. Enfin... ce qu'il en reste ! rétorque vivement l'homme dont le visage nous apparaît maintenant clairement sur l'écran où la neige tombe à gros flocons.

Il doit avoir le même âge qu'Yvon. Grande moustache en guidon de vélo et barbe de trois jours, cheveux courts et boucle d'oreille, si l'on en juge à la largeur de son cou, il devait être rugbyman par le passé. À moins que cette marmule soit tout simplement Jack, le fameux copain du GIAT dont m'a si souvent parlé Yvon.

— Ben, mon vieux, je crois qu'on n'a plus vraiment le choix, confirme mon grand-père.

— Et si on profitait du sommeil des mômes ? propose son correspondant.

Yvon marque un temps d'arrêt en se raclant la gorge. Il est visiblement ennuyé par la proposition de son ami. Je sens la tension monter d'un cran. Thibault, pris de panique, me saisit le bras et le serre si fort que je dois me retenir pour ne pas hurler de douleur.

— Ils vont se barrer sans nous et nous laisser là tout seuls ! dit-il dans un murmure qui pourrait aussi bien être un cri de détresse.

La réflexion n'échappe pas à l'ouïe fine d'Yvon qui, en un quart de seconde, a fait pivoter son fauteuil pour se retrouver face à nous. Puis, sans marquer la moindre émotion, il se retourne vers l'écran et précise à son copain :

— À propos de mômes, Jack, j'ai là trois Schtroumpfs qui viennent de débarquer dans mon bureau... J'en fais quoi ?

— Approche-les de l'écran que je voie un peu leurs bobines !

C'est donc à petits, à tout petits pas, que nous rejoignons Yvon dans sa bulle bleue.

— Salut, les gamins, entame la grosse voix de Jack, ça me fait plaisir de voir de vrais héros ! Yvon m'a conté vos exploits de la journée et vous pouvez en être fiers !

— Trop cool, ce troll, me glisse Thibault à l'oreille.

Il est vrai que devant une telle avalanche de compliments, je me sens rougir jusqu'aux cheveux, et si j'ai bien retenu les cours d'arts plastiques, on a donc dû tous les trois virer au violet !

— Comme le sommeil ne semble pas vouloir de vous, il va vous falloir aider mon pote Yvon. Je peux compter sur vous ?

— Pour quoi faire ? répond Mélanie du tac au tac.

— Voilà, mon nom est Jack, j'ai longtemps travaillé avec Fox, le grand-père d'Iwan. On m'appelait d'ailleurs « The Bull » à l'époque.

— Le Renard et le Taureau, nous glisse Mélanie de manière à peine perceptible.

— Bonne traduction, jeune fille ! confirme Jack en souriant.

Décidément, ces deux-là ont toujours une oreille aux aguets ! Le métier, sans doute.

— Écoutez-moi bien, tous les trois, poursuit Jack, comme vient de le dire Yvon, nous n'avons plus le choix, et demain, nous passons tous les cinq à l'action.

Ces deux types qui ont bourlingué dans tous les pays du monde nous proposent de passer à l'action à leurs côtés ! Thibault, Mélanie et moi échangeons des regards effarés. Nous avons encore dû changer de couleur, car j'ai l'impression que mes deux copains sont maintenant noirs... À moins que ce ne soit du violet très foncé !

— Nous ? reprend Thibault, stupéfait par ce qu'il vient d'entendre.

— Oui, *vous*, insiste le Taureau d'un ton des plus sérieux.

Je ne sais que dire, mais je comprends en une seconde pourquoi cet homme est le meilleur ami de mon grand-père. Toutes les histoires des deux compères me reviennent soudain en mémoire et me donnent le frisson. Comme à son habitude, l'ancien patron du GIAT vient de prendre sa décision en moins de trois secondes.

Yvon, qui a dû ressentir mon émotion, me passe doucement la main dans les cheveux.

— Vous l'avez convaincu, me souffle-t-il.

— Mais, grand-père, on n'a rien fait !

— C'est fou ce qu'on peut parfois faire sans même s'en apercevoir, mon p'tit Iwan !

— Pour l'heure, continue Jack, vous nous préparez le hangar nord. OK, Yvon ?

— OK, Jack. Combien ?

— Dix-sept.

L'écran bleu vient de virer au noir. Le contact est rompu et nous n'en saurons pas davantage.

Mon grand-père, tout en réglant sa montre, vient au-devant de nos questions.

— Dix-sept, c'est le nombre de minutes dont nous disposons pour préparer le hangar nord, déclare-t-il. L'entrée ne devra s'ouvrir que quelques secondes, et uniquement pour laisser passer Jack et sa motoneige.

Je m'insurge :

— Mais, Yvon, tu m'as toujours interdit d'aller jouer dans ce bunker !

— Et qui te dit qu'on va y jouer, petit ?

En passant par le cellier, il attrape et enfile des vêtements chauds et nous l'imitons, conscients que depuis quelques instants nous participons à une mission de la plus haute importance.

Je pense à ce moment-là que ce genre d'épisode en mettrait plein la vue à tous les copains du collège et particulièrement au gros Tornyol !

Lorsque tout le monde semble prêt, le boss nous entraîne vers la cave en prenant soin de refermer à clef toutes les portes derrière nous.

C'est toujours la même lueur blafarde qui éclaire cet endroit dans lequel j'adore me retrouver seul lorsque les adultes festoient à l'étage. C'est là que se côtoient dans un silence qui m'impressionne chaque fois des épuisettes, des paires de bottes en caoutchouc, des cannes à pêche, des boîtes en carton renfermant des chaussures d'un autre âge, des jerricans vides, une poêle à trous pour faire cuire les châtaignes, des pots de peinture, des tas de boîtes en ferraille, des ballons crevés et une pompe à vélo qui doit bien dater de la préhistoire. Et tout ce fatras traîne sur les étagères poussiéreuses, juste à côté d'un placard fermé, celui où attendent patiemment les bouteilles de verre contenant mes messages, tous mes messages.

Mamie Jeannig a dû abandonner depuis longtemps l'idée de ranger ce capharnaüm. Il n'y a que sur l'établi, à gauche, que les outils sont toujours impeccablement rangés. Une pancarte marquée « Propriété privée » indique d'ailleurs clairement au visiteur l'interdiction d'y toucher.

Dans la pénombre, Yvon tourne maintenant la poignée d'une vieille porte en bois. Nous nous engageons à sa suite et pénétrons dans un réduit où une forte odeur de moisi nous prend immédiatement les narines.

Le rythme de notre progression a considérablement ralenti. Il nous faut maintenant faire attention de ne pas glisser sur le sol dont la terre battue est gorgée d'humidité.

Parvenu à une armoire sans portes où sont suspendus vestes et pantalons de ciré, notre guide se penche vers la droite, ôte une pierre du mur et extrait du trou, qu'il rebouche immédiatement, une petite boîte noire dont il soulève le couvercle transparent. Nous sommes assez près pour voir qu'il s'agit d'un clavier, mais pas assez rapides pour retenir le code que vient d'y taper notre chef de mission.

Alors là, si je m'attendais à ça !

Sous nos yeux ébahis, le vieux meuble se met à glisser sur la gauche du mur ! Mais attention, pas comme dans les films d'horreur avec des grincements sinistres, de la poussière et tout ! Non ! C'est comme si elle était portée par l'air, par magie, sans même un couinement !

Entièrement écartée, elle laisse dès lors une cavité béante dans la cloison. Yvon s'y engouffre dans le plus grand silence et en revient avec des lunettes qu'il nous distribue. Marquées des lettres « GIAT France », elles offrent, une fois en place, une vision verdâtre qui permet de distinguer parfaitement notre environnement dans l' obscurité.

Les battements de mon cœur s'affolent ! Je n'en reviens pas. Cet homme-là est mon grand-père ! Moi qui le prenais pour un retraité tranquille, sportif certes, mais se contentant avant tout de ses promenades et de ses parties de pêche dans le golfe...

Mélanie devant nous, Thibault ensuite et moi fermant la marche, nous le suivons maintenant en file indienne dans un étroit souterrain dont les parois rocheuses laissent ruisseler de petits serpents d'eau provenant sans doute de la fonte de la neige au-dessus de nos têtes.

Alors que derrière nous l'armoire a désormais repris sa place, interdisant toute sortie, nous nous enfonçons sans un mot dans les entrailles de la terre.

La cadence est rapide. Nos respirations et l'écho de nos pas résonnent jusqu'au fond du boyau. À certains moments, la voûte nous force à baisser la tête. À d'autres, elle reprend de la hauteur et l'on distingue alors clairement le vol des quelques chauves-souris qui ont élu domicile ici depuis des années.

Thibault n'a pas franchement l'air d'apprécier leur compagnie : je l'aperçois rentrant la tête dans les épaules, comme pour se protéger. Il bat des mains, effectue des moulinets avec ses bras. L'un des chiroptères a dû lui frôler la tignasse...

Mélanie, elle, semble n'avoir rien vu, rien entendu ; elle avance sans se retourner. Je la vois verte de peur à travers mes lunettes, mais j'imagine que c'est aussi sa couleur naturelle du moment ! Elle s'accroche de si près aux pas d'Yvon qu'elle pourrait lui monter sur le dos.

La colonne qui avançait jusque-là d'un bon pas ralentit brutalement. Nous venons d'atteindre les premières marches d'un escalier de pierre qui plonge carrément vers les ténèbres.

Ne pas perdre Thibault de vue.

Ne pas se laisser gagner par la peur.

Respirer bien profondément.

Au-dessus de nous, il est devenu impossible de distinguer le plafond de la voûte.

Ne pas glisser.

Mains à plat sur la roche pour garder l'équilibre.

La descente qui paraissait interminable s'achève finalement sur un large ponton constitué d'épaisses planches de bois.

Yvon stoppe le convoi et retire ses lunettes de vision nocturne. Nous l'imitons machinalement.

Et le silence s'impose à nouveau dans le gouffre. Un silence de mort ! Un silence comme jamais je n'en ai entendu ; car je peux l'affirmer : un silence comme celui-là, ça s'entend ! Au point de percevoir clairement les globules qui circulent dans les veines, au point d'avoir la désagréable impression que ce goutte-à-goutte provenant d'on ne sait où, c'est l'écho des artères se vidant de leur sang.

J'ai soudain chaud, très chaud. Je transpire.

Cette odeur d'eau, de moisi, de terre détrempée, l'impression d'attendre enfermés dans une station fantôme un métro qui n'arrivera jamais.

Respirer profondément.

Une goutte d'eau vient de me tomber dans le cou et chemine le long de ma colonne vertébrale. C'est horrible comme sensation, mais je n'ose pas bouger d'un cil. Je ne veux surtout pas risquer de compromettre la mission pour une goutte d'eau !

Mélanie vient glisser sa main dans la mienne. Un ventre gargouille non loin de moi et Thibault toussote pour tromper sa peur, cette même peur, sans doute, qui nous a fait nous rapprocher les uns des autres sur la plate-forme.

À deux pas, Yvon, immobile, semble attendre quelque chose. Un signal. Ou peut-être tient-il à s'assurer que nous sommes bien les seuls au fond du tunnel avant de poursuivre cette sinistre randonnée.

Le boîtier qu'il tient toujours en main laisse soudain échapper une série de bips discrets en même temps qu'une diode rouge se met à clignoter.

– Parfait, nous sommes à l'heure, précise enfin notre guide d'une voix atone.

Le commutateur qu'il vient de presser produit maintenant une petite lueur verte dont le clignotement s'accélère pendant quelques secondes jusqu'à devenir un point lumineux fixe.

Ce qui s'était passé sous nos yeux avec l'armoire à cirés nous avait cloués au sol, mais ce n'était encore rien comparé au spectacle qui débute devant nous !

Faisant suite à un énorme déclic métallique, un gigantesque pan de béton situé à une vingtaine de mètres de nous s'éclaire tout à coup avant de se mouvoir ensuite à la verticale. Et ça grince, et ça craque, et ça hurle avant de s'arracher enfin du sol dans un fracas assourdissant.

Un courant d'air s'engouffre alors instantanément dans les lieux, froid, vif, qui nous saisit le visage, les oreilles, les mains. Je comprends à cet instant que c'est Yvon qui vient de déclencher l'ouverture de l'accès à ce passage secret.

Pivotant lentement sur son axe, le gigantesque panneau s'élève lentement puis, lorsqu'il est parvenu au bout de sa course, il demeure quelques secondes immobile, nous laissant le temps de discerner le lointain vrombissement d'un moteur, avant d'entamer lentement le mouvement inverse.

Je frissonne. Et si les BMR aux aguets, alertés par ce vacarme, décidaient tout à coup de venir jeter un œil dans le fond de la propriété de mon grand-père ?

— On ne bouge pas, ordonne calmement Yvon qui doit percevoir notre anxiété.

Au son de sa voix, je le devine extrêmement concentré.

De petites lumières bleues viennent de s'allumer au sol. Reliant notre plate-forme à l'entrée du bunker, elles tracent comme le balisage d'une piste d'atterrissage.

C'est au moment où l'immense panneau n'est plus qu'à environ trois mètres du sol que nous distinguons nettement le vrombissement du moteur d'un engin poussé à fond.

Une motoneige guidée par de puissants phares se rapproche à une vitesse fulgurante, transperçant l'épais rideau des flocons de neige.

Si le pilote commet la moindre erreur, à la vitesse à laquelle fonce son bolide, il viendra sans aucun doute se fracasser contre la paroi !

Trois mètres encore, et la masse mouvante aura retrouvé sa place initiale.

Le pilote accélère encore, au risque de faire exploser sa machine.

Sommes-nous toujours sur terre ? On aperçoit clairement à l'arrière de la comète, vomies par son pot d'échappement, les gerbes de flammes qui déchirent la nuit.

Ma main se crispe sur celle de Mélanie et je sens, malgré le froid, la sueur ruisseler le long de mon dos.

Yvon, lui, ne bronche toujours pas.

Un peu moins de deux mètres...

Au terme de sa chevauchée, l'appareil semble soudain franchir une bosse plus haute que les autres. Le conducteur saisit l'occasion pour faire cracher au moteur à pleine puissance les dernières forces qu'il gardait en réserve. Le vaisseau s'élève alors telle une fusée, puis, après quelques secondes d'un vol improbable, retombe lourdement au sol et vient finir sa course sur le passage balisé.

Incroyable ! Il a réussi ! Il était moins une !

Une terrible odeur de chaud et d'essence emplit tout à coup l'atmosphère, mais déjà Yvon, sans avoir ouvert la bouche, active un autre bouton sur son clavier.

Un court instant, je sens frémir la plate-forme sous nos pieds. Elle s'élance ensuite, s'élève quelques longues secondes tel un monte-charge puis s'arrête finalement avant que la lumière ne jaillisse de toutes parts dans ce fameux hangar nord.

— J'avais le droit à trois minutes maxi, commente Yvon sur le ton des excuses. On ne pouvait se permettre davantage au risque d'offrir le labo sur un plateau aux Mangeurs, tu le sais.

— Je sais, Yvon, je sais, répond le pilote en quittant sa monture.

À l'allure saccadée de sa respiration, je devine qu'il sait surtout que ce soir, il a joué avec la mort et qu'il est bien content de l'avoir laissée dehors une fois de plus !

L'homme, qui doit bien mesurer deux mètres de haut, ôte à la hâte un bonnet en fourrure et une écharpe qu'il me tend. Il remet ensuite ses lunettes (les mêmes que les nôtres) à Thibault, et ses gants de cuir à Mélanie. Ils sont si grands qu'elle pourrait presque y glisser la tête !

Quant à son manteau, il l'étale largement sur le moteur de son side-car[4], et part se jeter dans les bras de mon grand-père.

— Yvon... Ça fait du bien de te revoir !

---

4. Motoneige pourvue d'une place latérale destinée à recevoir un passager supplémentaire.

— Sacré Jack, lui répond Yvon, ça va nous faire dix ans de moins !

Mon grand-père se charge des présentations et je comprends, lorsqu'arrive mon tour, pourquoi Mélanie paraissait si petite à côté des gants : le Taureau aurait pu serrer nos six mains dans la sienne en une seule fois !

Les deux hommes restent discuter un long moment pendant lequel Mélanie, Thibault et moi en profitons pour inspecter les lieux.

— Je sais que je t'ai toujours interdit de venir fureter ici, me lance alors Yvon. Si vous y êtes ce soir, c'est parce qu'on ne joue plus !

Je ne prête déjà plus attention à ses paroles. Nous venons tous trois de basculer dans un autre monde.

Le hangar abrite une quantité de matériel comme nous n'en avons encore jamais vu !

Les murs sont recouverts d'écrans où figurent des pays, où clignotent des villes, dans des langues que nous ne connaissons pas.

Suspendus un peu plus loin, ailes delta, arcs et arbalètes du futur, tenues de plongée, canoës, skis, raquettes, casques, sacs à dos, sacs de grosse toile marqués « Parapente », « Kite » ou encore « Parachute » ornent les parois de cet espace au secret si bien gardé.

Mais le clou de cette exposition irréelle, c'est au beau milieu du hangar, sous d'immenses bâches de plastique blanc, qu'il se situe.

En effet, tels des fantômes, deux catamarans d'au moins dix mètres de long, chacun monté sur des skis de la même longueur, semblent attendre, sereins, majestueux, l'heure de l'embarquement !

Mélanie, qui s'en est également approchée, soulève l'une des bâches pour en voir davantage.

— Cataskis, précise Jack qui nous a rejoints.

La stupéfaction est à son comble ! Nous tombons assis sur deux grosses malles de métal noir.

— Des cataskis ? répète Thibault, abasourdi par la découverte. Mais, ça sert à quoi, des trucs pareils ?

— Et curieux, avec ça ! s'exclame le grand moustachu en riant.

— Bon, les jeunes, coupe Yvon, vous en avez eu autant qu'à Noël, alors maintenant, on vous raccompagne au dodo, d'accord ?

Ce faisant, Jack nous invite à rebrousser chemin tandis que mon grand-père replonge l'endroit dans l'obscurité la plus profonde.

Il m'a semblé voir bouger quelque chose dans le side-car… Mais, j'ai dû rêver. Le trop-plein d'émotions sans doute.

*

De retour au bercail, nous regagnons nos lits, la tête dans les nuages, muets, le souffle coupé par la découverte d'un tel arsenal.

Je me sens soulagé d'avoir enfin compris pourquoi l'accès à ce fameux hangar nord m'a été interdit pendant toutes ces années.

La respiration lente et régulière de Mélanie m'indique qu'elle est déjà endormie.

— Des cataskis ! s'étonne encore Thibault. Non mais, t'y crois, toi, Iwan ?

Je l'entends qui gesticule en mimant des glissades. Je crois même qu'il tombe de son lit. Mais je n'ai plus ni la force de lui répondre, ni celle de relever mes paupières lourdes comme des enclumes.

Le réveil marque dix heures vingt-sept lorsqu'un bruit inhabituel me fait ouvrir un œil.

Après les quelques secondes nécessaires à la remise en ordre de mes souvenirs, les événements de la veille me reviennent et c'est dans un demi-sommeil que je m'accoude sur mon lit.

Dans le brouillard de mes pensées, je m'accorde un instant. De ceux qu'on voudrait prolonger pour savourer encore la magie des rayons du soleil qui filtrent par les interstices du volet clos et douchent d'une lumière théâtrale deux lits voisins où sont allongés les acteurs fatigués par une journée et une nuit des plus éprouvantes.

Lui, les bras en croix, dort comme un bienheureux. Le vacarme du vent qui n'a pas molli durant la nuit parvient difficilement à couvrir ses ronflements.

Sur la couche d'en face, Mélanie semble dormir d'un sommeil serein. Comme si rien ne s'était passé, comme si rien ne l'avait touchée.

Et pourtant je suis sûr que, comme Thibault et moi, elle a dû prendre sur elle pour traverser tout ça.

Mes pensées sont brusquement dispersées par les aboiements d'un chien qui semble s'être arrêté devant la maison.

Le pauvre doit avoir super froid par ce temps.

Mais, à la réflexion, que ferait un chien dehors par un temps pareil, et à qui serait-il ?

Mis à part les aveugles, la police, les sauveteurs en mer et en montagne, dont les chiens portent tous une puce magnétique, personne n'a plus le droit de posséder un chien depuis que Bogdich a pris le pouvoir en 2030. Il a décrété que dans les cinq ans tous les chiens et les chats, responsables de la propagation de nombreuses épidémies, devraient avoir été éliminés.

Yannick, mon père, tout comme Gaëlle, Yvon et Jeannig prétendent, eux, que c'est un prétexte pour priver un peu plus les gens de bonheur, isoler les plus fragiles, les plus malheureux et les plus âgés déjà sans défense ni entourage. Forcer tous ceux qui dormaient depuis toutes ces années dans les rues à venir s'enfermer dans ces endroits maudits qu'ils ont baptisés les Maisons du Peuple. Les sans-abri restent là quelques jours en transit avant que des trains ne les emmènent vers des centres plus importants. On en voit de moins en moins dans les villes.

Vaincu par la curiosité, je saute du lit et m'approche à pas de velours de la fenêtre.

Au travers des lattes du volet, j'observe tous azimuts, mais je dois me rendre à l'évidence au bout d'une minute : il n'y a pas plus de chien devant la maison qu'il n'y a de rappeur dans notre chambre.

J'en conclus que si l'animal n'est pas dehors, c'est qu'il est dedans – un raisonnement qui me vaudrait sans aucun doute les moqueries de Thibault.

« J'en aurai le cœur net », me dis-je, bien décidé à descendre voir ce qu'il en est.

— C'est quoi ce clebs ? s'enquiert tout à coup mon copain qui, assis dans son lit, n'en finit pas de se frotter les yeux.

— Aucune idée, fais-je, surpris et coupé dans mon élan. Mais j'allais justement aux renseignements.

— Et d'où il viendrait ? C'est quand même pas ton grand-père qui est allé se l'acheter ce matin au marché noir !

L'envie de rappeler à Thibault que je déteste qu'on me parle avant d'avoir pris mon petit déjeuner me titille, mais je réponds poliment :

— Et comment veux-tu que je le sache ? On descend et tu l'interroges !

— Qui ?

— Le chien, banane !

— Monsieur est encore de bon poil, ce matin ! marmonne Thibault qui, en quittant son lit, glisse sur le tapis et se retrouve les quatre fers en l'air sur le plancher ciré de la chambre.

J'en profite alors malgré moi :

— Au fait, t'as appelé la SNSM[5] hier soir ?

— C'est quoi cette embrouille, encore ? me répond-il, méfiant et peu réceptif à mon humour matinal.

— Ben, t'es bien tombé par-dessus bord hier soir, non ?

---

5. Société nationale de sauvetage en mer.

— Tu rêves les yeux ouverts, mon pauvre Iwan, riposte alors le naufragé du plancher.

— Nan, nan, je suis sûr que tu te croyais sur un cataski !

— N'importe quoi, Malaterre !

— T'avais ta balise Argos au moins ?

Comme il est sur le point de piquer sa crise, je calme la situation en lui indiquant Mélanie encore tout endormie dans son lit.

S'il suivait son instinct, il m'étranglerait sur le champ.

— T'es vraiment qu'un pauvre blaireau ! râle-t-il à voix basse, dents et poings serrés.

D'un sourire entendu, nous quittons tous les deux la chambre pour nous glisser dans le couloir, plus que jamais convaincus que rien ni personne ne viendra jamais à bout de notre amitié.

Au bout du corridor, nous nous apprêtons à attaquer les vingt-deux marches qui mènent au rez-de-chaussée. L'épreuve est toutefois rendue plus aisée que la veille par la lumière que projette le soleil à travers les lucarnes de toit situées à l'aplomb de la cage d'escalier.

Jack et Yvon, qui ne peuvent pour l'instant pas nous voir, occupent chacun un fauteuil, face à la table basse, où patientent calmement café et lait fumants, tartines de pain, crêpes, beurre et confitures.

Les deux hommes observent l'écran d'un ordinateur où défilent les images illustrant le reportage d'un journaliste, qu'ils écoutent avec la plus grande attention.

De temps à autre, l'un des deux hommes y va de son commentaire.

— C'est clair, tous ces artistes ont été kidnappés, fait remarquer Jack.

— C'est aussi ce que je pense, acquiesce mon grand-père à mi-voix, mais je ne voulais pas inquiéter les mômes la nuit dernière.

— Tu parles, réplique son ami, le ton grinçant, parents photographes ou libraires, votre musicien anglais, ces auteurs de bandes dessinées et de romans, ces trois danseuses, les deux sculpteurs. Ce sont tous des artisans du rêve... Y a aucun doute, mon vieux : les brigades sont en marche... Pour ce qui est des jeunes, cesse de t'inquiéter. Après ce qu'ils ont traversé seuls hier et qui n'était qu'un début, je les pense prêts à encaisser bien plus que tu n'imagines.

Au fil de ses mots, le ton de Jack se fait plus sombre. Nous nous asseyons au milieu de l'escalier afin de continuer à les écouter sans nous faire voir.

— Les Mange-Rêve, soupire Yvon en se passant pensivement la main sur la barbe.

— Depuis le temps que ça menaçait d'arriver, conclut Jack, dépité. À la télé, le reporter relate l'incendie qui ravage un secteur du bord de Loire que la mairie de Nantes consacrait depuis des décennies à la culture.

— Les BMR, me souffle Thibault à l'oreille, alors que je suis du haut de notre perchoir les images de la catastrophe qui défilent à l'écran. B comme Brigades, M comme Mangeurs, R comme Rêve, insiste-t-il lourdement, au cas où je n'aurais pas tout à fait compris. Je tourne enfin la tête dans sa direction et l'observe sans ouvrir la bouche. Par moments, je me demande s'il ne me prend pas un peu pour un demeuré, quand même.

— Des témoins ont retrouvé des douilles de gros calibre ce matin dans les ruines du moulin de l'Anglais, reprend Jack. Même si la police prétend que c'est un accident dû à un poêle à bois qui se serait renversé, eux assurent que la bâtisse a été incendiée par des types en uniforme. Ils ont même vu deux ados leur fausser compagnie à vélo. Quant à la maison de ton fils, elle a subi le même sort hier soir... Les jeunes ont compris depuis longtemps, Yvon, te tracasse pas.

Jack laisse quelques instants mon grand-père à ses réflexions, puis avale d'une seule gorgée le contenu de sa tasse de café avant de poursuivre calmement :

— Ton Iwan a particulièrement bien assuré et ils se sont tous bien sortis de leur première épreuve. Faut jouer franc-jeu avec eux et leur parler au plus vite de nos intentions.

Thibault me plante son coude dans les côtes et je comprends qu'il lui tarde, à lui aussi, de connaître les fameuses intentions des deux comploteurs.

Et le temps passe, affichant sur l'écran son lot de mauvaises nouvelles...

Durant la conversation que nous suivons tels deux espions, je me suis installé à mon aise sur les marches du vieil escalier.

Brusquement, surgi de l'ombre des marches, un ignoble truc humide et visqueux que je ne parviens pas à identifier vient de se faufiler entre mes orteils. Un haut-le-cœur me saisit, et je ne peux retenir le cri de terreur qui me remonte du ventre.

Les deux complices font volte-face avant d'éclater de rire, rejoints par Thibault qui tient là une revanche inespérée et en profite pour en rajouter.

— Ah ah ! me lance-t-il, monsieur Mauvais-Poil est fixé, maintenant !

Recroquevillé sur ma marche, je vois alors surgir une énorme masse claire de sous notre observatoire.

— Tu as raison, Taureau, ces garnements sont décidément toujours là où on les attend le moins ! s'esclaffe Yvon.

L'animal à qui appartient la langue répond au doux nom de Snow.

— J'en étais sûr ! dis-je en descendant les dernières marches qui nous séparent du salon.

— Sûr de quoi, mon garçon ? questionne Jack.

— Sûr que tu n'étais pas seul sur ton engin cette nuit !

— Ouais, et moi aussi ! confirme Thibault qui ne veut pas être en reste.

Il ne manque pas d'air, celui-là !

D'ailleurs, comme à son habitude lorsqu'il se sent pris au piège, le voilà qui se met à tousser furieusement en même temps que son visage prend une teinte pivoine.

— T'as encore oublié de prendre ton sirop ? se moque Mélanie qui franchit les dernières marches de l'escalier.

La situation n'est pas sans amuser Yvon qui nous invite à profiter du gargantuesque petit déjeuner.

À peine assis, mon complice enfourne déjà deux crêpes qu'il a enduites de beurre et de confiture en moins de temps qu'il nous faut, à Mélanie et moi, pour prendre place.

— Profitez-en car demain, on rationne ! plaisante mon grand-père, heureux de nous voir dévorer comme des ogres.

Snow, qui nous a adoptés sur le champ, s'est glissé entre Mélanie et moi sur le canapé. De la tête, il cherche des caresses, mais nous sommes pour le moment tous deux trop occupés et je le repousse discrètement, mais fermement, du coude.

Mon grand-père décide alors de nous présenter le sixième membre de la mission.

– Snow a cinq ans et c'est un labrador, annonce-t-il. Et vous connaissez les origines du labrador ?

Devant nos bouches pleines et nos moues dubitatives, Yvon allume sa pipe et, le connaissant, je comprends que nous partons pour un long voyage.

– Eh bien, au début du siècle dernier, vers les années 1930, commence-t-il, nos grands-parents allaient pêcher la morue dans les mers froides de Terre-Neuve et du Labrador, au large du Canada.

On dit là-bas qu'un jour un chien est né dans les marais du croisement d'un loup et d'une loutre. C'était l'ancêtre de Snow sans doute !

Qu'il soit blanc ou noir, ce chien possède, outre des pattes palmées, une incroyable force dans les mâchoires. Les pêcheurs se servaient de lui lorsque le temps était trop mauvais, pour accoster dans les ports. En effet, c'est lui qui, en sautant à l'eau du bateau, portait aux hommes à terre les amarres qui allaient maintenir le navire arrimé au quai.

– Ouaouh ! fait Thibault après avoir englouti deux nouvelles crêpes, mais c'est génial, un chien comme ça !

Snow a bien compris que nous parlions de lui et, tout en battant de la queue, il pose sur ma cuisse une patte effectivement pourvue de membranes.

— C'est incroyable, je n'aurais jamais pensé qu'un chien puisse avoir des palmes au bout des pattes ! s'exclame Mélanie.

La bonne humeur s'est subtilement réinstallée dans le salon, mais je sens qu'il y manque le principal : le bonheur. Celui qui fait durer les blagues et éclater les rires au grand air.

Jack aussi le sait.

Depuis un petit moment, même si les nuages ne permettent plus aux rayons du soleil d'éclairer la salle en passant entre les lattes des volets fermés, je l'observe du coin de l'œil et je vois bien qu'il est très préoccupé par la situation à l'extérieur.

Même s'il sourit de temps à autre aux blagues de son ami, il garde en permanence yeux et oreilles rivés à l'écran. Plus je l'observe, plus je suis certain qu'Yvon et lui sont comme des frères « à la vie, à la mort », ainsi que me le dit Thibault lorsqu'on se confie un secret à ne partager avec personne.

Et puis tout à coup, c'est l'explosion du géant qui quitte d'un bond son fauteuil.

— Non ! rugit-il, furieux, en se tournant vers la fenêtre que Thibault a entrepris d'ouvrir.

Surpris que son geste puisse déclencher une catastrophe alors qu'il a tout juste eu le temps de se saisir de la poignée, Thibault se fige sur place.

— Pas question de laisser filtrer la moindre trace de vie vers l'extérieur, insiste à nouveau Yvon. Vous avez interdiction de vous servir de vos portables.

— On n'en a plus ! répondons-nous tous les trois en chœur.

— Tant mieux ! Plus de Facebook, plus de connexion à Internet. Si le vidéophone sonne, personne ne décroche. À partir de cet instant, dites-vous une bonne fois pour toutes que nous n'existons plus.

Et d'ajouter, après quelques secondes de silence :

— Pour personne.

Jack marche maintenant de long en large et d'un pas rapide dans le salon.

— C'est le moment, Yvon. Envoie la purée ! finit-il par lâcher entre ses dents.

— Hum, commence alors mon grand-père, embarrassé, en reposant sa tasse de café sur la table. Pendant que vous dormiez, Jack et moi avons décidé que le départ serait pour demain à l'aube.

— Mais, risque Mélanie, surprise, le départ pour où ?

Un long silence répond tout d'abord à sa question. Puis, c'est d'une même voix qu'Yvon et Jack nous informent sans autre forme de commentaire :

— Pour Tombmor.

Un silence lourd comme une chape de plomb vient de tomber dans le salon.

— Mais, c'est quoi, exactement, ce Tombmor ? s'enquiert Thibault, aussi pâle qu'un lavabo.

Nouveau silence. Nouveaux échanges de regards. Je décèle dans celui de mon grand-père comme un appel au secours vers son ami.

— Une forteresse, décrète celui-ci.

— Comment ça, une forteresse ?

— Une prison... Imprenable.

— Ben, ça sert à quoi d'y aller, si elle est imprenable ?

— Parce que « imprenable », c'est seulement ce que prétend la rumeur. Et comme personne n'en est jamais revenu pour la confirmer, nous, on n'y croit pas.

J'ai brusquement l'impression que mes oreilles ne veulent plus rien entendre. Ma bouche ne veut plus rien avaler. Je manque d'air. Envie de m'allonger, de respirer profondément, que quelqu'un me dise que j'ai mal entendu, que le stress me joue des tours.

Devant notre stupéfaction, Fox argumente :

— Imprenable ou pas, on ne va pas laisser vos parents aux mains de ces déments !

— Et puis, nous avons une dette envers les Anglais qui nous ont tirés d'un bien mauvais pas voilà vingt-cinq ans dans le Paris-Dakar. Pas vrai, Yvon ?

— Ah ça, si ces gars-là ne s'étaient pas déroutés, on y serait encore !

— Sous forme de squelettes, rongés par les asticots, desséchés par le soleil, le vent et le sable ! Alors votre Ian, on va tout faire pour le retrouver aussi !

En l'espace d'une minute, Jack et Yvon viennent de retrouver la vivacité qui leur faisait défaut depuis notre réveil.

— D'autre part, nous ne pouvons rester prisonniers ici plus longtemps, précise encore mon grand-père. Trop dangereux. Mélanie, j'ai réussi à joindre ta mère tôt ce matin. Elle était folle d'inquiétude car personne ne répondait à ses appels ni chez toi ni sur le portable de ton beau-père. Elle est en sécurité chez une amie. Je lui ai tout expliqué. Ça l'a rassurée de te savoir avec nous.

Touchée par ces mots, Mélanie se lève pour aller déposer un baiser et un « Merci, Yvon » sur la joue de mon grand-père.

Jack, comme soulagé d'un poids énorme, retrouve quant à lui son calme et son sourire.

Si à l'évidence, les deux baroudeurs ont pris leur décision pendant notre sommeil, ils ont également convenu de nous annoncer la nouvelle du départ au moment qu'ils jugeraient opportun.

L'effet de surprise est total et nous laisse tous les trois sans voix pendant de longues minutes, la gorge serrée.

Je sens mon cœur battre la chamade et de vifs picotements d'excitation me chatouillent les paumes...

Ce « demain à l'aube » sonne comme une éternité à attendre !

Qu'allons-nous faire de cette journée qui s'annonce sous les plus sombres auspices ? Une journée de perdue dans la course contre la montre qui nous attend. Une journée supplémentaire qui nous éloigne de nos parents. Par ailleurs, si nous n'existons plus, il est inutile d'imaginer la moindre balade au dehors, et la perspective de tourner en rond sans feu ni jeux, enfermés derrière les volets de cette maison ne m'enchante guère...

Mais Bull et Fox qui ont une toute autre idée de la manière dont nous allons utiliser notre temps ne tardent pas à nous le faire savoir.

Les deux hommes ont dû travailler dur toute la nuit car, lorsque nous parvenons au bunker en empruntant à nouveau le passage souterrain, nous découvrons l'endroit tel qu'ils l'ont réaménagé durant notre sommeil.

Yvon se charge d'actionner les interrupteurs qui commandent la multitude de projecteurs fixés aux parois. La lumière surgit instantanément, blanche, aveuglante, on y voit dès lors comme en plein jour.

L'assemblage des épaisses planches de bois sur lequel nous avons dû patienter la veille avant de voir surgir le bolide de Jack paraît tout à coup d'une taille démesurée.

À son extrémité, la rampe enneigée, qui a accueilli l'engin lors de son ultime saut, est toujours là elle aussi, mais le sens de la pente qui a été inversé file maintenant vers la muraille.

Devant notre étonnement, Jack et Yvon y vont de leurs démonstrations, nous expliquant, à l'aide de télécommandes, que l'on peut varier le sens d'inclinaison de la rampe en fonction de l'usage désiré.

Nous comprenons immédiatement que sa nouvelle inclinaison implique plus un départ prochain que l'attente d'une nouvelle arrivée.

La rampe mystérieusement enneigée, alors qu'elle se trouve à l'abri des intempéries extérieures, attire bien évidemment l'attention des trois apprentis espions que nous sommes désormais.

Sa curiosité pousse d'ailleurs Mélanie à s'approcher du tapis blanc pour y plonger la main alors qu'à ses côtés, Snow, tout excité, en fait autant du museau.

— C'est de la fausse ! s'écrie-t-elle, étonnée.

— Pas de la fausse, de l'artificielle ! corrige Yvon en écho.

Il passe ensuite un long moment à nous expliquer que la température extrêmement basse du lieu autorise l'emploi d'un canon à neige, cette espèce de gros cylindre d'environ trois mètres de haut qui reçoit de l'eau à sa base et la restitue à son sommet sous forme de fines gouttelettes que le froid transforme instantanément en flocons.

— C'est trop génial ! commente Thibault, extasié devant de telles prouesses techniques.

— Il est vrai qu'entre la rampe, le canon à neige, la muraille mobile et les cataskis, vous aurez pris une sacrée avance sur vos cours de techno ! s'exclame Jack en nous prenant par les épaules pour mieux nous ramener vers la plate-forme qu'Yvon dirige ensuite vers l'étage où une autre surprise nous attend.

— En parlant de technologie... invite-t-il encore. Messieurs, mademoiselle, la récré est terminée. Au travail !

En plein milieu du bunker siègent, tels de gigantesques goélands, les cataskis que nous avons découverts la veille sous leur bâche.

Durant la nuit, les deux énormes machines ont été déplacées, et chaque mât, sommairement déposé à la verticale, trône maintenant dans son logement au-devant du cockpit. Épuisés, les deux compagnons ont finalement dû les abandonner ainsi pour s'offrir quelques heures d'un repos bien mérité à la maison.

Fiers de leur effet, tous deux se régalent à voix basse de notre étonnement et de notre bonheur qu'ils alimentent au compte-gouttes.

Ils s'amusent de notre soif de curiosité, cette curiosité qui nous permet d'oublier qu'au plus profond de nous, nous vivons dans la peur des lendemains. Peur de ce qui a pu arriver à nos parents et à Ian. Peur pour nous aussi car, même si nous nous sentons en totale sécurité avec Jack et Yvon, qui pourrait dire comment vont se dérouler les heures, les jours, les semaines ou les mois à venir ?

Je pose régulièrement le regard sur mon grand-père.

Dans ces moments-là, c'est fou comme je rapproche de mon père cet homme fier, alerte, rassurant et cultivé. Je pense avec effroi que, si mes parents venaient à disparaître, il ne me resterait que lui sur qui compter. Lui et Jeannig. Il est là, à deux mètres à peine de nous, je suis des yeux le mouvement de ses lèvres sans entendre les paroles qu'il échange avec Jack. Une terrifiante vague d'angoisse me submerge.

Elle coupe le son et m'impose un mur infranchissable de questions auxquelles je ne peux trouver de réponses.

« Et si, au cours de cette mission, il arrivait quelque chose de fâcheux à Yvon ? Et s'il était à son tour capturé par les Mange-Rêve ? Et si les choses tournaient plus mal encore ? Qu'adviendrait-il de moi, de nous ? Que devient-on lorsqu'on n'a plus de parents ? Comment fait-on les courses ? Comment se fait-on à manger ? Comment on trouve une maison où dormir ? Comment on fait pour s'acheter des vêtements à la bonne taille ? Comment on les lave ? À qui on demande des conseils ? Si on est attaqué, qui nous protège alors ? »

Ce dont je suis certain, c'est qu'Yvon et Jack sont là, au présent et auprès de nous, et qu'ils ne nous abandonneront jamais.

Même s'ils sont peut-être les derniers, il nous faut donc à tout prix savourer ces moments de bonheur que nous n'oublierons sans doute pas de sitôt. Mettre en pratique ce vieux dicton de mamie Jeannig : « Un tiens vaut mieux que deux tu l'auras ! » Ce qui en clair signifie : « Contente-toi de ce que l'on te donne aujourd'hui, car en voulant en avoir plus, tu pourrais bien tout perdre demain. »

Un bruit sec me tire de mes pensées.

Yvon vient de taper énergiquement dans ses mains.

— Bon, les *kids*, on a du pain sur la planche !

Délaissant pour un temps le labrador qui s'amuse avec une vieille balle de tennis, nous nous dirigeons tous les cinq vers le fond de la caverne aux mille merveilles !

Ici, chaque placard a sa serrure et chaque serrure sa clef électronique à code.

Le propriétaire du lieu les ouvre toutes les unes après les autres alors que son compagnon nous confie une longue liste d'objets parmi lesquels figurent téléphones portables à mettre en charge, boussoles manuelles et électroniques, cartes plastifiées, lampes torches et briquets laser, jumelles infrarouges, pelles à neige, détecteurs divers, légumes et fruits secs ou en conserves, briques de lait, réchauds à gaz et solaires, thermos, médicaments en tous genres, boîtes de vitamines, crèmes contre le froid et le soleil, lunettes noires, lunettes masques...

Chaque objet récupéré sur la bonne étagère est rayé sur le papier avant d'être déposé en double exemplaire sur un plateau qui, installé sur deux tréteaux, nous sert d'étal. Jack nous certifie que l'absence d'un seul de ces éléments à bord peut, par ce froid, avoir des conséquences catastrophiques, voire mortelles pour les équipages. Nous nous acquittons de cette première tâche avec le plus grand soin, conscients que même si la température négative du dehors n'est pas la préoccupation du moment pour le Taureau, elle va le devenir pour nous tous dans un futur proche.

Notre travail terminé, nous ne manquons pas une occasion de nous rapprocher un peu plus des deux cataskis, avides d'en apprendre davantage. Yvon nous cède alors avec parcimonie quelques informations supplémentaires.

Ces navires qui, en d'autres temps, portaient le nom de « catamarans » lorsqu'ils naviguaient sur mer, se sont à présent chaussés d'énormes skis.

Scellées sous chacune des coques en acier, ces larges lames de métal aux bords acérés servent bien évidemment à glisser sur la neige et la glace.

Perchés à plus d'un mètre quatre-vingt-dix au-dessus du sol, la vaste cabine centrale reçoit le pied du mât et le cockpit la barre terminée par son safran en titane. Aucun de nous ne se hasarderait à glisser les doigts sous ses tranchants aiguisés comme des rasoirs de peur de les retrouver coupés en rondelles à même le sol du hangar. En effet, de manière à diriger le cata dans les champs de neige, Yvon et Jack ont équipé leur invention révolutionnaire de ces impressionnantes lames d'une hauteur d'au moins un mètre cinquante pour quarante centimètres de largeur et cinq d'épaisseur. Le barreur aura ainsi une prise importante sur l'écume céleste afin de piloter le navire au plus près de son cap.

Jack nous demande ensuite de l'aide afin de positionner parfaitement chaque mât dans son emplacement, et c'est avec de grosses pinces métalliques qu'ils en fixent tous les deux les haubans[6].

Plusieurs fois ensuite, nos deux capitaines hissent et descendent ensuite les voiles, manœuvres répétées des dizaines de fois afin de se préparer au mieux à la réalité extérieure.

Les objets répertoriés sont séparés de leurs doubles et rangés par catégories dans différents sacs, caisses ou boîtes hermétiques.

Chaque cata doit contenir exactement le même chargement dans des caisses placées exactement aux mêmes endroits.

– En cas d'urgence, nous explique Yvon, n'importe lequel d'entre nous pourra ainsi trouver ce qu'il cherche à bord de l'un ou l'autre des navires.

---

6. Câbles en acier reliant le mât au pont.

Mis à part les ordres qui nous sont donnés, pas un mot ne se fait entendre. Nous sommes tous les quatre emprisonnés dans notre silence intérieur. J'ai le ventre noué. Sans aucun doute la peur de partir si précipitamment vers l'inconnu en laissant tout derrière nous sans aucune garantie de retour, la peur aussi de ne pas être à la hauteur de ce que Jack et Yvon vont nous demander de faire.

Mais, à la réflexion, je me rends compte que pour sauver mon père et Gaëlle, je suis prêt à aller jusqu'au bout de l'enfer. Et puis il y a aussi Ian et les parents de mon copain.

La petite équipe fonctionne à plein régime.

En fin de journée, l'embarquement des denrées touche à sa fin lorsque mon grand-père, debout sur le *Seagull*[7], et Jack, sur le *Bugale Ar Mor*[8] (c'est le nom que portent les voiliers), nous demandent de leur monter les énormes malles en ferraille sur lesquelles nous nous sommes assis la nuit précédente et qui attendent leur embarquement au pied des deux cataskis.

Comme il nous est impossible de les soulever, les adultes descendent à terre afin de procéder eux-mêmes au levage.

Intrigué par ces caisses cadenassées qu'ils veulent absolument avoir à portée de main tout au long du voyage, je tente à plusieurs reprises d'en connaître le contenu, en vain.

La seule consigne est qu'elles demeurent accessibles à tout moment dès lors que nous serons en route.

---

7. *La Mouette.*
8. *Enfants de la mer.*

De retour à la maison, nos cinq ombres dînent une dernière fois à la lumière des chandelles dans un silence uniquement troublé par le bruit des couverts raclant les assiettes et le vent qui s'est remis à souffler.

C'est quand Jack se connecte à la radio afin de prendre les dernières nouvelles que les deux hommes sortent enfin de leur mutisme.

De plus en plus violentes, les émeutes urbaines se propagent comme une épidémie. Rennes, Brest, Nantes, Bordeaux, Toulouse, Marseille, Strasbourg, Lyon, Lille, Paris, Barcelone, Hambourg, Berlin, Bruxelles, Rome, Kiev, Cracovie. Toutes ces villes sont à feu et à sang. Pourchassés pour les raisons les plus diverses, les gens se rebellent contre les forces de police et n'hésitent plus à s'attaquer aux bâtiments d'État qu'ils saccagent sauvagement.

— Les pauvres, ils n'ont plus rien à perdre, commente-t-il.

— Il va nous falloir éviter les villes, déclare Yvon pour qui ces macabres informations sont la source d'une tension supplémentaire.

Jack se saisit alors d'une grande carte qu'il étale sur la table de la cuisine.

— On va prendre la Voie bleue, celle qui longe la petite mer, déclare-t-il en pointant la route du doigt. De là, nous repiquerons sur la Voie verte. Elle est totalement abandonnée. Ça limitera les rencontres.

Ces deux voies sont en fait d'anciennes lignes de chemin de fer que l'on a réaménagées en pistes cyclables au début des années 2000. Chaque année, ces pistes gagnent quelques dizaines de kilomètres, permettant aux familles d'y randonner sans avoir à se soucier des voitures.

Bogdich élu, tout entretien des voies a été abandonné. La neige provoquée par ses ordinateurs a fait de longs chemins désertiques seulement fréquentés par les animaux sauvages, les vagabonds et les trafiquants de tout poil. Ces derniers sont parfaitement informés que ni drones ni miliciens ne s'aventurent jamais sur cette route devenue le royaume des coupe-jarrets.

— Et après la Voie verte ? demande Mélanie, impatiente.

— Après la Voie verte ? Eh bien, nous aviserons, réplique Jack, songeur.

Vers vingt-et-une heures, Yvon nous demande un dernier effort avant le coucher. Nous nous rendons de nouveau au bunker où mon grand-père hisse la plate-forme au plus haut. Puis, à l'aide de treuils électriques, nous parvenons à placer les deux vaisseaux sur l'énorme monte-charge.

La descente se fait alors lentement. Centimètre par centimètre. On entend crisser les câbles d'acier qui, tendus à se rompre sous le poids du chargement, menacent de céder à tout moment. De temps à autre, afin de limiter le balancement du plateau qui vient heurter la paroi au-dessus du vide, et pour ne pas risquer d'endommager les câbles, Yvon stoppe le mécanisme. Nous restons alors quelques longues secondes, immobiles, muets, suspendus à dix mètres du sol.

Quand la plate-forme est à nouveau stabilisée et que l'acier des câbles n'émet plus qu'un léger grincement, Yvon remet en marche et le convoi reprend son interminable descente.

Mélanie, inquiète, me glisse à l'oreille :

— Tu crois que ça va tenir jusqu'en bas ?

Devançant ma réponse, Jack lui conseille de ne pas s'en faire. Le plateau doit normalement parvenir sans encombre à sa destination.

— Nous voilà rassurés, marmonne Thibault, agrippé à l'un des énormes ressorts amortisseurs fixés entre les skis et les coques du *Seagull*.

L'impression étrange d'un fabuleux voyage vient de s'emparer de moi.

Notre nacelle se pose définitivement trois arrêts et quinze minutes plus tard. Le *Bugale Ar Mor* et le *Seagull* sont installés sur la rampe de lancement après que Jack s'est escrimé à remettre notre piste d'envol dans une horizontale parfaite à l'aide de sa télécommande.

Les skis bloqués par de longues cordes traversières amarrées de part et d'autre de la muraille, nous avons pour la première fois l'autorisation de monter à bord par une échelle de corde qu'Yvon et Jack nous lancent du cockpit.

Du pont, je descends au cœur du *Bugale*, suivi de Mélanie et de Thibault.

— Bienvenus dans le carré[9] ! C'est la dernière surprise de la journée ! s'exclame le capitaine, conscient de notre stupéfaction.

Il ne se trompe pas !

C'est fantastique ! En bas d'un petit escalier s'ouvre ce vaste espace tout de tissu clair et de bois verni au milieu duquel se tient une large table pliable en acajou. Elle est entourée de banquettes qui forment un fer à cheval

9. Pièce de vie à bord.

au-dessus duquel s'étalent de grandes étagères couvertes de livres et de CD.

De longs hublots teintés surplombent l'ensemble, s'alignant sur le pourtour du toit.

À droite des marches que nous allons désormais devoir appeler « la descente » se trouve une plus petite table sur laquelle sont entassés pêle-mêle tasses de café et petites cuillères, outils divers, cartes de route et autres accessoires de navigation. Juste au-dessus, fixés aux cloisons, des appareils électroniques laissent scintiller une multitude de petites lumières bleues, vertes ou rouges sur leur écran.

— Tu vois ces deux points, là ? Eh bien, ce sont nos deux catas ! explique Jack à Mélanie, intriguée.

Il règne dans ce lieu où nous allons devoir vivre une odeur agréable.

Odeur d'océan... Odeur d'aventure...

Mais déjà Thibault poursuit la visite. Il s'est glissé entre les banquettes pour ouvrir la porte du fond, celle qui mène au poste avant où sont entreposés voiles de rechange, nourriture, sacs de couchage et caisses de matériel chargés durant la journée.

Un cabinet de toilette assez spacieux sépare les deux pièces jouxtant un vestiaire dans lequel sont suspendus des vêtements si épais qu'on pourrait penser qu'un ours vit dans ce placard !

Bien que sachant les deux cataskis totalement identiques, nous prenons un malin plaisir à visiter ensuite le *Seagull* où tout a effectivement été disposé de la même manière et aux mêmes endroits !

— Vous voyez, précise Yvon, l'œil rieur, copie conforme !

— Comme ça, pas de jaloux ! conclut Jack.

Une manière comme une autre de nous annoncer que nous n'allons pas être tous les trois à bord du même navire ; mais ça, Thibault, Mélanie et moi en avons discuté plus tôt dans la soirée lorsque les deux vieux briscards en étaient à l'apéritif.

— À propos de jaloux, annoncé-je vertement à nos deux capitaines, on a pensé qu'il ne serait pas très prudent de laisser l'un d'entre vous seul à bord de son cata alors que nous serions tous ensemble à bord de l'autre.

Visiblement, ni Jack ni Yvon ne s'attendaient à cette réplique.

Ils demeurent un instant interdits, le temps pour Mélanie de poursuivre :

— Je monterai donc avec Iwan à bord du *Seagull* aux côtés d'Yvon, et Thibault accompagnera Snow et Jack sur le *Bugale*.

Elle se tait quelques secondes, mais ne laisse pas aux deux hommes le temps d'émerger de leur étonnement.

— Ça vous va comme ça ?

La réponse de Jack est aussi brève qu'embarrassée :

— Euh, ben, euh... Eh bien... ça me paraît une très bonne idée, finit-il par balbutier.

— Oui, c'est une très bonne idée... bredouille à son tour son collègue. Nous avions justement pensé, nous aussi, à cette répartition-là, n'est-ce pas, Taureau ?

Jack, qui s'est assis à gauche de la descente sur le meuble de cuisine, n'en croit pas ses oreilles :

— Alors, celle-là, c'est la meilleure !

Je suis fier de Mélanie. Elle vient d'inscrire un point monumental au tableau des deux compères.

— Ben, remets-toi, mon vieux ! se moque Yvon. Je t'avais prévenu, ces trois gaillards-là, on peut compter sur eux !

C'en est trop.

— Tu ne manques pas d'air, Fox ! Je te rappelle quand même que c'est toi qui, hier soir encore, me demandais s'il fallait leur raconter toute cette histoire ou leur en cacher la moitié !

— Moi ? Mais tu rêves ! Je le savais avant de te les présenter, qu'ils n'avaient peur de rien !

— Ah ben ça, s'étouffe Jack en rallumant sa pipe d'une main tremblante, ben ça, c'est nouveau alors !

Sentant l'orage arriver, j'entraîne mes deux amis vers l'extérieur.

Lorsque nous arrivons en bas de l'échelle de corde, riant de la dispute qui vient d'éclater là-haut, les vociférations de Jack nous parviennent encore de l'intérieur du carré.

— Moi, ça me plaît bien qu'ils s'engueulent, déclare Mélanie.

— Ah, et pourquoi ça te plaît de voir les autres se disputer ? tente Thibault, un brin ironique.

— Parce que ça prouve que même les champions du monde de l'amitié peuvent aussi se prendre la tête, voilà ! Et comme ils sont *cool*, ça s'arrêtera dans une minute, contrairement à mon beau-père qui finit toujours par taper sur ma mère parce qu'elle ne veut pas se laisser faire !

— Si ces deux-là commencent à se battre, on est mal barrés, pouffe Thibault.

L'instant d'après, le silence soudain revenu donne raison à Mélanie.

— Alors ! fais-je remarquer fièrement à Thibault, mal barrés, tu disais ?

Il se tourne vers le *Seagull*.

Du bord de la rampe de lancement où nous nous tenons, nous voyons réapparaître les deux capitaines sur le pont, penauds, la pipe à la main. On dirait deux gamins qui viennent de se réconcilier après une prise de bec dans la cour de récré.

— Eh bien oui ! déclare, le géant à moustache, en haussant les épaules.

Encore sur ses gardes, mon grand-père fronce les sourcils.

— Oui, quoi ? interroge-t-il.

— Oui, même nous, il nous arrive de nous disputer, voilà !

— Tu ne perds rien pour attendre, mon gaillard.

La réflexion de Fox n'échappe pas à son copain.

— Qu'est-ce que tu veux dire, Yvon ?

— Hum... T'inquiète, on réglera ça demain quand je te mettrai deux heures dans la vue !

— C'est quand tu veux pour ta revanche, le Breton, mais demain, comme les autres jours, les deux catas avanceront au coude à coude. Trop dangereux de se séparer.

— Facile ! ironise Yvon en tournant le dos à son compère qui descend à son tour l'échelle de corde. Ce foutu Lyonnais n'a jamais gagné une seule régate contre moi ! Alors, forcément, il se défile !

Les deux baroudeurs se donnent finalement l'accolade. L'armistice est signé.

Les projecteurs coupés, le hangar retrouve son obscurité. Il est temps de reprendre le chemin de la maison par ce souterrain que nous connaissons maintenant par cœur.

*

Le froid s'est définitivement installé dans la vieille bâtisse privée de tout chauffage.

Dehors, établi sud-ouest, le vent souffle régulièrement et c'est, d'après Yvon et Jack, de très bon augure car il va nous pousser vers le nord.

Le départ est fixé à cinq heures le lendemain matin.

La tête pleine de questions posée sur l'oreiller, je suis pendant quelque temps encore l'écho des derniers préparatifs en bas de l'escalier. De mes parents à Ian et à ceux de Thibault, les images défilent comme des films aux images confuses qui m'empêchent de trouver le sommeil... Comment vont-ils ? Sont-ils toujours ensemble ou les a-t-on séparés ? Allons-nous réussir à les sortir de là ?

Il le faut.

Je murmure un « bonne nuit » à mes deux compagnons, auquel seule Mélanie répond dans un demi-sommeil.

Recroquevillé sous la couette pour gagner un peu de chaleur, j'imagine déjà les étendues blanches à perte de vue, le vacarme de ces grands skis sur la neige, le vent glacial et les flocons nous giflant le visage, les jours, les nuits, les repas à bord du *Seagull*.

Je sais déjà que ce voyage ne sera pas de tout repos.

J'entends à peine Snow japper lorsque deux motoneiges passent sous nos fenêtres au ralenti. Miliciens. Patrouille de nuit. Les mêmes. Ils ne lâchent décidément pas l'affaire.

Mais après tout, on s'en fout maintenant qu'on vit comme des effacés. Dans quelques heures, on va s'arracher de la rampe du hangar au nez et à la barbe de ces BMR pour tailler la route.

Mais il me faut d'abord dormir. Dormir...

Cette finale régionale de hockey avait pourtant tourné à notre avantage puisque nous menions 3 à 1 avec l'équipe du collège, à quatre minutes du coup de sifflet final.

C'est lors d'une relance qui devait me permettre de planter une nouvelle fois la rondelle dans le but de nos adversaires grenoblois que survint l'accident.

J'entends encore Thibault me crier :

— Vas-y, Iwan ! Jusqu'au bout !

Pour y aller jusqu'au bout, ce fut fait ! Mais pas exactement comme je l'avais envisagé !

En effet, ni mon copain ni moi ne pouvions un seul instant imaginer qu'une brute épaisse, haute d'au moins un mètre quatre-vingt, allait d'un coup d'épaule particulièrement vicieux m'envoyer valdinguer dans les décors publicitaires de l'aire de jeu. Heurtant le sol glacé de plein fouet, mon casque se disloqua et ma glissade s'acheva contre l'angle d'une des sorties de la patinoire où je me fracassai la tête.

Inconscient, je fus transporté par les pompiers aux urgences de l'hôpital situé à quelques minutes du stade, où l'on tenta pendant de longues minutes de me réanimer.

Lorsque j'ouvris enfin les yeux, j'aperçus dans un brouillard comateux le médecin qui guettait sur mon visage le petit signe, le soulagement suprême du retour à la vie. Il ressemblait comme un sosie à mon grand-père Yvon.

Penché sur moi, une énorme lumière blanche au-dessus de la tête, l'homme ne perdait pas de temps en considérations inutiles et me secouait énergiquement l'épaule sans cesser de répéter :

— Debout, p'tit mousse, c'est l'heure !

Devant mon air ahuri, il déposa sa lampe torche sur le bord du lit et ajouta avant de disparaître :

— Il est quatre heures, les affaires se gâtent, on met immédiatement les voiles.

*

Appuyé sur les coudes, je mets un certain temps avant de réaliser que je ne suis pas seul dans ma chambre d'hôpital.

En effet sur les lits voisins s'étirent des patients dont les silhouettes me sont familières.

— Pfff... soupire Thibault en se frottant les yeux, c'est pas des heures pour se lever, ça !

Mélanie, d'habitude si discrète dans ce genre de circonstance, se lève pour se rasseoir la seconde suivante sur une chaise, et ce n'est que lorsqu'elle s'aperçoit de l'heure qu'affiche le cadran de sa montre qu'elle comprend et se met à pleurnicher lamentablement en caressant la tête de Snow qui vient de nous rejoindre.

— Oh non ! Pas quatre heures du mat, c'est de l'esclavage !

— Halte aux jérémiades ! lance soudain la grosse voix de Jack dont la tête s'est glissée dans l'encadrement de la porte de notre chambre. Je vous rappelle que nous sommes en mission et qu'il est un peu tard pour vous plaindre ! Vous avez six minutes pour vous fringuer et descendre au pas de course prendre le petit déjeuner qui vous attend en bas. Exécution ! On ne traîne pas, les nouvelles sont mauvaises.

Ça veut dire quoi, « *les nouvelles sont mauvaises* » ?

— Pas bon, ça, marmonne mon copain.

À peine arrivés en bas de l'escalier, c'est la télé qui répond à nos interrogations en présentant sur l'écran les images catastrophiques que des journalistes indépendants ne cessent de filmer clandestinement pour les diffuser ensuite, au péril de leur vie.

— Heureusement qu'ils sont là, ces braves types, commente mon grand-père.

— Pourquoi ?

— Parce que Bogdich et sa bande veulent nous empêcher de connaître la vérité. Tout simplement.

— Mais quelle vérité ?

— La vérité, c'est qu'*ils* sont en train d'emprisonner les peintres, les photographes, les dessinateurs, les écrivains, les comédiens, les musiciens, tous ces architectes de nos imaginaires !

— Et pourquoi ils feraient des choses aussi horribles ?

— Parce que les artistes nous mettent des idées dangereuses plein la tête, pardi ! Et qu'ils ne sont pas un exemple de travail puisqu'ils ne foutent rien !

— Et comment on peut être dangereux si on fout rien ?

— Ce qui gêne le plus Bogdich, c'est que, par leur travail, les artistes nous mènent à la réflexion et à la critique ! D'après lui, ce sont donc des nocifs.

— Tu oublies les journalistes, Yvon, ajoute Jack qui s'impose dans la conversation. Bogdich leur fait aussi la chasse. Sans leur travail, qui nous aurait prévenus que les BMR étaient en train de faire sauter tous les ponts d'autoroute ?

Devant notre silence, il poursuit, sûr de lui :

— Ils limitent ainsi les accès aux villages les plus isolés et paralysent par la même occasion les grands axes routiers.

— Mais quels axes routiers ? dis-je en suivant le reportage du journaliste pirate. La neige n'arrête plus de tomber depuis des heures. Il doit y en avoir au moins sur une hauteur de deux mètres ! Plus aucun chauffeur de camion ne s'aventurerait dans un tel bourbier !

D'ailleurs, des camions, on n'aperçoit plus que le haut des carcasses abandonnées çà et là. Certains sont en flammes, d'autres ont été éventrés ou vidés de leur carburant par des pillards qui revendront bientôt leur butin au marché noir.

Auprès d'autres véhicules qui semblent maintenant leur servir de maison, des hommes, des femmes et des enfants se réchauffent autour de feux qu'ils ont allumés dans de grands tonneaux métalliques. Mais tous cachent leur visage et aucun ne répond aux questions des journalistes lorsque ces derniers s'adressent à eux. La peur d'être reconnus et ensuite capturés par la police, sans doute.

Jack, qui s'est servi son indispensable café, stoppe régulièrement les images qui défilent sous nos yeux pour revenir en arrière.

De ses yeux de rapaces, il fouille alors l'écran comme s'il était à la recherche d'un quelconque indice, sur la trace de quelqu'un ou de quelque chose.

— Qu'est-ce que tu cherches ? s'inquiète Yvon, aussi intrigué que nous.

Ce n'est qu'à la suite de longs allers-retours et de nombreux arrêts sur images qu'il déclare enfin, l'air satisfait :

— Ça va peut-être nous arranger !

— Qu'est-ce qui va nous arranger ? réplique Mélanie.

— Deux mètres de neige, absence de ponts, voilà qui nous ouvre de nouveaux horizons, décrète le géant en se frottant les mains.

— Tu veux dire qu'on va se payer le culot de naviguer sur ces autoroutes ? manque s'étouffer Thibault en pointant l'index sur l'écran où un large ruban blanc semble s'étendre jusqu'à l'infini.

— Et pourquoi pas, finalement ? En plus, pas de radars pour les contrôles de vitesse ! plaisante Yvon en tapant sur l'épaule de son compagnon, juste au moment où celui-ci s'apprêtait à déguster son précieux nectar noir.

Sous le choc, la moitié du contenu s'échappe de la tasse pour aller s'étaler sur la table. L'accolade ne fait visiblement pas rire le Taureau qui a gardé la position et maintient la tasse au ras de ses moustaches, comme figé sur place par autant de bêtise.

L'espace d'une seconde, je perçois dans son regard comme une lueur assassine dirigée contre son farceur de copain ; mais après un coup d'œil circulaire, il se ravise, constatant que Thibault, Mélanie et moi pourrions être les témoins d'un nouvel incident diplomatique.

— Mais qu'il est con, celui-là alors ! explose-t-il en écrasant sa grosse main sur la tête de son copain.

Encore une fois, je me dis que l'amitié et l'intelligence font partie des choses les plus précieuses au monde.

*

C'est sans un mot et emmitouflés dans nos lourdes parkas à capuche que nous nous engageons pour la dernière fois dans le long corridor qui mène au bunker.

Yvon ferme la marche, bouclant systématiquement avec mille et une précautions toutes les issues derrière nous.

Au rythme des déclics qui se succèdent sur son boîtier, aux tintements des clefs que mon grand-père garde à la ceinture après avoir fermé toutes les portes d'accès à la maison, à la cadence de nos pas qui résonnent dans l'étroit boyau, une étrange sensation s'empare progressivement de moi.

Tandis que Snow piaffe d'impatience, allant de l'un à l'autre en battant de la queue, je prends soudain conscience de la réalité.

Cette fois, on ne joue plus.

Terminé les courses à motoneige et en Ski-Doo avec mon père. Terminé les cours de guitare chez Ian. Terminé ces longs moments que nous passions avec Mélanie, assis sur la cale du port à regarder fondre la glace qui libérait les eaux du golfe. Fini les après-midi de printemps à jouer au foot sur l'herbe du château ou à balancer des cailloux sur les poissons des douves, de la musique plein les oreilles. Fini aussi les jeux en réseau avec les potes à la maison.

Un monde est en train de s'effacer dans notre dos alors qu'un autre, plus cruel et plus dangereux, ne tardera pas à déchirer la nuit qui nous attend dehors.

Et dehors, c'est bientôt... Si proche qu'on pourrait le toucher. Bientôt, c'est dès que les deux catas auront quitté cette forteresse de béton construite lors d'une lointaine guerre par les nazis d'Hitler...

Inquiet, effleurant la muraille humide du bout des doigts, baissant la tête pour éviter les racines qui dégoulinent de la voûte devenue basse à cet endroit, je suis la colonne, taupe parmi les taupes.

De temps à autre, malgré l'humidité et le froid ambiants, ma gorge, complètement desséchée par cette angoisse pesante, laisse échapper une toux nerveuse que je ne peux contenir. Quelques mètres en avant, Thibault me répond alors en écho, comme on est contaminé par quelqu'un qui bâille.

Le silencieux cortège entreprend maintenant la descente de l'escalier de pierre qui mène à la plate-forme...

Parvenu le premier en bas, Jack enclenche quelques-uns des commutateurs électriques qui commandent les lumières. Les catas sont là, majestueux sur la rampe de lancement, n'attendant qu'une corde enlevée pour prendre leur envol.

Arrive le moment des accolades, des mots qu'on se glisse à l'oreille, des tapes qu'on se donne dans le dos.

Puis Yvon nous invite d'un geste de la main à grimper sur le *Seagull* alors que, juste devant nous, Thibault monte à bord du *Bugale Ar Mor* et récupère Snow, que Jack lui tend à bout de bras. Les deux hommes nous autorisent ensuite un dernier signe de la main avant de nous consigner dans le carré.

Nous ne pourrons en sortir qu'une fois les cataskis à l'extérieur, lorsque les manœuvres du départ seront achevées. Mon grand-père, qui nous a suivis dans le ventre du vaisseau, connecte un à un ordinateurs de bord et autres anémomètre[10] et speedomètre[11] électroniques.

Il procède ensuite aux derniers essais de liaison sur écran et micro portable.

— Fox à Bull, Fox à Bull, tu me reçois ?

La voix de Jack nous parvient alors, parfaitement audible, tandis que son visage apparaît à l'écran :

— Fox, ici Bull. Tout est O.K. Je te reçois cinq sur cinq, *over*.

Mélanie s'est blottie contre moi. À genoux sur les fauteuils, nous apercevons à quelques mètres devant nous la faible lueur qui éclaire encore le carré où Thibault s'est installé avec le labrador.

Et tout à coup, c'est l'extinction totale des feux, le noir complet.

Nous venons de plonger dans le monde du silence. Un silence uniquement troublé par le souffle de nos respira-

10. Appareil fixé au sommet du mât, permettant de mesurer la force du vent.

11. Écran minuscule fixé sur la semelle des skis pour mesurer la vitesse du vaisseau.

tions et le bip des connexions informatiques orchestrées par les ordinateurs.

Respirations.

Battements de cœur. Cent vingt au moins par minute.

Cette impression de vide autour de moi est horrible, je sens la sueur me mouiller le dos.

L'envie de hurler me tord l'estomac tandis que mes mains se crispent sur le rebord en bois d'une des couchettes.

Me rappelant subitement notre discussion à la maison – « Deux c'est mieux qu'un, et trois c'est mieux que deux » –, je cherche à l'aveugle la main de Mélanie.

Je ne la trouve pas.

Ne pas céder à la panique.

Respirer.

Me concentrer sur quelque chose qui captera mon attention...

Les écrans, par exemple, où les pages d'informations écrites ont maintenant laissé place à une grappe de petites lumières multicolores et scintillantes. J'ai l'impression de survoler une ville en pleine nuit, comme dans les séries télé.

Les positions du *Bugale* et du *Seagull* réapparaissent, clignotants immobiles, à l'endroit où Jack nous les avait indiquées hier.

« Ouf ! Nous existons toujours, c'est déjà ça ! » me dis-je en m'adossant à la banquette.

Mais c'est une maigre consolation. Ne pas quitter l'écran des yeux...

Un peu à l'écart de nos positions respectives, une vingtaine de petits points lumineux avancent lentement dans une même direction avant de s'arrêter subitement à un endroit que tous semblent avoir choisi.

— Des animaux en quête de nourriture, chuchote Yvon qui, attiré par cette animation imprévue, est venu prendre appui sur la table à cartes où il pose son boîtier de commandes. Faut dire qu'avec un froid pareil, les pauvres bêtes doivent avoir bien du mal à trouver pitance ! ajoute-t-il en pianotant sur le clavier de l'ordinateur afin de zoomer.

— Ça t'inquiète ?

— Pas le moins du monde ! Il a beau faire ce froid terrible, nous ne sommes certainement pas les seuls à tenter des traversées, malgré tout ce qui peut...

Mon grand-père semble contrarié. Il s'est subitement arrêté de parler comme s'il souhaitait ne pas en dire plus que nécessaire.

— Malgré tout ce qui peut nous tomber dessus ! reprend au vol Mélanie, dont la réflexion nous parvient du fond de la cabine toujours plongée dans l'obscurité.

Au timbre décidé de sa voix, je comprends qu'elle tient à faire savoir à notre capitaine qu'il aurait tout intérêt à ne pas nous prendre pour des chatons de trois jours.

Mais lorsque la voix d'Yvon résonne à nouveau dans le carré, elle ne s'adresse plus à nous.

— Fox à Bull, Fox à Bull. Paré à envoyer ?

Nouveau silence.

Jack doit, comme le fait Yvon, procéder aux ultimes vérifications avant le lancement. À moins qu'il ne soit lui aussi intrigué par ces mouvements inattendus à l'extérieur.

— Bull à Fox, inclinaison rampe en cours. *Over*.

Le sol tressaille soudain. Ça bouge sous nos pieds. Jack joue de la télécommande afin de donner à la rampe l'inclinaison parfaite avant le lancement.

On entend d'ailleurs les cordages, disposés la veille en travers du passage, qui se tendent sous la coque.

Le *Seagull* bascule irrésistiblement vers l'avant.

— Bull à Fox, rampe parée.

— Bien reçu. *Over*.

Je sens les ongles de Mélanie, qui s'est finalement installée à côté de moi, me déchirer la main gauche alors qu'à droite la mienne s'apprête à faire hurler le coussin de douleur.

— Fox à Bull, paré pour ouverture ?

— Paré. *Over*.

Série de bips. Diode rouge clignotante. Yvon presse le commutateur dont la couleur passe au vert. Le clignotement s'accélère jusqu'à produire une petite lumière fixe...

« Nous y sommes », chuchote Fox pour lui-même.

— Fox à Bull, ouverture.

— Reçu. *Over*.

L'énorme déclic métallique claque alors dans l'air et le pan de muraille se meut, émettant son interminable plainte alors qu'il s'arrache du sol glacé.

L'effroyable grincement déchire la nuit, se répercutant en un écho que le vide et la voûte amplifient de manière terrifiante.

Ça dépasse l'imagination. Comment les hommes des Brigades qui tournent sans relâche dans le secteur pourraient-ils ne pas entendre un tel vacarme ?

— Fox à Bull, tout est OK. *Over*.

Le froid envahit subitement la plate-forme alors que le mur de béton qui nous fait face poursuit son irrésistible ascension, laissant peu à peu apparaître l'immensité noire du ciel perlé d'étoiles où la pleine lune trône en maîtresse. Un ciel pur et sans nuages. Un ciel de froid extrême.

Le thermomètre qui annonçait jusque-là moins dix degrés vient de chuter brutalement à moins dix-huit degrés et semble ne pas vouloir s'arrêter là.

Soucieux du bon déroulement de l'opération, ou peut-être attiré par les aboiements de Snow, notre capitaine est à présent sur le pont tandis que retentit à nouveau la voix du Taureau dans les haut-parleurs du bord.

— Allez, *bye bye*, Fox. *See you soon !* Je largue les amarres, on quitte le port ! Bonne chance à vous. *Over*.

Nous entendons courir au-dessus de nos têtes tandis que déjà la muraille, en bout de course, est à l'arrêt pour quelques secondes.

Température : moins vingt-quatre degrés.

Fox vient à son tour de libérer le cataski du cordage qui le maintenait jusque-là à son poste. Nous le sentons vibrer, bouger et bientôt se mouvoir, encore indécis sur son tremplin.

Impatient, je me rue au bas de la descente et, debout sur la première marche, suis discrètement les opérations.

Presque à l'aplomb du mât, le sas reprend sa course et opère à présent le mouvement inverse.

Je serre les dents, repense à l'arrivée de la motoneige de Jack. Il était moins une avant-hier...

— Bull à Fox. Sommes en route ! Température extérieure : moins trente-deux degrés ! Je vous conseille fortement de mettre une petite laine, les potes, parce que ça caille ! *Over*.

Le *Seagull* glisse à son tour vers la sortie. Plus que quelques mètres...

Vite, sortir de là avant qu'il ne soit trop tard.

Le vacarme caractéristique du vent s'engouffrant dans les voiles retentit soudain. La toile claque violemment de toute sa surface après avoir balayé le pont. Je comprends maintenant pourquoi nos deux chefs de mission nous ont consignés à l'intérieur pendant les manœuvres de lancement !

Puis, après quelques secondes de cette bagarre infernale, le chahut s'interrompt brusquement dans un dernier claquement de toiles. Éole vient de dompter la bête qui jaillit du bunker comme un missile.

— On est passés ! s'écrie Mélanie qui vient de me rejoindre. On est passés !

C'est vrai qu'on est passés.

— Fox à Bull, tout est OK. Sommes dehors dans vos traces. *Over*.

— Bien joué, Fox. Filons vers la Voie bleue. *Over*.

L'horloge de bord affiche cinq heures onze, la manœuvre de départ est terminée et je bondis enfin sur les marches qui mènent au pont.

Sous mes yeux, installé dans un froid polaire et tenant la barre d'une main de fer, Yvon tend sensiblement les écoutes[12] de l'autre pour un réglage des voiles au plus précis. Cela a pour effet de faire accélérer la machine.

---

12. Cordages servant à serrer ou relâcher les voiles.

Les deux cataskis sont encore sur les terres de mon grand-père et s'approchent à allure moyenne d'anciennes exploitations ostréicoles dont regorge la région depuis des dizaines d'années.

Nous longerons ensuite les eaux du golfe que glace et neige recouvrent déjà abondamment.

À quelques centaines de mètres après les arbres, une vaste étendue blanche s'offre à nous, sur laquelle se détachent les premiers îlots. La légende dit qu'il y en a autant que de jours dans l'année ! J'imagine un instant à quel point on doit se sentir à la fois isolé du reste du monde et vulnérable quand on vit sur une petite pointe de roche perdue au beau milieu des glaces.

À bord du *Bugale* qui nous ouvre la route, Jack a allumé le feu blanc arrière qui devrait nous permettre de ne jamais les perdre de vue dans l'obscurité.

Mélanie et moi venons de rejoindre Fox dans le cockpit. Mais c'est tout juste s'il nous a aperçus. Pas même un signe de la main, rien. Son attention semble accaparée par ce minuscule point lumineux qui disparaît de temps à autre dans le nuage de neige provoqué par son lourd safran. Yvon a l'air bizarre, pas comme d'habitude.

Ce sont les aboiements du labrador décidément bien excité qui l'énervent.

— S'il continue, il va finir par nous faire repérer, celui-là ! houspille Fox en frottant sa barbe où une belle couche de givre s'est déjà déposée.

— Et qu'est-ce qu'il a à gueuler comme ça ?

— Aucune idée ! me répond notre capitaine, les yeux rivés vers l'avant et les deux mains plaquées sur la barre. Tu sais, il se passe souvent de drôles de choses dans la tête d'un chien !

— Y a pas que dans la tête des chiens ! rétorque Mélanie contre le vent qui vient de forcir.

Même s'il ne répond pas, Fox l'a certainement entendue. Il connaît Mélanie depuis de longues années et sait qu'elle a son caractère. Il peut donc feindre la surdité, Mélanie aura toujours à cœur de s'imposer, de lui montrer qu'elle n'est pas là pour faire la vaisselle

En bonne Bretonne, elle n'est pas du genre à se démonter, Mélanie Kerviche ! Et comme tous les Bretons, c'est une tenace qui s'accroche au rocher ! Et moi, j'aime les gens qui ont du caractère, ceux qui disent ce qu'ils pensent sans se cacher derrière les autres ou les utiliser. Ceux-là seulement sont mes amis.

La lune qui éclabousse les champs enneigés nous laisse voir assez loin, ce qui évite aux deux barreurs d'utiliser les puissants projecteurs positionnés à l'avant des machines.

Jack nous a expliqué que ces feux ne peuvent de toute façon être allumés que lorsque les navires ont atteint leur pleine vitesse. Dans ce cas, même repérés, personne n'est capable de nous rattraper.

Je ne sais pas à combien Jack estime la pleine vitesse, mais l'écran extérieur du speedomètre disposé dans le cockpit où nous nous tenons indique dix-sept nœuds, soit un peu plus de trente kilomètres à l'heure.

La propriété de mon grand-père est déjà loin derrière nous quand Mélanie me tire la manche. Elle pointe le doigt vers un monticule de neige à une centaine de mètres sur tribord. En y regardant bien, il me semble distinguer quelques points lumineux. Et qui dit points lumineux dit présence humaine. Ce que des silhouettes en mouvement viennent rapidement confirmer.

— Voilà pourquoi Snow aboie autant ! confirme ma voisine.

À la barre, Fox ne semble pas avoir tenu compte de sa remarque. Il garde les yeux rivés sur le petit point blanc à l'arrière du cataski qui nous précède, où les aboiements ont finalement cessé.

Jack a dû expédier son chien à l'intérieur du carré. Je ne parviens plus à détacher les yeux des intrus qui semblent cependant ne pas réagir à notre approche.

Qui peuvent bien être ces gens cachés là par ce froid, isolés en pleine campagne ? BMR ? Voleurs ? Personnes égarées avant le couvre-feu ?

Mes questions ne restent pas longtemps sans réponse.

En effet, le bruit d'une première détonation, suivie de plusieurs autres, nous parvient soudain de l'endroit où se terrent les inconnus.

Des coups de feu !

— On nous tire dessus ! hurle Mélanie, paniquée.

— Vite ! Filez tous les deux à l'intérieur ! nous crie Fox, alors que les premiers projectiles tirés en rafales par des pistolets mitrailleurs ricochent sur le métal des coques.

Nous nous exécutons à la vitesse de l'éclair.

À bord du *Bugale Ar Mor*, la réaction ne se fait pas attendre. Une longue flamme jaillit soudain du pont et va finir sa course en plein milieu du secteur tenu par nos agresseurs.

Du bas de la descente, j'aperçois Yvon fouillant l'une des fameuses malles dont nous n'étions pas autorisés à connaître le contenu.

Des armes ! Voilà ce que contiennent les malles !

L'attitude de mon grand-père devient tout à coup parfaitement claire : lorsqu'il observait l'écran de bord juste avant le départ, il savait déjà que les points lumineux repérés n'étaient pas l'écho d'animaux en mal de nourriture et s'attendait à cette confrontation !

Les coups de feu fusent maintenant de part et d'autre.

— Ton grand-père ! s'écrie à nouveau Mélanie, horrifiée, pointant du doigt l'endroit qu'occupait Yvon une seconde auparavant.

Le poste est vide ! Fox a disparu ! Atteint par une balle, il a dû basculer par-dessus bord !

Affolé, je bondis sur le pont et m'empare du gouvernail laissé libre.

Yvon est là, à quelques mètres seulement. Agenouillé à l'avant, il n'a eu d'autre choix que d'abandonner son poste pour répondre aux agresseurs qui continuent de nous canarder. Une gerbe de feu vient de quitter le bord, précédant une énorme déflagration. Les deux mains rivées sur la barre, concentré sur la petite lueur blanche à l'arrière du *Bugale*, je suis du coin de l'œil la traînée lumineuse qui déchire la nuit avant de terminer sa course juste au-dessus des tireurs embusqués.

C'est une fusée à fragmentation !

Lorsqu'elle explose, elle projette des dizaines de points rougeoyants qui se démultiplient à leur tour pour asperger un groupe d'au moins trente personnes affairées à démarrer leurs engins.

Mais il est déjà trop tard pour bon nombre de motos que le froid paraît clouer sur place.

Répondant dans une stupéfiante synchronisation à l'arrosage de Fox, Bull vient d'effectuer deux tirs en direction de la fourmilière. Et ça fait mouche !

— Bingo ! s'exclame Mélanie, enthousiasmée par tant de précision.

Sous l'effet du premier impact, la neige s'est soulevée, avant d'exploser et de pulvériser hommes et machines se trouvant sur son chemin. Le deuxième projectile achève le travail du premier en embrasant littéralement ce qui bougeait encore.

L'espace de quelques instants, j'aperçois des torches vivantes parcourant la glace. Vaincues par les flammes, la plupart d'entre elles finissent par s'effondrer les unes après les autres pour disparaître, comme avalées par la boue.

Entremêlés au vacarme des tirs et des explosions, des cris nous parviennent du brasier qui, à chaque seconde, prend une ampleur nouvelle. Les réservoirs d'essence des motoneiges semblent en être la cause.

Mais ce qui m'inquiète par-dessus tout, c'est la lueur des phares et le grondement d'engins qui ont miraculeusement échappé au massacre et foncent maintenant tout droit dans notre direction.

— Joli travail, Iwan ! me lance mon grand-père lorsqu'il reprend les commandes du *Seagull*.

Joli travail, joli travail, il en a de bonnes, lui ! On a le feu aux fesses, oui ! Et pas qu'un peu, avec cette bande de fous furieux qui continuent de nous canarder.

Mais rien n'y fait ! Malgré les trois éraflures qui entament les manches de sa parka, le capitaine semble aussi serein que s'il rentrait d'un pique-nique avec Mamie Jeannig un 14 juillet.

— Joli travail, jo-li tra-vail ! chante-t-il maintenant à tue-tête.

Il m'est impossible de prononcer un mot, et je reste là, bouche bée.

— La Castafiore pète les plombs ! s'égosille Mélanie en regardant Yvon avec des yeux ronds de stupéfaction.

J'hallucine ! Mon grand-père que je pensais si peinard s'est transformé, c'est un autre Yvon.

J'ai envie de lui sauter au cou pour lui dire combien je suis fier de lui, mais je me retiens : nous sommes en mission.

Nos deux équipages atteignent maintenant une anse où nous slalomons entre les quelques bateaux prisonniers des glaces sur leur mouillage et gagnons régulièrement en vitesse.

Le *Seagull* rattrape le *Bugale* et, laissant une île sur bâbord, nous naviguons désormais flanc à flanc sous une lune généreuse, distançant progressivement nos assaillants.

— Fox à Bull, bien joué. À part quelques éraflures, tout est OK à bord. Et vous ?

— Bull à Fox, tout est O.K. ici aussi. Entrée, plat chaud et dessert, ils ont bien mangé, ces blaireaux, pour leur petit déj !

— Fox à Bull, te réjouis pas trop vite, ceux qui n'ont rien eu à manger ont faim. Ils nous filent le train ! *Over*.

À certains moments, lorsque le souffle forcit, les navires se cabrent, accélèrent encore, lèvent une coque pour prendre appui sur l'autre.

C'est incroyable ! Le compteur du speedo indique cinquante-cinq nœuds[13] ! Nous devons enfin être à pleine vitesse puisque les énormes feux de pont s'allument comme par magie, arrosant de leur puissant faisceau blanc des îles en un chapelet qui défilent à une vitesse prodigieuse sur bâbord.

J'aperçois les silhouettes de Thibault et Jack juchées en haut de leur flotteur qui décolle à au moins quatre ou cinq mètres du sol.

Notre *Seagull* a adopté la même position et Mélanie doit faire des efforts surhumains pour parvenir à nous rejoindre, Yvon et moi, sur cette coque qui semble ne plus vouloir redescendre se poser sur l'océan blanc.

Les immenses skis crissent alors sur leurs carres[14], éjectant des gerbes de neige dont la hauteur forme une vague éphémère de deux ou trois mètres de haut sur le côté et jusqu'à l'arrière des vaisseaux, avant de retomber.

Emportés par la magie du moment, les deux hommes à la barre échangent de temps à autre des « Youhou ! » de satisfaction. Mais c'est certainement aussi un moyen d'exprimer leur soulagement d'avoir échappé à l'attaque.

---

13. Environ cent kilomètres/heure.
14. Bords métalliques affûtés des skis.

La première sans doute.

Peu m'importe. À cinquante-sept nœuds passés, l'émerveillement est total et finit par surpasser ma peur que nous soyons rattrapés.

Les yeux dans les étoiles, ignorant ce froid qui nous gifle le visage, je laisse le bonheur m'envahir. Le simple bonheur d'être là, tout près de la Voie lactée qui serpente là-haut au-dessus de nos têtes.

Les étoiles et la lune, Bogdich ne pourra jamais nous les confisquer !

Même si Yvon, tant il paraît concentré, semble avoir vécu l'expérience des dizaines de fois, j'ai pour ma part le sentiment de vivre un instant inoubliable, et c'est moi, cette fois, qui prend la main de Mélanie dans la mienne.

Je sens qu'elle me regarde de ces yeux-papillons que moi seul connais.

Et c'est encore moi qui, sans savoir vraiment ce qui m'arrive, décide de l'embrasser sur les lèvres !

J'ai bien dit « sans savoir ce qui m'arrive » ! Mais même lorsqu'on ne fait pas les choses exprès, quand elles sont faites, elles sont faites !

Je me sens tout à coup rougir jusqu'aux oreilles...

Elle ne dit rien. Elle tourne juste la tête pour regarder devant.

« Mais qu'est-ce qui te prend, Iwan ? » me dit Sapience, la petite voix qui depuis toujours a su me faire arrêter les âneries avant de commettre l'irréparable.

Elle n'en revient pas, la petite voix ; et moi non plus. Ce doit être la lune ! On dit que par son attraction elle agit sur tous les êtres vivants.

C'est vrai quoi ! Qu'est-ce qui m'a pris ? En plus, si ça se trouve, mon grand-père a tout vu !

Je tente discrètement un coup d'œil dans sa direction... Rien. Comme momifié, le capitaine reste scotché sur son cap.

De toute façon, connaissant Mélanie, il y a longtemps qu'elle m'en aurait mis une si elle avait été contre.

D'ailleurs, sa main gantée vient de se poser sur la mienne sans qu'elle ait cessé de suivre des yeux le *Bugale* qui continue de gîter[15] tel un cormoran géant amorçant un virage vers la terre.

Pendant toute la traversée de la baie, les deux bombes glissent côte à côte, poussées par un vent dont les voiles se goinfrent à n'en plus pouvoir. Les deux pilotes semblent quant à eux vouloir à chaque instant tirer le meilleur de leur engin... À moins que ce ne soit le règlement de comptes de la fameuse embrouille d'hier soir à laquelle est venue s'ajouter celle de la tasse de café de ce matin !

– Fox à Bull. Voie bleue ?

– Je prends la tête.

– Reçu, Fox. *Over.*

La prudence reprend le dessus, et c'est l'un à la suite de l'autre que *Seagull* et *Bugale* s'engagent maintenant sur une piste plus étroite.

D'après le compas de pont, nous filons plein nord et progressons vent arrière entre les rangées d'arbres, les vieilles maisons de pierre, les étangs ou la mer gelés.

Considérablement stabilisés, nos engins reposent désormais sur leurs skis. J'en profite pour regagner le carré où je

---

15. Pencher.

m'affale sur une banquette qui m'offre une vue sur l'extérieur tant par les hublots que par la descente. Puis, sans autre réflexion, je m'attaque à un paquet de biscuits auquel je ne laisse aucune chance.

Il faut au moins ça pour se remettre de telles émotions !

De temps à autre, le vent nous ramène aux oreilles le vrombissement de moteurs provenant de la côte que nous avons laissée derrière nous.

Fox, que je ne quitte pas des yeux, doit lui aussi les entendre car il s'est retourné à plusieurs reprises vers le *Bugale*.

Bien qu'il s'efforce, comme Bull, de ne rien laisser paraître, je sais, par leur silence, que les deux hommes restent aux aguets.

Je sais aussi, comme eux, que nos poursuivants sont désormais guidés par la vengeance, et même si nous n'avons fait que nous défendre, une chose est sûre, la haine est le carburant qui propulse leurs engins.

L'idée qu'une panne de vent puisse survenir, nous forçant à ralentir, voire nous arrêter, me fait brusquement froid dans le dos. D'autant que les premières lueurs du jour laissent apparaître au loin sur notre droite un ciel pur où se disputent déjà le rouge et le bleu.

Je me hisse un peu plus haut sur les marches de la descente pour mieux surveiller nos arrières.

Pour l'heure, l'anémomètre affiche 6 et nous filons à quarante nœuds, ce qui nous garantit une avance confortable.

La Voie bleue est une longue route d'une largeur moyenne d'environ cinq mètres. On l'avait appelée ainsi à l'origine car elle longeait les doux rivages de cette mer sans vagues sur toute sa longueur.

Depuis l'arrivée de Bogdich, le bleu des flots du golfe laisse place au blanc étincelant de la glace qui recouvre plages et marais salants durant des mois. C'est sans doute pour cette raison que les gens du coin l'ont rebaptisée la Voie blanche...

Sur bâbord comme sur tribord, nous apercevons de temps à autre la lueur confuse des flammes qui ravagent les villes les plus proches. À l'évidence, la presse libre ne ment pas. Ça commence vraiment à craindre !

Le soleil, qui a shooté dans les dernières étoiles, ne tarde plus à darder sur la région ses rayons tueurs de rétine. Yvon nous avait prévenus lorsque nous descendions les marches du souterrain pour la dernière fois qu'avec une nuit aussi pure il fallait s'attendre à un froid polaire. Et qui dit froid polaire dit aube blanche dès les premières lueurs du jour. Des rayonnements si intenses qu'ils brûlent en quelques secondes les yeux de tout être vivant ne disposant pas des lunettes de protection que nos capitaines viennent de nous ordonner de porter.

Hormis quelques spécimens qui semblent devenus fous, les animaux ont totalement disparu du paysage depuis le lever du jour.

— On est trop près ! lance soudain Fox avant de s'écarter brusquement de sa trajectoire.

Et nous quittons la Voie afin d'éviter une ville dont nous nous sommes, il est vrai, dangereusement approchés.

Le compas vire de vingt degrés vers une nouvelle direction nord-nord-est qui offre au vent glacial le couloir idéal pour s'engouffrer dans la cabine et nous rapporter le ronronnement oppressant des motoneiges qui nous poursuivent toujours.

Les catas se lancent alors à l'assaut des champs de neige qui s'étalent à perte de vue.

J'ai machinalement remonté les pieds sous mes fesses et, ainsi recroquevillé, je me laisse bercer durant de longues minutes par le mouvement de notre bolide. De la banquette où je me suis installé, j'aperçois Mélanie à l'extérieur, tout en haut du flotteur au vent. Sous son énorme capuche, elle a le visage enveloppé d'une écharpe rouge sur laquelle contrastent ses grandes lunettes noires.

Trop la classe, cette fille ! On dirait une de ces stars de cinéma qui défilaient encore à Cannes avant que le festival ne soit interdit. Je ne cesse de lui dire des choses par la pensée, des choses secrètes du genre : « Si tu m'aimes, regarde-moi ! Maintenant ! »

Et ça marche !

Enfin… Pas toujours, mais de temps en temps.

Comme si nos esprits se rencontraient, elle tourne alors la tête en direction du carré d'où j'émets mes messages et me fait un signe de la main auquel je réponds sans attendre, ravi.

Peut-être qu'elle pense toujours au baiser de tout à l'heure.

Je respire un grand coup. Ce n'est pas que ça réchauffe, mais ça fait du bien.

Mais ma rêverie est de courte durée.

En effet, un brouhaha inattendu me fait tout à coup sursauter.

Suite au changement de route, Yvon a décidé de border les voiles avant de libérer une énorme herse suspendue à l'arrière.

L'effet est immédiat, irréel ! Lorsqu'elle se plante dans la glace, ses crochets acérés labourent le sol comme les griffes d'un tigre la chair de sa proie. Le *Seagull* ralentit alors brutalement son allure tandis qu'une gigantesque vague se forme dans notre trace. Elle se soulève, faisant virevolter dans les rayons du soleil des milliards de particules blanches entre la coque centrale et les flotteurs.

À notre suite, Jack procède lui aussi à la manœuvre, s'arrangeant même pour laisser son navire glisser jusqu'à nos côtés.

Le convoi ralentit progressivement jusqu'à son arrêt complet.

Le premier depuis le départ.

En un clin d'œil, Thibault, Mélanie et moi, nous retrouvons sur les flotteurs bord à bord.

Engoncés dans nos écharpes et lourds manteaux à capuche, il ne nous faut que quelques secondes pour célébrer les retrouvailles.

Les deux capitaines sont quant à eux en grande discussion à l'avant du *Bugale,* mais le claquement assourdissant des voiles nous interdit d'en entendre un mot.

— Vous les avez entendus, vous aussi, ces bruits de moteur ? nous crie Thibault de son bord.

— Évidemment ! lui répond Mélanie, en se servant de ses mains comme d'un porte-voix.

— Et vous avez remarqué ?

— Remarqué quoi ?

— Eh bien, tendez un peu l'oreille !

Exécutant l'ordre de Thibault, nous ne pouvons que constater que l'écho des fameux moteurs s'est tu.

À l'avant, nos deux chefs de mission tendent leurs mains gantées en direction des traces laissées derrière nous.

— Jack dit qu'on est pris en chasse par une bande de Longs Manteaux.

— Et qu'est-ce qu'ils nous veulent ?

— J'en sais rien !

— Mais, s'ils nous ont pris en chasse, c'est qu'ils cherchent forcément quelque chose ou quelqu'un !

— Apparemment, les Longs Manteaux sont des crève-la-faim. Il n'y a que l'argent, l'alcool, les drogues ou les armes qui les intéressent, rétorque Thibault. C'est Jack qui l'a dit. Et si c'est pas des Longs Manteaux, poursuit-il, ce sont les BMR.

— Ou les deux !

— Oui, ou les deux ! Jack pense également qu'ils l'ont sans doute repéré et suivi dès son arrivée chez ton grand-père l'autre nuit !

— Et comment ils auraient pu le suivre ? T'as vu à quelle vitesse il est entré dans le hangar ?

— Bien sûr, mais comment t'expliques ce qu'ils faisaient tous dehors juste à ce moment et à cet endroit précis ce matin ?

Mélanie, contre toute attente, lui répond en riant :

— Ben, peut-être qu'ils avaient déniché un super plan pour pique-niquer là tranquillement et qu'on les a gênés, tiens !

Thibault tourne la tête dans ma direction. Je le devine étonné sous ses lunettes, mais je reste silencieux.

À certains moments, Mélanie disjoncte. C'est comme ça, on n'y peut rien. On ne sait pas si elle blague ou si elle provoque.

Après réflexion, j'imagine en souriant cette bande de types pique-niquant sous la lune par moins trente degrés dans ce froid sibérien à cinq heures du matin.

— En tout cas, ce qu'on leur a servi au menu tout à l'heure, ça a dû carrément les réchauffer ! conclut Thibault.

Nous en sommes aux éclats de rire lorsque Jack et Yvon nous rejoignent. Yvon, à qui peu de choses échappent, lève l'index et commente d'un ton grave :

— Ils ont certainement mangé chaud, mais ceux qui en ont réchappé ne vont plus nous lâcher. Ça, c'est une deuxième certitude, les jeunes !

— Fais bien gaffe, Yvon ! conseille Jack à travers les rafales qui forcissent soudainement. Personne, même toi, ne prend le moindre risque ! OK ?

Montrant de la main les trous laissés par les balles de nos agresseurs dans le ciré de mon grand-père, le géant à moustache termine en lui faisant remarquer qu'*ils* ne lui laisseront pas une deuxième chance de s'en tirer à aussi bon compte. Il précise, l'air grave, que ça, c'est la troisième certitude.

Ce à quoi Yvon répond en levant les bras, l'air de lui répondre « Que veux-tu que j'y fasse ? C'est la vie ! »

Mais je sens que le Taureau n'apprécie pas du tout l'humour fataliste de son compère à ce moment précis. Il demeure là, immobile, debout, sous ses lunettes noires. Je le devine fixant son pote d'un œil furieux, mourant d'envie de lui dire : « Si tu ne veux pas le faire pour toi, montre au moins l'exemple aux mômes ! »

Cependant, comme Thibault, Mélanie et moi assistons en silence à la scène, il préfère sans doute se taire une nouvelle fois.

C'est idiot parfois, un adulte ! Ça croit qu'en fermant la bouche, les jeunes ne comprennent pas !

Comme dit mon père : « Ce n'est pas parce qu'il n'y a rien à entendre qu'il n'y a rien à voir ! »

Fox n'en a que faire. Le voilà qui s'applique au levage de la herse qui depuis quinze bonnes minutes nous ancre dans la neige. Dès qu'il relâche ensuite la grand-voile, il ne faut au *Seagull* que quelques secondes pour se ruer à nouveau à l'assaut de la mer de neige qui nous tend les bras.

Comme au clair de lune de la nuit passée, le *Bugale* et le *Seagull* naviguent bord à bord.

Aux gestes fanfarons que m'adresse Thibault, à la précision des réglages de voiles que je le vois effectuer sous les ordres de son capitaine, je comprends, malgré le mutisme du nôtre, que nous venons d'entamer la deuxième manche de la régate abandonnée au petit matin.

C'est à une vitesse vertigineuse que nous longeons les barres d'immeubles d'une grande ville avant de prendre plein nord en direction de la Voie verte. Cette option risque de surprendre nos poursuivants qui, dès qu'ils s'y seront engagés, seront privés de toute aide extérieure, puisque les routes d'accès aux petits villages que traverse la Voie ont été dynamitées par les BMR elles-mêmes.

Le bourdonnement des moteurs a repris au loin derrière nous.

Yvon se retourne sans cesse vers Jack et Thibault qui nous suivent maintenant à une distance raisonnable, Snow installé au pied du mât.

Les deux hommes veulent creuser l'écart entre notre convoi et ses poursuivants, c'est évident. Heureusement, cela semble plutôt bien fonctionner pour le moment. Mais c'est toutefois insuffisant pour fournir des réponses à toutes les questions qui me taraudent.

BMR ou Longs Manteaux ? BMR *et* Longs Manteaux ? Combien sont-ils exactement, ces petits points qui scintillent dans les rayons du soleil, au loin, dans notre sillage ? La lumière est si forte que même les jumelles ne me sont d'aucune utilité pour tenter de les dénombrer.

Quelle importance après tout, puisque les deux sont à nos trousses pour nous faire la peau ? À l'affût, ils mûrissent leur vengeance, attendent la panne de vent, la panne technique ou l'accident qui nous affaiblira. Seulement alors ils lanceront l'attaque. Elle sera sans pitié.

Éléments rassurants : le vent forcit encore, le speedomètre indique cinquante-quatre nœuds, Mélanie est assise tout près de moi et, les voiles gorgées d'énergie, les bateaux grimpent et dévalent une à une les collines d'une houle immobile qui ondoie sous nos yeux.

Parfois, le *Seagull* parvenu à un sommet replonge dans la descente en forçant l'étrave et ses flotteurs à disparaître totalement sous la neige, d'où elle resurgit quelques longs instants plus tard. Il nous faut alors esquiver, en nous tordant dans tous les sens, les kilos de poudreuse qui viennent s'abattre jusque sur l'arrière où nous sommes installés.

À plusieurs reprises, Mélanie et Yvon se sont pris des paquets de neige qui nous arrivent comme si quelqu'un les balançait de l'avant avec une pelle géante. Le résultat est hallucinant : j'ai l'impression d'avoir à mes côtés deux chimpanzés qui se débattent pour se débarrasser le plus rapidement possible de cette neige qui, si elle leur fond dans le cou, se transformera bien vide en eau glacée.

Cap'tain Fox gère malgré ça cette course folle d'une main de maître. Son apparente assurance me laisse le temps de penser une fois de plus à mon père et à Gaëlle. Et à Ian aussi.

Nag souffrait le martyre. Nag avait la haine. Un de ses 4 × 4 bousillé, ce coup sur l'épaule et celui ensuite sur la tête, ces terroristes en herbe allaient le lui payer, et chèrement.

Peu après le départ des trois adolescents, il était parvenu en titubant au jardin derrière la maison. Les traces indiquaient clairement la direction prise par les trois fuyards.

Alors qu'il regagnait péniblement leur 4 × 4 stationné au bas de la ruelle, son complice s'affairait à incendier la maison. Jerrican d'essence vidé à l'étage et bombonne de gaz ouverte dans la cuisine, il ne manquait plus que la bougie allumée posée sur la table du salon. Torg n'avait pas son pareil pour ce genre de besogne.

Les deux hommes avaient ensuite tranquillement quitté le secteur sans attendre que, dans la bâtisse, le gaz rencontre la flamme et la flamme l'essence pour le feu d'artifice final.

Torg squattait avec quelques collègues de travail et ses deux fils une ancienne gare qui avait ensuite fait office de salle de cinéma durant de longues années. Jusqu'à l'expulsion de cette association dont les BMR avaient expédié les membres dans les geôles de Tombmor. Bien sûr, tout signe de culture – affiches et annonces diverses – avait été arraché des façades et brûlé devant l'entrée de l'édifice.

Le projecteur numérique ne diffusait plus les images de *Mad Dogs*, *Furious Fighters*, *Killing People*, *Bullets in Your Head* ou autres *American History X* que lors de soirées privées organisées par les nouveaux occupants.

Il ne fallut au nouveau propriétaire des lieux que quelques minutes pour préparer les motoneiges.

Après avoir fait le plein de carburant, il équipa les portables de nouvelles batteries, sachant par expérience que le froid les déchargeait toujours plus rapidement.

Nag, lui, s'était refait une santé et en avait profité pour discuter avec deux types déjà présents dans la maison à leur arrivée. À grand renfort d'alcool, il avait réussi à les convaincre de participer au raid qui se préparait. Revêtus de leurs uniformes sombres ornés du brassard rouge des BMR, le visage protégé d'une épaisse écharpe noire qui laissait à peine apparaître leurs yeux, les quatre Mangeurs s'étaient bien vite fondus dans la nuit sur deux véhicules.

Après une vingtaine de minutes de route, ils parvenaient à cette maison où, quelques heures plus tôt, trois jeunes témoins de la pire espèce avaient réussi à leur échapper.

Ils retrouvèrent facilement les empreintes laissées par le Ski-Doo à l'arrière de la ruine encore fumante, et ce fut un jeu d'enfant que d'avoir à les suivre.

Chevauchant sa machine, Nag sentait, malgré l'air glacé, la douleur lancinante qui battait son épaule et ses tempes meurtries. Mais la rage de retrouver ces trois jeunes dominait, et de loin, le mal causé par ses blessures.

Ils allaient en baver pour ça. Ils allaient payer encore plus cher pour ce coup qu'on lui avait asséné derrière la tête et qui lui avait ouvert le crâne. Nag était certain d'une chose : il ne les lâcherait plus. Plus jamais. De plus, leur mettre la main dessus lui permettrait de se débarrasser définitivement de Mélanie, cette peste de belle-fille qui lui avait empoisonné la vie pendant toutes ces années en lui désobéissant, en donnant au collège sa version de ce qui se passait chez eux, allant même jusqu'à manipuler sa mère et lui faire payer des cours de danse au lieu de travailler en classe.

Malgré la torture qu'il endurait, Christian Nagorne se sentait fort à l'idée d'appartenir aux BMR. En être un membre presque important équivalait à posséder le pouvoir d'expédier n'importe qui aux galères. Peindre, photographier ou dessiner, lire les livres interdits, pratiquer la danse ou la musique, jouer la comédie, tout cela, le gouvernement l'avait formellement interdit par décret. Il était donc facile de fabriquer des coupables, fussent-ils des ados !

Nag était de toute façon couvert ; Bogdich avait fait passer cette nouvelle loi quelques semaines auparavant, la rendant exécutoire dès sa promulgation.

— Pas de temps à perdre pour exterminer la vermine ! s'étaient exclamés ensemble les hommes de Torg lorsqu'ils avaient appris la nouvelle.

Embarqués dans des trains spéciaux, les coupables prenaient immédiatement la direction de Tombmor. Ce que devenaient là-bas ces hommes, ces femmes et parfois ces gosses, Nag ne s'en souciait guère. Il savait juste que nul n'en revenait. Que la forteresse avalait et digérait ses prisonniers avant de les rejeter à la mer qui les emportait vers le large avec les marées descendantes. Il savait aussi que Tombmor recevait ceux de l'Ouest et que partout ailleurs en Europe des citadelles similaires remplissaient les mêmes fonctions. Et quand une région manquait de prisons, on lui construisait alors son camp de concentration et d'extermination tout neuf.

Torg, à son habitude si peu bavard, n'avait pas jugé utile de questionner son second sur la destination du voyage. Il avait sa petite idée mais n'en avait parlé ni à celui qui était assis derrière lui ni à l'homme qui faisait équipe avec Nag sur la motoneige de tête dont il se contentait de suivre les traces. Tous les trois savaient où Nag les menait. Tous les quatre savaient encore que l'homme vers lequel les guidaient les traces du Ski-Doo des fuyards était particulièrement dangereux. Un type qui n'hésiterait à aucun moment à tuer pour protéger sa vie et celle de ses proches.

Sa vie, Yvon Malaterre l'avait passée aux quatre coins du monde au service du Groupement international antiterroriste. De New York à Madrid, de Londres à Dublin, de Paris au Caire, de Beyrouth à Téhéran, Tripoli, Bagdad ou encore Damas, il avait pourchassé des terroristes de tout poil, participant au démantèlement des réseaux les plus dangereux de la planète. Il avait eu, durant toutes ses années d'activité, des passeports différents, des visages et des noms différents. Mais tous ceux du métier le connaissaient sous le pseudonyme de « Fox ».

Afin d'éviter tout risque, le Renard ne dormait jamais plus de deux nuits au même endroit lorsqu'il était en mission et sa famille changeait de pays chaque année.

Pour plus d'efficacité, il s'était allié avec un type encore plus fort que lui : un certain « Bull », une armoire à glace d'au moins deux mètres de haut que Daesh avait fini par pulvériser en Libye lors d'un attentat en 2016. On n'en avait jamais retrouvé les morceaux.

Même si Malaterre vivait aujourd'hui en Bretagne sur les bords du golfe du Morbihan où il partageait une paisible retraite avec sa femme, Nag savait qu'avec ce genre de type, l'instinct est comme la lave sous le volcan, capable de resurgir à la première occasion.

*

Le vent avait repris avec la marée qui, en remontant sous les glaces, ramenait vers le continent la tempête qui s'en était éloignée durant quelques heures. De gros nuages plus noirs que la mort reprenaient progressivement possession du ciel qui déversait ses épais flocons sur cette pointe de l'Europe.

C'est donc avec la plus grande prudence que les deux motoneiges descendirent l'impasse au fond de laquelle se tenait la vieille longère des Malaterre, seule habitation du secteur. Parvenus face à l'entrée, les deux pilotes coupèrent les gaz et se mirent à fouiller le sol à la lueur de leurs phares. Il fallait trouver des traces, des indices laissés par les jeunes.

En vain. Il n'y avait devant la vieille bâtisse aucun signe de vie. Rien ne filtrait non plus de l'intérieur, pas même une lueur à travers les volets clos. Pas âme qui vive. Sur la façade que la neige avait presque entièrement recouverte, seule contrastait la couleur bleu foncé d'une paire de volets à l'étage.

Nag, dont le regard avait été attiré par le phénomène, crut déceler une lumière furtive à travers les lattes. Mais sa blessure à la tête lui jouait des tours. Il sentait de temps à autre sa vue se troubler et des sueurs froides lui parcouraient le dos de plus en plus fréquemment.

Torg, lui, gardait les yeux fixés sur la cheminée que la fumée semblait avoir abandonnée depuis longtemps si l'on en jugeait par la couche de neige qui s'était déposée à son sommet. Nagorne, intrigué, lui désigna d'un signe de tête les volets restés bleus.

Son complice se contenta de hausser les épaules.

Au terme de cette longue et silencieuse observation, les deux hommes échangèrent un dernier regard interrogateur et déçu.

Nag rageait intérieurement.

Il s'était visiblement trompé. Ces satanés ados n'étaient pas venus se réfugier chez le vieux.

Les deux types juchés sur le siège arrière des deux engins partageaient sa déception.

L'un d'entre eux, refusant cependant de repartir bredouille, quitta brusquement son perchoir. Il parcourut en quelques pas la dizaine de mètres qui séparaient le convoi de la porte d'entrée de la maison pour y coller l'oreille. Il dut malheureusement se rendre à l'évidence : même si cinquante invités avaient festoyé de l'autre côté, aucun écho ne lui serait parvenu à l'extérieur tant la porte en chêne massif qui isolait la bâtisse du froid paraissait épaisse. Le vacarme du vent n'arrangeant pas ses affaires, il tenta alors de tourner la poignée en métal, sans plus de succès.

Enfin, il se retourna vers le reste de la bande qui le suivait du regard et sortit l'arme qu'il portait à la ceinture sous son épais manteau.

Il s'apprêtait à s'attaquer à la serrure, ce qui fit réagir Torg dans l'instant.

— Non ! Arrête ça tout de suite ! interdit-il, ses mains gantées en porte-voix. Ce type est du genre à avoir piégé toute sa baraque avant de partir !

— Laisse tomber ! confirma Nag, à l'adresse de l'homme qui accepta de rengainer son arme.

C'est à ce moment précis que le troisième milicien tapa sur l'épaule de son chef, lui faisant signe de tendre l'oreille.

Au milieu des bourrasques de vent, le bourdonnement caractéristique d'un moteur venait de percer la nuit. Le véhicule se rapprochait à si grande vitesse que les quatre hommes n'eurent que le temps d'apercevoir, en bas de l'impasse qui donnait sur le golfe, l'éclair qui déchira l'obscurité.

Ils mirent immédiatement plein gaz pour se ruer dans la descente. Le visiteur pressé devait chevaucher un engin fantastiquement puissant puisque Torg et ses complices ne purent se fier qu'au grondement du moteur lancé à toute allure lorsqu'ils quittèrent le chemin. Ils n'hésitèrent pas un instant et s'élancèrent tous feux allumés, à travers l'épais rideau blanc, sur les traces que la neige effaçait déjà. Torg remarqua rapidement qu'après les reliefs formés par les rochers, les traces disparaissaient souvent sur une quinzaine de mètres. Le véhicule ultrarapide devait donc aussi être ultraléger et son pilote complètement dingue – à moins qu'il ne connût parfaitement le coin – pour prendre de tels envols en pleine nuit. Mais peu importait que leurs motoneiges soient moins performantes que celle du fou qui les précédait. Nag connaissait lui aussi cette partie de la baie comme sa poche et l'écho de la bécane, il en était certain, les menait vers l'arrière de la propriété de Malaterre qui possédait également un accès direct sur la mer.

Il hurla tout à coup de plaisir. L'évidence venait de lui sauter aux yeux ! Mais bien sûr que la baraque était vide ! Se pensant protégé par la nuit, le Renard rentrait au terrier où ils n'auraient plus qu'à le cueillir !

Peut-être même que la cueillette allait tourner à la pêche miraculeuse si le vieux trimballait avec lui les trois morveux !

Mais, dans ce cas, comment faisaient-ils pour détaler à une telle allure ?

— C'est bizarre, pensa Nag, que cette nouvelle cible avait tout à coup ravigoté, je n'avais encore jamais entendu dire que le vieux possédait un engin pareil...

Loin devant, le vrombissement se fit encore plus fort. Malaterre poussait à ce point son moteur que des gerbes de flammes montaient de plus en plus haut dans la nuit.

Les yeux rivés sur l'objectif, les deux pilotes envoyaient toute la puissance de leur engin dans la poursuite. Malgré l'épaisseur des flocons, la force du vent qui déportait les motos et la température qui flirtait avec les moins trente degrés, ils parvenaient à garder le rail creusé par le fuyard dans la lueur des phares.

Puis, subitement, les quatre hommes virent s'envoler une gigantesque colonne de feu, en même temps qu'un étrange grincement déchirait l'air.

L'instant d'après, tout s'arrêta. Comme si le motard venait d'être dévoré par l'obscurité et son moteur digéré par le silence.

Les deux pilotes ralentirent alors l'allure. C'est d'ailleurs grâce à ce geste qu'ils purent de justesse stopper leur machine à la sortie d'une énorme bosse, évitant ainsi d'aller se fracasser contre le mur de béton de l'imposant blockhaus qui s'élevait à cet endroit depuis la dernière guerre mondiale. Ahuris par cette magie improbable, les quatre miliciens mirent pied à terre. Ils inspectèrent ensuite méticuleusement les alentours avant de se rendre à l'évidence : il n'y avait aucune trace au sol !

Nag devint fou de rage. Le rail creusé par les skis de la machine de Malaterre les avait guidés jusque-là, et subitement tout signe de vie disparaissait après cette maudite bosse !

— Merde ! s'emporta-t-il en frappant violemment l'une des motoneiges de ses grosses chaussures. C'est pas possible ! Ça ne tient pas debout cette histoire ! Il n'a pas pu se volatiliser comme ça, ce fumier ! On n'est pas dans une de ces histoires à la con pour enfants !

Les informations que leur livra le tapis blanc à leur retour sur les lieux, le lendemain matin, ne furent pas différentes.

Visiblement condamnée depuis des décennies, bloquée par la glace et rongée par la rouille qui n'en viendrait jamais à bout, l'unique porte que possédait le bunker se situait sur son flanc droit. Étroite et basse comme elle l'était, elle n'aurait de toute façon jamais permis à un homme de s'y faufiler avec sa machine. Le mystérieux voyageur avait donc disparu au pied du mur ou s'était servi de la grosse bosse, là-bas, pour s'envoler !

Nag, excédé, piqua une nouvelle crise de nerfs et c'est sa motoneige qui eut cette fois à subir coups de pied et insultes. Comment quelqu'un avait-il pu traverser le mur d'un blockhaus à la manière d'un fantôme sans même laisser une trace au sol ?

Torg, après une longue réflexion, lui livra son sentiment :

— Devant chez Malaterre, rien n'a bougé depuis hier soir. Donc si quelqu'un est entré par ici, passe-muraille ou pas, il en ressortira forcément tôt ou tard.

— Et qu'est-ce que tu comptes faire ? lança Nag, que la colère n'avait toujours pas quitté.

— Rien.

— Comment ça, rien ?

— Je compte attendre.

— Mais ? Ça peut durer des heures !

— Ouais, des jours et des nuits, même ! Mais quelque chose me dit que c'est pas Malaterre qu'on va voir sortir de là.

— Ah ?

— Et qu'un type sur un engin pareil en pleine nuit, c'est du gros gibier.

— Du gros gibier... Du gros gibier... répéta Nag en écho, cessant finalement de s'acharner sur sa machine.

Il revint vers son chef, les poings serrés, et continua :

— Alors, on va se planquer là et se les geler à moins trente degrés, en attendant tranquillement que ton gros gibier sorte son nez du terrier ?

— Exactement. On attendra le temps qu'il faudra, répondit Torg, d'un ton qui n'admettait aucune réplique.

Il avait déjà son mobile en main.

Patron des BMR de la région, Torg connaissait du monde. Il entretenait d'étroites relations avec les Longs Manteaux du secteur qu'il payait grassement en alcool, armes et munitions en échange de renseignements sur certains habitants qu'il soupçonnait d'appartenir au monde des arts.

C'est grâce à la collaboration de ces indics que le nombre d'arrestations avait rapidement atteint les sommets et l'avait placé, lui et ses brigades, dans le peloton de tête des incontournables que Bogdich se plaisait à féliciter. Récemment nommé commandant, il était de ceux à qui le président décernerait un jour une médaille, il le savait.

En quelques minutes, il lança la rumeur d'un bon salaire à tous ceux qui participeraient à la partie de chasse qu'il était sur le point d'engager. Et le bonus serait de taille pour qui aiderait à la capture de celui qu'il avait dorénavant baptisé « le Magicien ».

C'est la raison pour laquelle une vingtaine de vagabonds aux allures de barbares vinrent rapidement grossir ses rangs.

Les Longs Manteaux étaient encore des hommes, mais leur sauvagerie extrême avait presque achevé de les transformer en bêtes capables de tuer n'importe qui en échange de la plus infime récompense.

Uniquement vêtus de guenilles et pour la plupart d'un long manteau de cuir râpé leur descendant jusqu'aux chevilles, ces hommes n'avaient pour seuls moyens de discussion que leurs armes et leur violence.

La récompense de mille euros promise par Torg en avait donc attiré plus d'un et les derniers avaient rejoint le groupe vers quatre heures du matin.

Immédiatement, le patron avait placé des sentinelles en haut de la ruelle dans laquelle donnait l'entrée de la maison. Le gros de la meute se tiendrait à l'arrière de la propriété, à l'abri d'une ancienne cabane d'ostréiculteur plantée à quelques mètres du rivage.

Pour tous ces hommes allait débuter une longue, très longue veille dans le froid polaire. Ils allaient devoir tenir, rester en vie. L'alcool dont ils abusaient régulièrement les y aiderait.

Aucun d'entre eux ne pouvait imaginer à cet instant que son temps lui était désormais compté. Aucun d'entre eux n'aurait pu imaginer qu'une immense porte allait basculer à quelque deux ou trois cents mètres du baraquement, libérant des navires comme ils n'en avaient encore jamais vus et, pour certains, comme ils n'en verraient jamais plus.

Les flocons avaient cessé de tomber depuis quelques heures et le ciel étoilé laissait à la lune le soin de percer l'obscurité d'un halo luminescent qui arrangeait bien leurs affaires.

Inquiets et impatients à la fois, allumant cigarette sur cigarette, les hommes de Torg piétinaient sur place pour tromper l'attente. Ils tapaient et soufflaient dans leurs mains pour tenter d'échapper à l'engourdissement qui les guettait. À plusieurs reprises, Nag avait dû intervenir pour étouffer les feux que les Longs Manteaux, de plus en plus nerveux, allumaient au risque de les faire repérer.

De mauvaise grâce, d'étranges silhouettes plus sombres que la nuit projetaient alors à coups de pied la neige sur les flammes naissantes sans avoir pu se réchauffer.

*

Tout se précipita vers cinq heures du matin, alors que le vent venait de se lever. Torg, quasiment endormi sur le siège de sa motoneige, fut, comme ses compagnons, brusquement réveillé par un sinistre grincement qui provenait du blockhaus. Un grincement identique à celui de la veille, comme le frottement d'une immense plaque de métal contre le béton.

— L'oiseau sort du nid, Nag. Je te l'avais dit ! ricana-t-il en se frottant énergiquement de la neige sur le visage afin de reprendre rapidement ses esprits.

Il alluma le moteur de son engin et, muni de jumelles à infrarouge, se leva afin de mieux suivre ce qui se préparait.

Autour de lui, l'excitation était à son comble et certains tentaient déjà, avec plus ou moins de succès, de faire démarrer leur machine.

De son observatoire, Torg aperçut ensuite clairement le pan de mur qui se soulevait. Il comprit alors ce qui s'était passé la veille.

— Nom de dieu… laissa-t-il échapper pour lui-même, c'était donc ça !

Cependant, à sa grande surprise, aucun écho d'un quelconque moteur ne se fit entendre. Peut-être que le Magicien les avait repérés la veille et allait surgir cette fois chevauchant l'un de ces nouveaux bolides silencieux fonctionnant avec l'énergie solaire stockée dans ses batteries !

Le vent apportait maintenant aux oreilles des embusqués les aboiements d'un chien.

« Bizarre, pensa Nag de son côté, Malaterre n'a jamais eu de clebs ! Il nous en a caché, des choses, celui-là ! »

Il alluma immédiatement son lecteur pour consulter la centrale animalière. Ce chien devait impérativement porter une puce magnétique.

Puis tout s'enchaîna très vite.

Ils virent tout d'abord des voiles surgir de l'ouverture béante, puis un vaisseau d'un autre âge planté sur deux coques que la caverne éjecta, avant d'en expulser un second en tous points similaire.

Poussés par une brise qui ne cessait de forcir, les deux bateaux (si on pouvait encore les appeler ainsi) s'étaient jetés sur la poudreuse et fonçaient à vive allure vers la baie.

À travers ses jumelles, Torg, découvrit à la barre du premier un homme de très forte taille qui lui rappela immédiatement cet ami de Malaterre censé avoir perdu la vie lors d'un attentat voilà quelques années. Il ne prit pas le temps de réfléchir davantage. Craignant de manquer un nouveau rendez-vous avec le Magicien, il commit l'erreur de faire ouvrir le feu par sa troupe alors que bon nombre de motoneiges, paralysées par le froid, n'avaient pas encore démarré.

Les types d'en face devaient s'y attendre, car leur réponse fut instantanée. Elle allait ouvrir à Torg les portes de l'enfer.

Un projectile, lancé du premier bateau, atterrit tout d'abord non loin de l'abri que déjà certains avaient quitté pour se lancer à l'attaque des deux vaisseaux.

Une fusée éclairante submergea quelques secondes plus tard le plus gros de la troupe. Longs Manteaux comme BMR n'eurent que le temps de lever la tête pour apercevoir le ciel que des centaines de lucioles de la mort venaient d'embraser.

La neige se souleva, le sol se déroba à deux reprises sous leurs pieds et le volcan créé par les projectiles explosa en une multitude de particules enflammées qui s'emparèrent des réservoirs, avant de dévorer le carburant et les hommes.

Torg, qui pensait encore diriger les opérations, n'avait pas imaginé un seul instant que les événements puissent prendre cette tournure.

Lorsqu'il chuta, le corps tout entier dévoré par les flammes, certains de ses compagnons tiraient toujours en direction des deux navires qui filaient sur la glace. D'autres, transformés comme lui en torches vivantes, tentaient dans un ultime effort d'échapper au piège monstrueux qui s'était refermé sur eux.

Des lueurs de phares serpentaient dans sa direction, comme si certains de ceux qui étaient partis revenaient vers lui. Il tenta tout de même de lever un bras, comme pour lancer un ultime appel de détresse. En vain. Il ne vit pas plus le membre s'agiter qu'il n'entendit l'abominable hurlement sortir de sa gorge.

L'essence venait de se répandre sur la neige et il périt comme bon nombre de ses complices dans l'embrasement.

Tout autour, la ferraille chauffée à blanc se disloquait sous l'effet de la chaleur et les explosions projetaient en tous sens des pièces de métal qui fauchaient les derniers hommes encore debout.

Puis, lentement, cris, explosions et coups de feu se dispersèrent dans la nuit jusqu'à disparaître complètement.

Les deux vaisseaux qui avaient échappé au guet-apens ne laissaient derrière eux qu'un amas de ferraille bouillonnant et quelques âmes à l'agonie.

Nag faisait partie des survivants. Dans les premiers à se lancer à l'assaut des deux voiliers, il avait rebroussé chemin pour tenter de secourir son patron, mais n'avait pu regagner les lieux assez vite. À l'odeur qui se dégageait du carnage, il dut accepter l'évidence : posséder un brassard rouge autour du bras ne rendait pas pour autant invincible et les proies ne seraient pas aussi faciles à capturer qu'il l'avait imaginé.

Il avait lui aussi aperçu les jeunes à bord juste avant l'attaque ; tout comme il avait eu le temps de reconnaître la silhouette trapue de Malaterre sur le second rafiot et celle, reconnaissable entre mille autres, de son foutu copain à la barre du premier.

Le « Bull » revenait de chez les morts sous la forme d'un « Magicien » et l'ancienne équipe s'était reformée !

Ils avaient décimé son groupe, éliminé Torg !

Ils allaient devoir payer encore plus cher !

Quand le nouveau patron des BMR se lança avec quelques rescapés et seulement trois motoneiges à la poursuite des catamarans, le soleil pointait tout juste ses premiers rayons sur un nouveau jour.

Une aube blanche.

La haine lui bouffait la tête et rien ne pourrait plus désormais le faire reculer.

*

À la tête de son groupe, Nag savait que la nouvelle allait rapidement se répandre dans la région et qu'il se retrouverait très vite chef d'une horde qui le mènerait à la victoire.

Il savait que la traque pourrait durer des jours, voire des semaines. Il se contenterait alors de rester dans les traces laissées par les skis des fuyards. Il les épierait de manière ostensible en les approchant pour les laisser reprendre ensuite leur avance, à sa guise. Sa pression serait de tout instant. Une pression terrible, de jour comme de nuit. Et même s'il ne les prenait pas dans son filet cette fois-là, il les suivrait sans relâche, jusqu'en enfer s'il le fallait.

Arriverait bien le moment d'une panne de vent ou d'une tempête plus forte que les autres qui leur causerait des dommages matériels, les forçant à ralentir l'allure, voire à s'arrêter. Et si la nature ne faisait pas le boulot, il connaissait un autre moyen, imparable, celui-là.

Et là... Là, il les buterait. Un par un, ou tous en même temps, mais aucun n'en réchapperait.

À propos d'arrêt d'ailleurs, il se passait quelque chose devant. Malaterre et sa bande, qui décidément ne manquaient pas de culot, venaient de stopper les machines au beau milieu d'un champ de neige.

Mais c'était trop tôt, trop à découvert pour attaquer.

Nag décida de jouer la prudence et fit stopper son convoi à l'abri d'un monticule de neige.

Qui sait, peut-être ne s'étaient-ils pas encore aperçus qu'il était à leurs trousses ? Mais peut-être aussi s'agissait-il d'un piège comme ces deux-là savaient en tendre.

Il se rendit seul au sommet où il s'allongea à l'abri d'une roche. Il prit tout son temps pour régler ses jumelles.

A une centaine de mètres en contrebas, les deux types discutaient ferme à l'avant d'un des catamarans. Ils pointaient de temps à autre la main en direction des traces qu'ils avaient laissées sur la neige. Rassemblés sur l'arrière des flotteurs, les trois jeunes, semblaient eux aussi bavarder ; leur accoutrement ne lui permit pas d'identifier sa belle-fille avec certitude.

Peu lui importait de toute façon. Il ôta ses gants. Il ajusta la lunette du viseur avec les précautions d'usage et mit en joue. Il allait tirer au hasard sur l'un des deux adultes. À cette distance, difficile de manquer sa cible. L'effet de surprise aidant, il aurait probablement le temps de descendre aussi un des gosses.

Il prit appui sur son coude gauche.

Son œil droit se colla lentement au viseur.

Il sentait le froid lui pincer le visage. Ajoutées aux effets de l'alcool consommé pendant la nuit, la douleur lancinante à l'arrière de son crâne et celle de son épaule le rendaient fébrile, il le sentait.

Son index droit pressa lentement la détente.

Il eut une pensée pour Torg, se remémora la bévue commise par son patron qui n'avait pas su attendre le meilleur moment pour ouvrir le feu...

Mais déjà là-bas les deux hommes revenaient vers l'arrière, et le mouvement soudain des équipages s'affairant à un nouveau départ le força à abaisser son arme avant d'avoir tiré.

Nagorne savait que, même si la cible semblait *a priori* facile à atteindre, il n'avait pas le droit à l'erreur. Il fallait les avoir tous en même temps ou, mieux encore, descendre d'abord les deux meneurs puis laisser la panique s'emparer des jeunes. La traque qui s'ensuivrait deviendrait alors une réelle partie de plaisir.

Tout en remettant ses gants, il se rappela les exploits du GIAT régulièrement rapportés par les journaux, les radios et la télévision. Ces types-là ne faisaient décidément jamais de quartier. Mais Nag aimait ça. Il aimait tellement ça que durant trois ou quatre années, il avait suivi les entraînements de préparation physique au concours d'entrée du groupement d'intervention.

Réussir ces épreuves-là lui aurait permis d'accéder à la formation pour ensuite appartenir à ce corps prestigieux.

Mais il échoua lamentablement aux examens.

Ils ne voulaient pas de lui, c'était clair. Même que lors de l'entretien, le jury lui avait posé des questions auxquelles il était impossible de répondre. On lui avait également reproché d'être trop jeune pour ce métier. À l'évidence, quelqu'un devait passer devant lui, quelqu'un qui avait de l'expérience, plus d'ancienneté, des relations, du « piston », comme on dit. Peut-être quelqu'un du nom de Malaterre, allez savoir.

Nag remit le contact.

Devant, les deux navires filaient en direction du nord.

Il eut un sourire en pensant que les fuyards allaient peut-être chercher du secours en ville.

Mais quelle ville ? Elles étaient toutes en proie à un chaos indescriptible depuis les dernières nuits ! Et quels secours ?

Nag rejoignit tranquillement ses complices qui échangeaient patiemment au pied de la colline. Il leur distribua les informations avant d'ajuster capuche et écharpe. Il jeta enfin un coup d'œil sur ceux qui l'entouraient, convaincu que de nombreux autres ne tarderaient pas à venir grossir leurs rangs.

Maugréant un ordre, il mit ensuite les gaz sans plus d'explications.

Les quatre motoneiges, tels des loups affamés dirigés par leur chef de meute, relançaient la chasse.

Une chasse qui promettait d'être longue...

Nous voguons depuis des heures, transperçant des paysages désertiques sur le flot d'une mer où les skis des catas font hurler les cristaux.

Face à l'étrave, une longue route tortueuse, plus large que la Voie bleue, se faufile jusqu'à l'infini, tantôt bordée d'arbres gigantesques, tantôt traversant de larges plateaux balayés par des vents devenus fous.

À d'autres moments, le *Seagull* et le *Bugale* qui se sont engagés l'un derrière l'autre dominent un relief raviné qui plonge de part et d'autre dans une épaisse forêt. En y regardant bien, j'essaie de percer des yeux l'obscurité des sous-bois, d'y détecter une étincelle de vie, mais rien n'en émerge jamais que des ténèbres.

— La faille ! nous crie Yvon qui m'arrache à mes pensées macabres. Nous sommes sur la faille !

La fameuse faille ouest...

Je me souviens de ce terrible tremblement de terre survenu en 2029. Terrassant l'ouest de l'Europe en quelques instants, il a rayé de la carte bon nombre de bâtiments aux structures trop faibles pour résister à un séisme d'une magnitude de 8,5 sur la fameuse échelle de Richter, réactualisée en 2030 à dix niveaux.

Des jours comme ceux-là sont inoubliables. Nous étions en juillet et il devait être dix heures du matin. Depuis quelques semaines déjà, la rumeur courait qu'*ils* étaient en train de préparer quelque chose. Un truc terrifiant destiné à affoler les populations, histoire de montrer à tous qu'*ils* maîtrisaient dorénavant tout et ne reculeraient devant rien.

Nous étions sur le point de nous rendre chez mon grand-père lorsque le bruit est survenu : une espèce de long raclement comme sorti du gosier d'un cyclope ; crissement effroyable d'un train sans fin aux roues bloquées sur ses rails ; rugissement d'un convoi de poids lourds surgi de l'enfer pour défiler à deux pas de la maison.

Le genre de choc qui te cloue sur place et te force à assister en témoin impuissant au cataclysme qui dévaste ta maison, ton village et tous ses environs.

Perdus dans la poussière, les bibelots dégringolaient des étagères, les meubles s'éventraient d'eux-mêmes, laissant échapper vaisselle, linge, jouets, livres et autres albums photo qui, pris dans cet ouragan inextinguible, allaient s'étaler sur le sol du salon et de la cuisine dans un brouhaha épouvantable.

Mon père avait eu le réflexe de nous projeter au-dehors sans que ni moi ni ma mère n'ayons le temps de comprendre ce qui était en train de se passer.

Dans le jardin, la terre se crevassait d'elle-même. Dans la ruelle devant chez nous, le goudron se fissurait avant de se soulever pour recracher les racines des arbres et les canalisations qui explosaient en geysers.

Le cauchemar ne dura que quelques secondes. Quelques longues secondes qui nous parurent des heures. Les ingénieurs informaticiens du gouvernement avaient mis le paquet. Les plaques tectoniques en contact s'étaient heurtées si violemment qu'elles avaient fini par accoucher d'un prodigieux serpent de roche long de dizaines de kilomètres.

— C'est notre Route 66 à nous ! précise Fox en prenant son super accent américain.

Pour mieux se faire entendre, il abaisse l'écharpe qui lui masque le visage et nous précise que cette Route 66, célèbre dans le monde entier, est longue de quatre mille kilomètres et traverse les États-Unis d'est en ouest.

Quoi qu'il en soit, à cette occasion, un relief nouveau est né chez nous. Abrupte et découpé, parfois rehaussé de plus de quatre-vingts mètres, parfois se glissant au fond de canyons, il est le résultat d'un des délires de Bogdich.

— Depuis des années, poursuit Yvon, la Voie verte, que certains appellent maintenant « le Serpent blanc », est totalement désertée en hiver et personne ne vient plus dans cet endroit réputé trop dangereux. Le grand froid revenu, les habitants du secteur se terrent sous les bâtiments où ils ont creusé des galeries par crainte de la prochaine secousse tellurique que certains prédisent comme la pire de toutes.

J'hallucine ! La prochaine secousse pourrait gommer toute trace de vie dans la région et nous on glisse, peinards, sur ce serpent de la mort, comme s'il s'agissait des montagnes russes d'une vulgaire fête foraine !

Perché à plus de quarante mètres de hauteur sur l'arête dorsale du monstre dont la colonne vertébrale est à peine plus large que nos engins, l'impression est vertigineuse.

Je sens l'angoisse reprendre peu à peu possession de mes pensées, me faisant même oublier le froid qui me gèle le bout des doigts à travers mes gants pourtant épais. Impression de mal-être que je m'efforce de garder pour moi. Pas envie d'entendre Mélanie me reprocher une fois de plus de la contaminer avec mes angoisses.

C'est donc dans la plus grande discrétion que, porté par les mouvements du vaisseau, je me laisse glisser vers l'arrière jusqu'au capitaine qui, barre en main, anticipe adroitement chacun des mouvements de la bête que nous chevauchons. Dans cet improbable rodéo, elle nous pousse à la faute, cherche à nous faire quitter le chemin pour aller flirter avec la mort qui rôde partout autour de nous.

J'imagine un instant ce qu'il resterait de notre engin au cas où il viendrait à Yvon la mauvaise idée de perdre le contrôle de notre trajectoire !

Mais sa concentration est extrême et je ne peux que me cramponner au bastingage en serrant dents et fesses lorsque à maintes reprises le *Seagull* menace de s'écarter de sa route.

Tout son poids porte dans ce cas sur le ski tribord, le seul resté en contact avec le sol, alors que la totalité de l'autre coque, celle sur laquelle nous nous trouvons, survole un vide dont la profondeur paraît abyssale.

Titanesque, la faille semble se mouvoir ! Elle rue, se tortille, fait hurler par ses trépidations les énormes ressorts amortisseurs qui relient les coques aux skis. Elle rage de ne pas parvenir à éjecter les deux corps étrangers qui se permettent cette descente non autorisée sur son échine gibbeuse.

Par endroits, le précipice nous ouvre si grand les bras sous le flotteur où Mélanie m'a rejoint qu'elle ne peut retenir de longs cris stridents, preuve que je ne suis finalement pas tout seul à flipper.

Sans doute soucieux de préserver également le matériel, et conscients que nos poursuivants n'attendent qu'une erreur pour agir, nos deux chefs de mission jugent finalement plus prudent de réduire encore l'allure.

Lorsque le *Seagull* s'attaque à une descente, Yvon n'accorde plus dès lors que très peu de liberté à son navire, et c'est à deux mains qu'il cramponne la barre après nous avoir fait border davantage la toile. La voile ainsi refermée réduit la prise au vent et le cata ralentit *ipso facto* dans la descente. Nous procédons à la manœuvre inverse lorsqu'il se lance dans la montée suivante.

Lorsque nous atteignons un plat, Yvon pousse l'engin à sa vitesse maximale, toutes voiles déployées.

Et notre mouette géante bondit, s'arc-boute et bondit encore avant de retomber pour se cabrer à nouveau.

Je continue de serrer les dents... et le reste.

À deux reprises déjà, alors que la voie se faufilait au creux d'un canyon engoncé entre deux hautes falaises, nous avons violemment raclé les bas-côtés. Le *Seagull* alors devenu fou s'attaquait sauvagement à la roche, lui arrachant pierres et glace qui jaillissaient de partout avant d'aller rouler sur la piste, empoissonnant la route de ceux qui nous suivent.

Sans un fulgurant réflexe d'Yvon, le navire aurait entamé un tête-à-queue qui, étant donné l'étroitesse du chemin, l'aurait envoyé valdinguer d'un côté et de l'autre des parois avant que le *Bugale*, lancé lui aussi à pleine vitesse, ne vienne le percuter de plein fouet.

Je regarde derrière nous et n'ose imaginer cette fin tragique de l'expédition.

Et le cauchemar reprend le dessus, m'imposant d'horribles images de Mélanie et Thibault aux corps complètement disloqués par la violence de l'impact. De ces images qui hantaient souvent mes nuits lorsque mon père était reporter de guerre. Je me réveillais au beau milieu de la nuit, ruisselant de sueur, les joues couvertes de larmes, convaincu que ce que je venais de vivre, mon père en avait, lui, été la réelle victime. Pour le conjurer, j'adressais à ce mauvais rêve des injures fournies et, fort de mon pouvoir, je le chassais ensuite pour l'empêcher de se réaliser.

Peut-être, après tout, que si les catas maintiennent aujourd'hui le cap sur une route aussi imprévisible, nous le devons aux chasseurs de mauvais rêves que nous sommes tous en secret !

Peut-être que sous sa barbe et sa capuche, mon grand-père insulte lui aussi le cauchemar qui nous menace tous.

D'ailleurs, après de longues minutes de silence, le voilà qui se décide enfin à nous donner signe de vie. Pas un éclat de rire, pas de tape amicale sur l'épaule, pas une parole non plus. Non, juste un pouce levé auquel Mélanie et moi répondons avec le même aplomb pour booster notre courage.

Il est trop balaise, mon grand-père Yvon !

Coup d'œil sur nos arrières... Thibault et Jack...

Ils sont là et bien là, à quelques dizaines de mètres dans notre sillage, zigzaguant eux aussi d'un côté et de l'autre de l'étroit chemin, évitant les embûches naturelles auxquelles viennent s'ajouter celles que notre passage déclenche.

Une main gantée en profite pour se poser sur la mienne. Mélanie.

Elle m'aide à redescendre sur terre alors que me reviennent en tête les paroles d'une vieille chanson que mamie Jeannig écoute parfois chez elle et que je me mets à chantonner dans le vent :

« *Je chante un baiser, je chante un baiser osé, sur mes lèvres déposé, par une inconnue que j'ai croisée, je chante un baiser…* »

Nous entamons maintenant la traversée d'une large plaine où des villages entiers semblent totalement abandonnés.

Sur notre arrière, barre en main, Thibault a pris la direction des opérations tandis que, Jack, qui a momentanément ralenti l'allure du *Bugale*, s'amuse à capturer au filet une espèce de gros renard rendu aveugle par les rayons du soleil.

Assis au pied du mât, Snow veille en gardien sur le paysage. Son calme apparent indique que les motoneiges, dont on distingue par moments le ronronnement dans le lointain, sont à une distance raisonnable de nos embarcations.

Brave Snow ! Son allure derrière les lunettes de protection que Jack lui a imposées fait rire Mélanie. Et nous nous demandons à nouveau comment le Taureau a réussi à se procurer ce chien malgré l'interdiction de Bogdich d'en posséder, sauf cas bien particuliers.

— Jack n'est pas aveugle, que je sache, et le bougre tient encore parfaitement sur ses jambes, nous a précisé mon grand-père ce matin. Ce cochon de Lyonnais a encore dû bien magouiller pour avoir le droit de le garder ! En plus, il s'est arrangé pour lui retirer sa puce !

Le vent faiblit. C'est l'heure à laquelle le soleil décline vers l'ouest et inonde la terre d'une incroyable parade d'un bleu orangé tirant lentement vers le violet et enfin le rouge avant de s'éteindre totalement.

Pour l'heure, nous en sommes au rouge foncé et le *Bugale* en contre-jour à notre suite prend dans ce spectacle grandiose des allures de vaisseau fantôme.

— Le vent nous abandonne, déclare Yvon.

— Au fait, de quelle puce tu parlais ce matin à propos de Snow ? relance Mélanie.

Alors que les deux flotteurs ont enfin rejoint le sol, Yvon, qui ne barre désormais plus que d'une seule main, s'assied à nos côtés, ôte ses lunettes et nous invite à faire de même.

— On ne craint plus rien à cette heure, explique-t-il.

Nous nous exécutons, trop contents de nous débarrasser de ces protections qui nous ont coincé la tête dans un étau pendant plus de dix heures.

— D'une puce magnétique qui est implantée sous l'oreille de chaque animal de compagnie, commence Yvon. Repérable par satellite, elle permet à la police secrète de Bogdich de savoir précisément où se trouvent tous les animaux domestiques dont le président tolère l'existence... Et leur maître avec. Dès qu'ils le jugent utile, les Watchers contactent les BMR et ensemble, ils lancent une partie de chasse à l'homme.

— C'est qui, les Watchers ?

— Des flics qui passent leur vie à scruter les écrans d'ordinateur sur lesquels s'affichent les images transmises par les drones et les satellites de surveillance du gouvernement.

— Et pourquoi ils trouvent ça utile ?

— Parce que, pour ces gens-là, tuer est comme un jeu, mais en plus excitant !

— Comme un jeu ? s'insurge Mélanie. Mais c'est carrément dégueulasse de flinguer les gens comme ça, juste pour s'amuser ! Ce Bogdish n'est pas mieux qu'Hitler !

— De tels monstres ne meurent jamais vraiment, petite. Ils sommeillent seulement.

— Et Jack a réussi à enlever celle de Snow ?

— Oui, et l'idée était bonne ; ça aurait même pu nous permettre de ne plus être suivis !

— Je ne comprends rien !

Yvon continue, manifestement amusé :

— Eh bien, voyez-vous, les jeunes, môssieur « Big Jack », aussi malin qu'il soit, a tenu à garder la puce...

Il marque une pause, avant d'ajouter :

— ... sur lui !

Mélanie et moi échangeons des regards interloqués.

— Il est complètement débile, ton copain ! s'emporte ma voisine en se levant. Ça sert à quoi de l'avoir enlevée au chien si c'est pour la garder sur lui ?

Mais le capitaine ne l'écoute déjà plus. Il se penche en avant, se saisit des écoutes qu'il ramène à lui de manière à ralentir encore la vitesse du *Seagull*. Son attention vient d'être attirée, comme la nôtre, par un ensemble de bâtiments que la nuit tombante enveloppe de son ombre noire.

— Du feu ! s'écrie tout à coup Mélanie, debout, le doigt pointé en direction des bâtisses.

Effectivement, des flammes jaillissent d'un peu partout le long du chemin qui traverse le hameau.

Pratiquant une inspection de rigueur aux jumelles, Fox ne tarde pas à rétablir le contact avec le *Bugale*. Puis, leste comme une panthère, il se plante devant la malle, dégage la neige qui s'est accumulée sur son couvercle, déverrouille son cadenas et entreprend une fouille minutieuse. Ce faisant, il échange avec Jack des propos que je ne peux saisir, d'autant qu'en se levant, il a posé mes deux mains sur la barre sans même me dire un mot.

Le flash-back est immédiat : cinq heures du matin, le départ, sous une pluie de projectiles assassins... Les premières détonations, les balles qui sifflent à nos oreilles ou s'enfoncent dans le métal de la coque centrale et des flotteurs. Les éclairs rouges, ces types en flammes...

J'en ai encore la trouille au ventre.

Respirer.

Respirer calmement.

Penser à notre mission.

Mélanie est là, tout près, serrée contre moi.

Contrôler à tout prix ma peur pour seconder Yvon s'il doit riposter à d'éventuels agresseurs.

D'ailleurs, à propos d'agresseurs, je constate que malgré le ralentissement du convoi, le bourdonnement des moteurs ne s'est pas rapproché.

En face, la lueur des feux se fait plus vive et l'odeur âcre des produits qui se consument s'empare de l'atmosphère.

Mon djembé cardiaque s'emporte soudain.

Et si c'était un nouveau guet-apens ? Et si *les autres* s'étaient simplement contentés de nous suivre, certains que le piège allait se refermer précisément ici !

Mais bien sûr ! Tout était organisé depuis le début ! On nous attendait ici en embuscade et nos suiveurs n'ont plus à se presser pour venir terminer le travail !

Cette fois, pris entre deux feux et pratiquement privés de vent, nous n'avons aucune chance de nous en tirer.

Mon djembé cardiaque s'emporte brusquement, encore plus.

Je sens monter en moi cette étrange sensation de milliers de fourmis qui m'envahissent le cerveau comme chaque fois que la peur me rattrape. Impression d'évanouissement qui m'assèche la bouche, me coupe le son, la parole, et paralyse mes membres jusqu'à me priver de toute force. Il me faut alors me concentrer sur ma respiration comme Gaëlle me l'a appris. Respirer à fond par le ventre, expirer lentement par le nez… S'occuper l'esprit.

Fox et Bull sont en contact permanent, mais, même en tendant l'oreille, je ne parviens à entendre que la conclusion d'Yvon :

— Non, je ne pense pas. Ils les auraient éteints pour nous surprendre…

Mélanie, à qui notre capitaine l'a demandé, descend dans le carré afin d'allumer les feux de pont ainsi que la fameuse petite lumière blanche qui permettra à Jack et Thibault de nous garder à vue en cas de problème.

L'approche se fait plus lente encore et je perçois de plus en plus clairement les battements accélérés de mon cœur. À moins que ce ne soit celui de Mélanie revenue s'asseoir tout près de moi.

— J'ai les pétoches, m'avoue-t-elle d'une voix blanche.

— Je sais, dis-je en la sentant trembler comme une feuille. Moi aussi.

D'un côté et de l'autre du chemin, une espèce de promontoire émerge progressivement de l'épaisse couche de neige. Nous suivons dorénavant une longue et étroite corniche de pierre et de béton où stationnent quelques silhouettes immobiles aux aguets.

Un quai ! C'est le quai d'une ancienne gare, mais l'obscurité de plus en plus dense ne me permet pas de déchiffrer le nom figurant sur les restes d'un panneau que des fous de la gâchette ont dû prendre pour cible si l'on en juge aux dizaines d'impacts qui l'ont transformé en passoire.

On a installé de part et d'autre du goulet dans lequel nous nous engageons de grands tonneaux en ferraille desquels jaillissent les flammes salvatrices réchauffant hommes, femmes et enfants qui s'y agglutinent comme des papillons de nuit attirés par la lumière.

Au fond, près des bâtisses, des ombres en grand nombre circulent et échangent sans aucun empressement.

C'est l'endroit le plus glauque que je n'ai jamais vu.

Habillés de guenilles, aussi sales qu'ils sont maigres, les habitants du lieu, regardent passer notre vaisseau comme s'il arrivait d'une autre galaxie.

Certains quittent leur feu pour se rapprocher du bord et mieux voir ; se convaincre qu'ils ne rêvent pas. D'autres, les mains en porte-voix, nous braillent des mots dans des langues que je ne reconnais pas. D'autres encore nous font des signes de la main.

Yvon, sur le qui-vive, n'en a cure. Il s'est muni de ses lunettes laser et demeure accroupi sur le flotteur tribord qu'il a débarrassé de sa glace à coups de godasse. Du cockpit où je me tiens, je distingue deux ou trois armes de gros calibre disposées à ses pieds.

Paré à la riposte, Fox fouille calmement du regard.

De temps à autre, il tourne la tête dans notre direction, histoire de s'assurer que tout va bien.

Et le *Seagull* glisse lentement. Il se faufile sans presque un bruit entre les deux quais de cette gare, à l'image d'un vaisseau spatial qui s'apprêterait à s'arrimer à sa station orbitale.

— C'est cool, lance Fox dans le micro qui le relie à Jack. Mais garde un œil sur les types que tu verras dans le fond, à l'entrée des bâtiments. Je ne sais pas pour qui ils travaillent, mais ils m'ont l'air sacrément bien outillés !

Étant donné les outils que j'aperçois rangés contre les murs et disposés autour des points de feu, j'en conclus intérieurement que le matériel en question doit servir davantage à bastonner qu'à bricoler !

En haut des toits, on vient d'allumer deux puissants projecteurs qui nous prennent depuis peu dans leur cercle lumineux.

— On évite tout geste brusque, commande discrètement le chef de bord.

— Reçu, répond ma voisine dont les jambes jouent des castagnettes.

Les miches à zéro, je jette un coup d'œil au loin vers le *Bugale*, dont je ne discerne plus que les lumières vertes et rouges en poste à l'avant.

À bord, ils ne doivent pas en mener bien large eux non plus.

Des dizaines d'ombres se sont encore approchées et leurs yeux qui nous dévisagent échangent des pensées impossibles à pénétrer.

À l'avant, Yvon, suspicieux, continue d'observer sans esquisser le moindre geste.

Malgré la crépitation des flammes, je sens comme une rumeur qui ne cesse de s'amplifier.

— 'tain, ça craint, ce bled ! dis-je entre mes dents.

— Arrête de flipper, il n'y a aucun danger, garantit Mélanie qui se rassure comme elle peut.

— C'est ça ouais, et si ça tourne au vinaigre, tu crois qu'on s'en sort comment, coincés comme ça, entre deux quais ?

— Ils sont curieux, c'est tout. S'ils avaient voulu nous attaquer, ils l'auraient fait depuis belle lurette ! Et puis regarde, il y a des petits qui nous font des signes !

En effet, la pointe des pieds juste au ras du vide, des enfants en équilibre sur la bordure du quai nous regardent passer en agitant les mains.

La joie mal imitée de Mélanie qui se force à leur répondre ne parvient cependant pas à apaiser ma peur.

Des zombies sortent à présent de partout, lentement, comme si l'écho d'un bon casse-croûte s'était répandu sur ce drôle de monde.

Mais peut-être ne s'agit-il là que d'habitants de cités environnantes qui se regroupent afin de mieux parer au froid, à la faim ou à des agresseurs venus de l'extérieur.

Plus que deux ou trois mètres et nous aurons échappé à ce patelin de coupe-gorge.

Mesurant chacun de nos gestes, Mélanie et moi rejoignons le carré alors que le *Seagull* s'extirpe progressivement du halo blanchâtre qui éclaire la zone, laissant l'équipage du *Bugale* vivre à son tour cette traversée du royaume d'Hadès.

Et leur passage se déroule à l'identique du nôtre. Enfin... presque.

— Bull à Fox, tu me reçois ?

— Cinq sur cinq.

— Détale, Fox ! Détale vite fait !

La voix de Jack vient de retentir soudainement à l'intérieur du carré où nous nous sommes réfugiés pour suivre la conversation.

— Problème ? questionne Fox.

— Tu parles ! Y a comme un changement de température ici, et à mon avis, ça va vite virer au chaud bouillant ! Et j'ai pas d'issue !

— Pas trop de vent non plus !

— Pas trop, non !

— Mais qu'est-ce qui se passe, bon sang ?

— Ce qui se passe, Fox, c'est que les gugusses du fond, dont tu me parlais tout à l'heure, rappliquent vers nous, armés jusqu'aux dents, et...

Jack n'a pas le temps de finir sa phrase que déjà les premiers coups de feu déchirent la nuit.

— Libérez-nous le goulet, Fox !

— Tu ne crois quand même pas que je vais vous laisser dans ce guêpier, non ?

Les coups de feu redoublent de puissance, entrecoupés de lourdes détonations.

— Il ne s'agit pas de nous ! Envoie toute ta toile, que je puisse envoyer la mienne !

Mon grand-père a dû s'exécuter dans la seconde car je sens le *Seagull* qui reprend de la vitesse.

— Ben, de qui alors ? finit-il par s'énerver.

Mais le contact est rompu.

Mélanie et moi sommes assis près de la table à cartes au-dessus de laquelle l'écran de l'ordinateur de bord nous expose la situation de la manière la plus évidente qui soit : les deux premiers points qui nous représentent avancent vers le nord, bien contents de laisser la gare derrière eux. Plus loin, une multitude de petits signes lumineux se séparent en deux parties. La première progresse lentement en direction de la vieille gare tandis que la seconde marque le pas en retrait, semblant vouloir contourner l'obstacle.

— Ceux-là, c'est les BMR, dis-je d'un ton professoral.

— Les BMR ? Mais t'as vu le nombre de points ! Il y en a au moins une soixantaine !

— Ils ont dû trouver du renfort en route.

— Et les autres là, ce sont les zombies qu'on vient de croiser sur le quai, me répond Mélanie juste au moment où une énorme déflagration retentit dans la gare.

— Ils ne seraient pas un peu nerveux, tes zombies ?

— On a le feu aux fesses ! hurle Jack qui vient de se reconnecter.

La situation est claire : les types, dont la présence auprès des hangars semblait inquiéter Yvon, ne s'occupent absolument pas du *Bugale Ar Mor*. Leur mouvement, que nous suivons sur l'écran, se dirige droit vers ceux qui nous poursuivent depuis le départ et qui sont maintenant engagés dans la passe.

Au loin, les explosions redoublent de puissance.

— Ça accroche sévère derrière toi ! se moque Fox.

— Voilà qui va arranger nos affaires ! s'esclaffe le Bull.

— Ne me dis pas qu'on a servi d'appât ! enrage Yvon, alors que les échanges ont encore monté d'un cran.

— Ben, au risque de vous décevoir, mon cher Renard, j'ai bien l'impression que si, mais on s'en sort bien !

— Une fois de plus, ironise Mélanie.

— Programme ? bougonne Yvon.

— Le lac !

— Quoi ? On quitte la voie ? Mais t'es malade !

— Pas trop, non.

— Et t'es certain de l'épaisseur de la glace, au moins ?

— Non, je ne suis sûr que d'une chose, c'est qu'on va quitter cette voie illico pour profiter des événements et creuser l'écart avec ceux qui nous collent au train ! Thibault me dit qu'ils viennent de se séparer en deux groupes !

— Et l'écart, tu comptes aussi le creuser avec les satellites qu'on a au-dessus de la tête et que tu renseignes seconde après seconde avec ta puce de malheur !

— T'occupe pas de la puce, Yvon, j'ai un nouveau chien !

— C'est quoi, c't'embrouille encore ? vocifère mon grand-père, de plus en plus sceptique.

— Dis donc, ma poule, la température est en chute libre ! raille son correspondant en guise de réponse. *Over*.

Fox marmonne alors quelque chose dans sa barbe et il m'est avis que ce ne sont pas des mots tendres qu'il adresse à son copain.

Un rapide coup d'œil au thermomètre m'informe des moins trente-trois degrés extérieurs. Je prends la décision de refermer la porte du carré pour nous isoler du froid polaire qui se plaque au sol dès le soleil endormi.

Enfoncés dans nos duvets respectifs, serrés l'un contre l'autre pour avoir plus chaud, Mélanie et moi squattons la grande couchette d'où nous suivons les événements en direct, comme à la télé.

Tandis qu'Yvon exécute l'ordre de son compagnon en virant sur bâbord, nous abandonnons sans regret la horde de nos poursuivants au sort qu'elle mérite.

Certains d'entre eux semblent cependant passer au travers du déluge de balles et parviennent à forcer le barrage. Mais c'est une hécatombe, la troupe subit visiblement de très lourdes pertes si on en juge au nombre de points qui ne bougent plus.

— Regarde ! s'écrie subitement Mélanie.

Sur l'écran, le *Bugale* vient d'entreprendre une surprenante embardée qui l'éloigne totalement de son cap.

— Ils filent plein pot vers l'est ! confirme ma voisine en s'asseyant sur la couchette.

Stupéfait, j'observe en effet ce changement de cap, la gorge serrée, sans trouver un mot d'explication.

Que peut-il bien se passer là-bas ? Ont-ils perdu notre trace ?

Mélanie se prend la tête dans les mains.

— Mais, qu'est-ce qu'ils foutent ?

Un rapide coup d'œil au tableau de commande des lumières m'indique que tout est OK. Notre feu blanc arrière doit donc être allumé et guide normalement le second équipage.

Jack a-t-il été blessé ? A-t-il perdu le contrôle suite à une avarie technique ? Et si des hommes avaient réussi à monter à bord ? Nous ne pouvons rien faire, même pas leur apporter de l'aide, le vent nous interdirait de faire demi-tour.

Le nez scotché à l'écran, je scrute désespérément, essaie de comprendre, m'invente des raisons, des combinaisons.

C'est au moment où je m'apprête à bondir à l'extérieur pour informer Yvon de cette nouvelle situation que le *Bugale* semble soudain recouvrer la raison et revient progressivement vers son cap.

L'allure s'accélère encore et le *Seagull* file désormais sur un sol plus meuble dépourvu de ces énormes bosses qui nous ont ruiné le dos, l'estomac et les fesses durant toute la journée.

Aucun doute, on est sur la glace du lac dont parlait Jack voilà quelques minutes.

Au bas de l'écran, le groupe qui a finalement réussi à contourner la gare rejoint les quelques rescapés du premier.

Ils doivent compter leurs morts, car la meute rassemblée marque le pas avant de se séparer une nouvelle fois en deux. Mais nous avançons si vite que tous finissent par disparaître de la console de visualisation.

— J'ai une faim de loup ! lance Jack. Et mon équipier menace de dévorer Snow si on ne s'arrête pas pour dîner ! Tu connaîtrais un restau dans le coin, Fox ?

— OK, on traverse et on se met à l'abri sur la rive opposée. Si mes souvenirs sont exacts, y a là-bas un embarcadère avec une école de voile dont les baraquements pourront peut-être nous abriter. Ça devrait nous permettre de souffler un peu pour la nuit.

— Bien reçu. On suit. Silence radio ! *Over*.

Le speedomètre annonce cinquante nœuds, vitesse à laquelle les cataskis sont hors de portée et qui permet à Yvon d'allumer de temps à autre les fameux feux de pont pour voir plus loin. L'espace d'un flash seulement, discrétion oblige.

— C'est un coup de génie, ce piège de la gare ! me glisse Mélanie en s'approchant de moi. En plus, on a de l'avance et la glace du lac ne leur laissera aucune trace à suivre !

— Tu as raison, mais traces ou pas, avec cette satanée puce, ils finiront tôt ou tard par nous retrouver.

Le moniteur sur lequel ne figurent plus ni la gare ni les BMR qui nous poursuivent me rassure temporairement. Avec un peu de chance, dans quelques minutes, on pourra débarquer, se dégourdir les jambes à terre et enfin manger !

Manger ! J'aime décidément beaucoup cette idée !

Le speedomètre témoigne d'une nouvelle accélération.

Cinquante-neuf nœuds[16].

Le crissement des skis raclant la glace s'estompe subitement.

---

16. Environ cent dix kilomètres/heure.

Et le cataski se soulève. Nous le sentons décoller alors qu'un silence oppressant, uniquement troublé par le sifflement du vent, s'empare du cœur du voilier.

Tétanisés à l'idée qu'un atterrissage incontrôlé pourrait nous expédier sur la couchette d'en face après nous avoir au passage fait perdre quelques dents, nous restons accrochés à notre banquette le temps que l'oiseau capricieux daigne se poser à nouveau sur ses pattes.

Mais à peine a-t-il effleuré la glace qu'il part pour un nouvel envol.

J'ai la désagréable sensation d'être assis sur une pierre plate qu'un géant aurait lancée sur la mer et qui ricocherait à l'infini.

Et tout à coup, c'est la poussée verticale.

Lancé à pleine vitesse, le *Seagull* franchit comme une rampe de lancement. Un haut-le-cœur me submerge. Nous demeurons ensuite de longues secondes en suspension dans les airs avant de retomber lourdement sur le sol où l'immobilisation est immédiate.

Serions-nous enfin arrivés ?

Ni une, ni deux, Mélanie et moi quittons nos duvets, sautons dans nos chaussures, enfilons gants et bonnets avant d'enjamber les marches qui mènent au panneau de bois qui nous sert de porte que je repousse d'une main alerte.

Quelques mètres derrière, la herse plantée dans la neige a pleinement rempli sa fonction, forçant notre missile à stopper net sa course.

Nous allons promptement prêter main forte à Yvon qui s'affaire déjà à la relever dans la lueur plus que timide d'un réverbère – qui doit éclairer la sente depuis un million d'années tant il a l'air épuisé.

Libéré de son frein, le *Seagull* se meut de quelques mètres supplémentaires et achève sa course à l'abri d'arbres ployant sous un épais manteau de neige.

Installés à l'extrémité du flotteur tribord, et abrités du vent par les cyprès qui bordent le chemin, nous passons quelques minutes à nous amarrer à un vieux poteau du haut duquel pendent de longs fils électriques qui se balancent au vent.

— Comme ça, au moins, la marée ne risque pas de nous emporter si elle monte jusque-là ! se moque Mélanie devant l'application du capitaine qui s'applique à réaliser un de ces nœuds dont seuls les marins détiennent le secret.

— Ce n'est pas une question de marée, ricane Yvon. Nous ne sommes pas au bord de l'océan, petite !

— Ben, je sais bien ! rétorque son équipière, quelque peu vexée.

— Imagine juste que pendant notre sommeil, le vent se lève et entraîne le bazar sans personne à la barre !

Yvon nous explique qu'il est hors de question d'affaler les voiles, même si nous nous arrêtons pour plusieurs heures. La glace nous interdirait de les relever.

— Et puis, ajoute-t-il songeur, mieux vaut jouer la prudence au cas où nous aurions à repartir précipitamment.

— Tu crois qu'ils sont encore loin derrière nous ?

— Qui ça ?

— Ben, Jack et Thibault, pardi !

— Non, ils ne devraient plus tarder.

— Tu ne les appelles pas, pour savoir ?

— Non. J'ai la fâcheuse impression que nos conversations sont sur écoute depuis un bon moment si l'on en juge par…

— Qu'est-ce qui te fait dire ça ? coupe Mélanie, tout à coup inquiète.

— Vous n'allez pas me faire croire que lorsque vous avez subitement déserté votre poste sur le pont pour aller vous mettre au chaud en m'abandonnant à mon triste sort, vous vous êtes endormis illico sur la bannette !

Conscient que la nuit ne révélera pas la rougeur qui me monte au visage, je me contente d'avouer que non, un peu gêné d'avoir effectivement laissé mon vaillant grand-père tout seul à l'extérieur.

— Tu parles d'un équipage, toi ! râle gentiment ce dernier à notre adresse.

Devant mon embarras, Yvon n'insiste cependant pas.

— Allez, remettez-vous, y'a pas mort d'homme ! Vous avez suivi les événements à l'écran alors ?

— Ben oui… susurre timidement Mélanie en regagnant prudemment le flotteur couvert de glace où se tient notre conciliabule.

— Et rien de particulier ne vous a choqués ?

— Pourquoi Jack a-t-il ordonné le silence radio ? questionne ma copine.

Je renchéris :

— Pourquoi les autres se sont-ils séparés en deux groupes après la gare ?

— En voilà deux bonnes questions ! commence Yvon, sans toutefois avoir le temps d'y répondre.

En effet, le bruit caractéristique de skis dévorant la glace nous parvient du lac, se rapprochant à grande vitesse.

Nous avons tous trois juste le temps de nous précipiter à l'arrière pour voir surgir le *Bugale* au beau milieu de la nuit, guidé par son énorme feu de pont.

— Ils vont trop vite ! maugrée mon grand-père en préparant précipitamment son échelle de corde. Beaucoup trop vite !

C'est totalement hébété et les mains sur les hanches que je suis la scène aux côtés de Mélanie.

Jack sait décidément faire de chacune de ses arrivées un spectacle hors du commun !

Lancé telle une fusée, le vaisseau dévore d'abord la pente de l'embarcadère à contresens ainsi que l'a fait précédemment le *Seagull*. Entraîné par un élan prodigieux, le cheval fou se cabre et survole ensuite l'endroit à la verticale avant de venir s'écraser sur le mélange de neige et de glace qui tapisse le sol après notre passage.

Un craquement sinistre déchire alors la nuit et me fige le sang.

La lueur de la torche qu'Yvon braque dans sa direction nous présente l'engin stoppé net dans son élan. Il agonise, tous feux éteints, couché sur son flanc bâbord.

— Il y a de la casse, grommelle mon grand père, visiblement énervé. Cette fois, il y a de la casse !

Sans attendre une seconde, il déroule l'échelle qu'il tenait encore en mains, allume sa lampe frontale et se précipite sur le chemin où la neige lui monte jusqu'aux genoux.

Nous ne demandons pas notre reste et suivons le boss dans ses traces alors que Jack, Thibault et Snow quittent à leur tour le bord en se jetant dans la poudreuse.

— Faut faire vite ! s'emporte le Taureau en dégrafant son anorak à la hâte.

Pas un mot, pas une poignée de main ne sont échangés par les deux hommes.

Munis de pelles à neige, ils entreprennent à une cadence effrénée de dégager la coque endommagée.

Entrecoupées de « han ! », les pelletées volent à une vitesse phénoménale. Pour les deux types du GIAT, rien d'autre n'a plus d'importance que de faire l'inventaire des dégâts.

Et nous les contemplons, à la fois impuissants et stupéfaits par tant d'énergie.

À cet instant précis, je comprends qu'il n'est plus question d'amitié mais bien de travail et peut-être même de survie.

— Iwan, Thibault, Mélanie, ramenez-nous tout le bois que vous trouverez dans les parages ! somme le Taureau entre deux souffles.

L'ordre a claqué, aussi glacial que la nuit qui nous entoure. Devant notre surprise, le géant ajoute sans ralentir le rythme :

— On va faire un feu !

Nous nous exécutons à la seconde sans même risquer un mot.

— N'utilisez qu'une lampe ! précise son compagnon. Faut économiser.

Nous sommes seulement à l'orée du bois lorsque retentit le « blong » de la pelle que Jack vient de jeter rageusement contre le flotteur défaillant.

Il n'a pas l'air de plaisanter.

— C'est pas vrai ! hurle-t-il, furieux. C'est mort !

— Ça va être chaud, murmure Mélanie en s'emparant d'une large bûche qui entravait notre progression.

— Qu'est-ce qui lui prend de vouloir faire un feu maintenant ? s'inquiète Thibault en se frayant un passage entre les branches mortes. Les flammes vont à coup sûr nous faire repérer par les autres !

Il a raison, mais la seule réponse qu'il obtient est celle de nos souffles courts et de nos pas qui font craquer la neige. C'est clair, ni Mélanie ni moi n'avons envie de discuter.

Ce n'est qu'un long moment après que je lâche finalement, sur un ton qui se voudrait convaincant :

— Oublie, Thibault ! Ces deux gars-là ont traversé tant d'épreuves ensemble, ils doivent savoir ce qu'ils font.

— Ouais, mais si Jack pète les plombs, c'est que l'incident est sacrément sérieux, s'agace Mélanie. Et puis, c'est vrai quoi, pourquoi faire un feu ? Et en pleine nuit par-dessus le marché !

— T'auras qu'à lui demander.

— Très drôle !

C'est en tout cas sans leur poser de questions, et sous les gros flocons qui se remettent à tomber, que nous déposons à cinq ou six reprises des brassées de branchages non loin du *Bugale*.

Fox les répartit au fur et à mesure en deux tas, le plus imposant plaqué sous le bras qui relie le flotteur à la coque centrale, l'autre distant de trois ou quatre mètres, au milieu du passage.

— Allez, allez ! Activez ! houspille-t-il avant de se rendre à l'embarcadère avec son acolyte pour inspection pointilleuse des buissons qui bordent la berge du lac.

Je les soupçonne surtout de vouloir nous écarter afin de parler plus tranquillement.

La lueur de ma lampe met en évidence l'importance de l'avarie... Les amortisseurs sont sortis de leur axe et les pieux métalliques, libérés du même coup, perforent de part en part le flotteur et la coque centrale, vouant à l'échec toute tentative de réparation.

Je comprends à présent la colère de Jack.

Mélanie, Thibault et moi nous tenons là, dans un silence de mort, sidérés par tant de malchance.

Seul le crépitement des flocons finissant leur course sur nos capuches trouble ce recueillement.

Que faire ?

Que va devenir la mission maintenant ? Allons-nous devoir abandonner ?

Mais, comme toujours dans pareil cas, le temps laissé à la réflexion par nos deux chefs est de courte durée.

— Le *Bugale* ne repartira pas, lance froidement Fox lorsqu'ils nous rejoignent.

Il plante sa pelle dans la neige avec nonchalance et poursuit :

— Pas le temps, et pas les moyens de remettre tout ça en état de marche… On regroupe les équipages.

— Par conséquent, poursuit Bull, à qui la solution a fait recouvrer son calme, nous transférons tout le matériel et toutes les denrées à bord du *Seagull*. Immédiatement.

— Et le *Bugale* ? demande Thibault, atterré.

— Le feu, lâche Fox d'un ton navré mais définitif. Le feu.

L'heure qui suit nous voit transpirer comme des bêtes, allant d'un cataski à l'autre, les bras chargés de matériel lourd et de nourriture. Aucun mot n'est échangé et chacun obéit de son mieux au « Plus vite ! » que le Taureau répète sans discontinuer, histoire de maintenir la pression sur toute l'équipe.

Pour terminer, et afin de donner raison à mamie Jeannig qui prétend que le meilleur est toujours pour la fin, l'épreuve des déménageurs s'achève par la grande malle métallique posée sur une bâche plastique que nous tirons, tels des huskies.

Quoique allégée de quelques gadgets que nos chefs vont déposer dans les taillis à l'écart, elle ne reste, ni plus ni moins, que la copie conforme de celle embarquée à bord du *Seagull* la veille du départ.

— Ben dis donc, me confie mon copain à bout de souffle, ils peuvent toujours se pointer, avec leurs motoneiges, les autres bouffons !

— Ouais, confirme Mélanie, nous, on est équipés pour leur rejouer Hiroshima et tout faire péter !

— En attendant de tout faire péter, plaisante Jack qui nous tend les bras du haut du flotteur où il s'est juché, fais-toi donc péter les biceps en aidant tes copains !

Et c'est à force d'acharnement que la grosse malle finit par s'élever pour gagner son nouvel emplacement.

Je ne parviens plus à détourner mon regard de l'ombre du *Bugale* qui gît là-bas comme un cheval à demi mort. Il ne lui manque que le souffle de l'animal blessé qui attend d'être achevé par celui qui en aura le courage, ou la mission.

Bouleversé, je ne peux me retenir plus longtemps :

— Pourquoi voulez-vous y mettre le feu, plutôt que de le laisser pourrir là, tranquillement ?

— Vois-tu, Iwan, me répond Fox solennellement, Bull et moi agissons ainsi que nous avons eu à le faire chaque fois que nous étions à deux doigts du chaos.

— Ton grand-père dit vrai. On n'a pas le choix, Iwan, confirme le grand Jack en nous rejoignant.

— Mais... tente vainement Mélanie.

— Abandonner ce cata en l'état serait une erreur qui pourrait nous coûter la vie, l'interrompt le Taureau. Le feu ne laisse que des cendres derrière lui. Rien d'autre. Rien que ces salauds ne puissent utiliser après nous et contre nous.

— « Ce cata, ce cata »... Il en a de bonnes, lui ! râle Thibault à mi-voix. Il l'a quand même mené jusqu'ici, « ce cata »...

— Et puis, s'emporte-t-il soudain tout haut, c'est bien toi qui l'as défoncé, non, « ce cata » ! Je t'avais prévenu qu'on allait vachement trop vite sur la glace du lac ! Que si on ne chavirait pas avant, on risquait d'arriver à fond de l'autre côté alors qu'on n'y voyait que dalle !

— Thibault, s'il te plaît ! intervient mon grand-père, souhaitant ramener mon copain à la raison.

Mais rien n'y fait, bien au contraire, le mutin monte en puissance, ignorant la remarque :

— Mais non, Môssieur prétendait qu'on était encore loin de ce maudit embarcadère ! Môssieur est toujours sûr qu'aucune galère ne peut lui arriver car Môssieur est le meilleur !

Sa voix s'emplit peu à peu de sanglots, mais il se reprend et poursuit après s'être raclé la gorge :

— Fallait surtout pas m'écouter, hein, l'immortel ! Ben, tu vois, t'aurais dû ! T'aurais dû, et ça ne serait pas arrivé ! Espèce de... de... de vieux !

Le point lumineux de sa lampe frontale s'agite rudement, et la faible lueur du réverbère nous le montre, les poings serrés, l'air menaçant. Il est tellement en colère que je crains un instant qu'il n'aille jusqu'à frapper son compagnon de route.

Après un long silence, Jack, qui a essuyé l'orage avec un calme olympien, lui pose la main sur l'épaule et ajoute dans un soupir embarrassé :

— Ce qui est fait est fait, Thibault. Inutile de se fâcher. Inutile de regarder derrière. En cas de difficulté, n'oublie jamais qu'il nous faut faire le bon choix au bon moment et ne jamais plus y revenir... Maintenant, ajoute-t-il, avant que la neige ne tombe à verse, vous allez me remettre de l'ordre à bord et nous nous occupons du reste. OK ?

— OK.

La réponse de mauvaise grâce sort à l'unisson de nos trois bouches en même temps que nous rebroussons chemin pour rejoindre le *Seagull* d'un pas lourd de réprobations.

Là, il m'a trop épaté, Thibault. Jamais je n'aurais pensé qu'il puisse lui en mettre plein la tête comme ça, au grand Jack.

— Fallait que ça sorte, bougonne-t-il d'ailleurs sur le ton de l'excuse.

— Pas de problème, lui répond Mélanie.

— Pas de problème, j'ajoute, solidaire, en écho.

Visiblement, personne ne souhaite en dire davantage.

C'est au moment où nous nous apprêtons à remonter tous les trois à bord, finalement pas si déçus que ça de poursuivre l'aventure sur la même galère, que mon attention est attirée par Snow.

Durant nos allées et venues, le labrador a passé son temps à gratter le seuil d'une vieille baraque en bois. En partie ensevelie sous la neige, elle semble s'être endormie juste dans le virage après lequel nous avons dissimulé le *Seagull*.

Les rangements achevés, notre trio a tôt fait de rejoindre le labrador qui s'acharne maintenant sur la porte.

La fenêtre, dont les vitres ne nous laissent rien voir de l'intérieur, ne porte qu'un volet qui ne tient plus qu'à un gond.

La porte est bloquée, mais c'est sans grand effort qu'après avoir dégagé du pied la glace qui en empêchait l'ouverture nous pénétrons dans l'antre, chacun muni de sa lampe torche.

Odeurs de cendre et de moisissures.

Les faisceaux lumineux qui croisent la vapeur de nos bouches éclairent tour à tour un pan de mur où siège une large cheminée bordée de bûches.

Un peu plus loin, des étagères métalliques supportent à grand-peine, debout ou couchés, boîtes de conserve rouillées, bouteilles de verre, bidons en plastique et réservoirs d'essence vides, tandis qu'à leur extrémité pendent vestes et pantalons de cirés déchirés suspendus au-dessus de deux moteurs hors-bord recouverts de vieilles couvertures.

Dans ce qui devait être le coin cuisine, un réchaud si vieux qu'il a dû appartenir à Jules César continue de se battre contre le temps, comme les murs décrépis s'acharnent à garder le peu de peinture qui leur reste.

En plein milieu de la salle, encadrée de ses deux bancs en bois, siège une grande table où sont gravés des initiales et des cœurs, des insultes aussi, destinées à Bogdich. À son extrémité, sur l'une des rallonges, se sont assoupis les vestiges d'une carte où l'on distingue encore les contours du lac, des photographies de voiliers, ordinateurs portables, bougies, couverts et assiettes empilées près d'un cendrier...

Visiblement, personne n'a mis les pieds dans ce gourbi depuis un sacré bout de temps !

Quelque chose craque sous nos pieds. Des débris de verre sans doute.

Je viens de shooter dans une vieille boîte métallique dont l'écho ricoche lugubrement contre les murs.

Respirations.

À l'extérieur, le vent forcit encore.

— On se les gèle, marmonne Thibault en tapant dans ses gants.

— C'est vraiment crade ! s'exclame tout à coup Mélanie qui vient de pousser ce qui reste de la petite porte ouvrant sur une seconde pièce dépourvue de fenêtres.

Trois matelas ont été disposés sur le sol en béton.

Mon estomac se plaint bruyamment.

Portés par un souffle d'air glacial, quelques flocons tournoient dans le faisceau de ma lampe.

Je frissonne, lève la tête.

Au-dessus de nous, une vieille bâche de plastique pend de la charpente et se balance au vent qui s'engouffre par un trou béant laissé dans le toit.

Un trou tout juste assez large pour avoir laissé s'échapper quelqu'un.

Le passage est criblé d'impacts de balles. Ce qui explique sans doute les larges taches noirâtres qui marquent le sol.

– Y a eu du grabuge ici, murmure Thibaut, dont la voix résonne comme celle d'un fantôme et me fait tressaillir.

– Bon, les jeunes, vous n'avez jamais faim, vous ?

C'est la voix de Jack.

Ni une ni deux, le vieux réchaud à gaz reprend du service, quelques bûches enflamment vaillamment l'âtre de la cheminée.

L'atmosphère se réchauffe timidement.

On a déjà dîné dans des restaurants plus chaleureux et moins sales, mais l'heure n'est pas à rechigner !

Peu importe la marque du cassoulet ; chacun s'apprête à dévorer le contenu de sa boîte, comme des claque-dents se jettent sur un festin après des jours de diète !

Trois bougies sont disposées à même le sol autour de la table avant d'être allumées. Bien sûr, ce n'est pas Versailles, mais ce peu de lumière et le feu qui crépite dans la cheminée redonnent un peu de vie à la sinistre masure qui nous abrite sinon du froid, au moins de la neige qui continue de tomber dru à l'extérieur.

Yvon a expliqué qu'ainsi éclairés, il y a très peu de chances d'être repérés du dehors, la source de lumière partant du ras du sol. Mais nous, on s'en fout de l'éclairage. Ce qu'on veut, c'est se remplir le ventre. D'ailleurs, on n'entend bientôt plus que l'écho des couverts raclant l'intérieur de nos boîtes de conserve.

Thibault, même s'il est peu bavard, semble retrouver son calme après le choc de l'altercation.

— Ça a dû barder ferme ici, murmure Jack.

En disant ces quelques mots, le Taureau vient de s'allumer une pipe dont l'odeur de tabac remplit peu à peu la pièce. Il se dirige lentement vers la fenêtre puis efface d'un revers de gant le givre qui recouvre les deux plus hauts carreaux.

Coup d'œil à droite, vers le *Seagull*, puis à gauche, vers le *Bugale* qui gît comme mort en haut de la jetée.

— C'est parfait, commente-t-il de sa voix grave. C'est parfait...

Thibault toussote.

— Quoi, qu'est-ce qui est parfait ? questionne mon copain qui renoue du même coup le contact.

Quelque chose se prépare, je le sens, et il me tarde de savoir de quelle manière les deux antagonistes vont remailler leurs filets.

Jack regagne la table, s'éclaircit la gorge à son tour et saisit la perche tendue.

— Cette fenêtre... précise-t-il, elle laisse parfaitement voir jusqu'à la cale.

Il se relève, retourne sur ses pas, se baisse ensuite, tapote au carreau en gardant la position, essuie à nouveau, cherche le meilleur angle de vue comme pour mieux observer encore sur sa gauche. Il reste ensuite planté là pendant une bonne minute, silencieux, avant de se retourner.

— L'attaque viendra forcément de l'embarcadère, déclare-t-il soudain en soufflant la fumée.

Mon pouls s'emballe subitement. Je les avais presque oubliés, les autres.

— L'attaque ? s'inquiète Mélanie.

— Oui, l'attaque.

— Mais je croyais qu'on les avait semés !

— Retardés ! On les a juste retardés.

— Comment ça, « juste retardés » ?

Sous la table, je sens mes genoux qui tressautent tandis que Jack récapitule les événements en s'adressant directement à son coéquipier.

— Lorsque nous avons traversé la gare, tu as pris la barre, Thibault.

— Hmm...

— Je suis alors descendu dans le carré. Tu t'en souviens ?

— Hmm hmm...

— Le renard que j'avais capturé au filet un peu plus tôt avant le coucher du soleil y était enfermé. La pauvre bête était quasiment aveugle et passablement terrifiée. Je lui ai implanté la puce de Snow avant de le relâcher juste avant d'arriver sur le lac, pendant que le village s'en prenait à nos poursuivants.

Il continue son récit en nous expliquant que c'est pour tromper les Mangeurs qu'il a filé plein est pendant quelques minutes. Puis il a libéré son leurre. À coup sûr, il allait attirer à lui les motoneiges rescapées et nous laisser prendre une avance encore plus confortable.

— J'ai même pensé un instant qu'on allait les semer définitivement.

Jack impose une halte à son récit, puis reprend.

— Mais je ne pouvais pas t'en parler, Yvon, car ces salopards ont réussi à détecter notre fréquence de communication et nous écoutaient en permanence.

— Oui, je l'ai compris, mais un peu tard. Je n'aurais jamais dû te préciser notre destination de ce soir.

— Ben oui, ça les a remis en selle !

Jack marque à nouveau une courte pause, tire sur sa pipe et poursuit sans le moindre reproche :

— On avait une chance sur deux : soit ma bestiole les attirait tous dans la mauvaise direction, soit ils n'y croyaient pas. Ils ont choisi la troisième solution, celle de se séparer en deux groupes. Vous avez dû vous en rendre compte sur l'écran de bord.

— Et comme on a repris contact peu après, ceux qui filaient dans la mauvaise direction ont dû vite se raviser.

— En gros, ça craint un max, conclut amèrement mon copain.

— Comme tu dis, Thibault, comme tu dis, termine Jack. Maintenant, vous savez tous pourquoi nous n'avons fait que les retarder ! On a manqué le coche...

Un courant d'air le long du mur fait claquer la bâche, ajoutant à la terreur qui me reprend lentement.

Au-dehors, les mugissements du vent résonnent à nouveau comme ceux d'une bête sauvage qui tenterait par tous les moyens de s'engouffrer dans notre gîte de fortune.

Alerté par les grognements de Snow qui n'apprécie pas plus que nous la situation, Jack se retourne vers la fenêtre. Il scrute quelques instants pendant qu'Yvon souffle à la hâte toutes les bougies. Quelle bonne idée ! L'obscurité totale, c'est tellement plus rassurant ! Mais bon, je vais m'abstenir de lui demander de rallumer sa veilleuse parce que j'ai peur du noir. Thibault tousse sur le banc d'en face, tandis que ma voisine de droite, elle, ne s'en priverait pas si elle pouvait se cacher dans mon anorak !

— Fausse alerte, déclare le Taureau.

21 h 35.

— Mélanie, ordonne Fox en déposant une petite valise sur la table, tu vas prendre le premier quart avec Iwan. Je prendrai le suivant avec Thibault. Jack, tu termineras avec Snow.

— Prendre le car ? Mais pour aller où ? s'étonnent ensemble Thibault et Mélanie.

— Dis donc, Yvon Malaterre, tu as oublié de donner les cours de base à nos deux novices ! plaisante Jack.

— C'est simple. Être de quart, en terme de marine, ça consiste à prendre la responsabilité du navire, à en assurer sa sécurité comme celle de ses passagers pendant toute la durée de la nuit. Lorsque les équipiers sont en nombre, on la divise en quatre quarts, détaille Yvon. Lorsqu'ils ne le sont pas, on partage le temps autrement, mais toujours de manière équitable.

— Ouf, me voilà rassuré, susurre Thibault.

— Rassure-toi si tu veux, mais pendant ton quart, interdiction absolue de fermer l'œil.

21 h 55.

Après une rapide distribution des couvertures malodorantes qui moisissent depuis des années sur leurs étagères, les autres disparaissent dans la pièce voisine.

— Iwan et Mélanie, vous ne quittez en aucun cas la fenêtre et vous me réveillez dans trois heures. OK ? ordonne mon grand-père avant de s'éclipser.

— OK, je réponds, en bloquant la porte d'entrée à l'aide des deux pelles à neige.

— Ça fera une heure du matin, notifie ma coéquipière à voix basse en programmant sa montre.

Une fois installés sur le banc que nous avons positionné au pied de notre observatoire, il ne nous reste qu'à ouvrir grand les yeux.

Observer.

Observer à droite.

Observer à gauche.

— On se les caille. Je ne sens plus mes doigts.

— Trois heures à tirer comme ça... On va mourir de rire cette nuit ! ronchonne Mélanie dans un long soupir.

Dehors, le chaos est total. Le vent hurle, s'en prenant au toit qu'il chahute comme s'il voulait l'arracher des murs qui le soutiennent, tordant dans tous les sens les trombes de neige qu'il tient en son pouvoir.

Il les tourne, les retourne, les gifle, fait s'envoler la neige, la respire, l'engloutit, la rejette pour la déposer enfin au sol et mieux s'en emparer à nouveau l'instant d'après en un ballet sans fin.

Je me penche en avant, frotte longuement l'une des vitres pour en ôter crasse et givre.

Ma voisine fait de même.

Nous calons ensuite nos visages entre nos gants humides pour tenter d'apercevoir, mais en vain, le chemin qui ne passe pourtant qu'à deux pas de la cabane.

— On n'y voit rien ! râle Mélanie.

— Remarque, on ne va pas se plaindre ; tant qu'on ne voit rien, c'est qu'ils ne sont pas là.

Sur la droite, juste après le bouquet d'arbres qui bataillent avec la tempête, on aperçoit la silhouette du *Sea-*

gull à peine recouverte d'un fin manteau blanc. Son éolienne tourne à fond. En quittant le bord, Yvon a laissé le chauffage au minimum afin de protéger le matériel informatique embarqué des dégradations dues au froid.

Sur la gauche, on distingue de temps à autre avec difficulté la cale éclairée par le premier réverbère de l'embarcadère qui tantôt s'allume, tantôt s'éteint, obéissant aux éléments déchaînés.

Déjà la veille se fait longue.

De temps à autre, je sens le sommeil me gagner et lutte alors de toutes mes forces en me frottant les yeux.

La température est remontée dans la pièce. Il doit bien y faire un ou deux degrés à présent...

Fort de ce luxe inespéré, j'en profite pour ôter mes gants et faire quelques pas en direction de la cheminée où les braises rougeoient encore. Mélanie m'y rejoint en nous ravitaillant de biscuits récupérés au passage sur la table.

Nous regagnons rapidement notre poste d'observation. Je gratte la vitre afin d'en faire tomber pour la troisième fois les cristaux de gel qui se reforment à une vitesse hallucinante.

Ma main droite effleure alors celle de Mélanie et nous restons ainsi de longues minutes, le nez collé à ce carreau glacé, infime cloison de verre qui nous sépare du froid polaire de l'extérieur et nous fait frissonner.

Nous n'osons plus parler et nous terrons chacun dans notre parcelle d'univers hantée par les démons du froid et de la nuit.

Par nos doigts qui se frôlent, j'envoie vers Mélanie des mots que je voudrais lui dire à propos de ma peur, des mots qui lui diraient combien je suis fier de partager ce quart avec elle.

Mais, tout comme au premier soir de cette aventure, ces mots resteront mon secret. Même si cette fois nous sommes tous les deux du même côté de la vitre.

23 h 40.

Pour mieux sentir ma propre chaleur, je roule les épaules depuis un bon moment dans mes vêtements, bouge les orteils dans mes gros souliers… Même si la soirée semble interminable, je savoure cette douceur illusoire.

Mélanie est là, tout près de moi.

J'ai naturellement accordé ma respiration au rythme de la sienne, comme pour mieux partager ce moment privilégié.

Nous deux, seuls au monde.

De longues minutes passent encore. Les battements de mon cœur s'accélèrent progressivement tandis que je sens monter en moi la même émotion que celle que j'ai ressentie le matin à bord du *Seagull*…

Comme par enchantement, la buée de nos pensées décide de venir se déposer sur le même carreau. Mélanie s'approche de moi, et son nez froid effleure délicatement ma joue.

Et en une seconde tout s'emballe comme dans un rêve.

Nos mains quittent d'elles-mêmes la vitre pour se rejoindre. Je continue bêtement à fixer cette vitre, incapable de tourner la tête vers Mélanie… Jusqu'à ce que, tout à coup, nous échangions ce baiser qui cette fois-là aura échappé à tout témoin.

Et elle m'embrasse encore. Sa bouche contre la mienne, sa langue avec la mienne, pour la première fois. Je l'entends respirer fort. Alors je lâche sa main et je la serre dans mes bras pour prolonger encore et encore ce baiser.

Il nous faut un long moment avant de réagir au lointain bourdonnement qui vient de percer la nuit et le vent. Alors, nous nous séparons ; doucement, tout doucement. Comme si nous venions de vivre un truc spécial, de ceux « qu'on ne voudrait pas qu'ils s'arrêtent ».

Mélanie...

Puis, ni une ni deux, nous remettons nos gants, essuyons énergiquement le verre et regardons à travers la vitre.

Rien.

Rien qu'un bruit sourd acoquiné avec la folie du vent.

0 h 07.

Plus que cinquante-trois minutes avant la relève.

— Iwan ?

— Oui, je l'entends aussi... Mais je vois que dalle !

— Ça craint.

Nous avons beau scruter la nuit, toujours rien en vue.

Pourtant, il est bien là, ce satané bourdonnement, même s'il est impossible d'en déterminer l'origine exacte.

Porté par le suet[17], il viendrait plutôt de la gauche.

— Ça vient de la droite, tente Mélanie, l'oreille collée à la vitre.

Les paroles du grand Jack me reviennent à l'esprit : « L'attaque viendra forcément de l'embarcadère... »

— Non, je suis certain que ça vient du lac.

— On fait quoi ?

---

17. Vent du sud-est.

0 h 10.

Sans attendre plus longtemps, j'allume ma lampe torche et file à toute vitesse dans la pièce voisine pour y donner l'alerte.

Il ne faut qu'une seconde pour que tout le monde se retrouve sur le pied de guerre.

Fox et Bull s'équipent de leur lampe frontale, nous sommant d'en faire autant.

Après avoir ajusté manteau, écharpe et capuche, Jack écarte les pelles à neige et disparaît comme une ombre au-dehors tandis qu'Yvon se penche sur la valisette restée sur la table.

Il en retire un boîtier.

0 h 12

Lourd et oppressant, le grondement des moteurs se rapproche inexorablement.

Bips de connexion.

La panique qui s'empare à nouveau de moi me dévore de l'intérieur. Je m'invente les Mangeurs parcourant la glace, fouillant le moindre recoin à la recherche d'indices qui les mènent jusqu'à nous.

Il faut que je marche.

Je quitte la fenêtre et m'avance sans raison précise vers la cheminée. Je marche ensuite vers la porte d'entrée, appuie sur la poignée comme pour en vérifier le mécanisme alors que je sais très bien qu'il fonctionne puisque Jack l'a actionné voilà deux minutes.

C'est plus fort que moi : il faut que je marche.

Snow gémit, je viens de lui marcher sur la patte. Je me faufile dans la pièce voisine.

Je m'arrête sous la bâche.

On dirait que le vent se calme un peu. À moins que ce ne soit la rumeur des moteurs qui ait encore enflé.

Je le sais, cette fois la confrontation est inéluctable.

Terrorisé, je reviens sur mes pas. Je frôle volontairement mon grand-père. Besoin de le toucher, de sentir qu'il est là.

Envie de lui demander comment lui et Jack pensent procéder, conscient que si les autres sont portés par la rage, nous avons la ruse pour nous.

À la surface du boîtier, un point lumineux clignote maintenant, orangé.

— Yvon... ?

Mais Yvon ne m'entend pas. Il n'entend plus. Fox est déjà ailleurs.

Et je reprends cette marche insensée en vérifiant pour la millième fois la fermeture Éclair et chaque point de fermeture de ma parka, la bonne position de mon bonnet sur ma tête, de l'écharpe autour de mon cou, de mes gants. Mélanie. Où est Mélanie ? On n'y voit rien là-dedans ! Que des ombres qui vont et viennent en piétinant des débris de verre !

Des éclats de voix à l'extérieur... Je tends l'oreille. Non, j'ai dû me tromper.

— Voilà, c'est très simple, explique finalement Fox d'une voix paisible alors que je tourne depuis un moment autour de la table. Iwan, Thibault, Mélanie, vous restez planqués ici et vous n'en sortez qu'au moment du feu d'artifice pour filer directement au *Seagull*. Compris ?

— Compris ! répondons-nous, morts de trouille.

— Iwan, ajoute-t-il en me tendant un objet que l'obscurité m'empêche tout d'abord d'identifier, une fois à bord, tu tranches l'amarre avec ce couteau et vous vous tenez prêts à déguerpir. Vous gardez Snow.

— Mais, et vous ? balbutie Mélanie.

Yvon s'est déjà fondu dans la nuit. Avant qu'il ne referme la porte sur ses pas, je perçois cette fois clairement l'écho des moteurs. Si proche qu'il en dominerait presque le bruit du vent.

0 h 24.

Une forte lueur orangée inonde tout à coup la cale.

Jack vient de mettre le feu au tas de bois situé en plein milieu du passage !

— J'hallucine, s'étonne Thibault, le nez collé à la vitre. Les deux vieux fêtent la Saint-Jean, maintenant !

— C'est sûrement un piège, affirme stoïquement sa voisine de carreau.

Les poussant un peu des épaules, j'ai juste le temps d'apercevoir les ombres de nos deux boss qui filent à l'opposé du navire, vers des buissons entièrement recouverts de neige.

Mon rythme cardiaque s'emballe et Snow, qui jusque-là se contentait de gronder, se met à aboyer.

— Cette fois, ils sont là, et bien là ! s'écrie Mélanie.

— Tu parles, avec un brasier pareil, faudrait être aveugle ! ironise Thibault.

C'est le moment que choisit le vent pour s'emparer avec rage de la porte d'entrée qui capitule sous la torture, ouvrant notre observatoire au grand air et à l'écho des moteurs.

— Regardez !

Ça y est ! Attirés par les flammes qui doivent atteindre les deux ou trois mètres de hauteur, des engins éclairés, à chaque tour plus nombreux, passent et repassent au ralenti, en bas de la cale.

— Mais, qu'est-ce qu'ils foutent ? hurle Mélanie, terrorisée.

— Ils cherchent l'angle idéal pour lancer l'attaque, pardi ! crie Thibault qui s'accroche à la chaîne d'un vieux cadenas fixé au mur de l'entrée pour ne pas céder à la poussée du vent.

En effet, la horde qui s'est arrêtée un peu à l'écart de la mise à l'eau, juste de l'autre côté des buissons qui dissimulent Yvon et Jack, fait taire ses moteurs les uns après les autres.

Cette stratégie n'échappe pas à ma réflexion :

— La technique BMR !

Mon copain, qui s'appuie maintenant sur le manche d'une des pelles à neige, m'envoie un « ouais » à travers le vent, pour appuyer mon propos.

Avec cette chance qui sourit trop souvent aux pourris, Nag et Torg auront échappé aux précédents massacres et vont à nouveau resurgir dans notre cauchemar. Ils sont là, tout près, je les sens.

0 h 54.

Comme il est devenu impossible de voir quoi que ce soit au travers des vitres, capuches vissées sur la tête et écharpes autour du cou, nous nous cramponnons les uns aux autres dans l'encadrement de la porte où le ciel déverse ses flocons par paquets entiers.

Un coup d'œil vers notre taxi me rassure.

Heureusement qu'Yvon l'a solidement amarré et qu'il en a totalement relâché les voiles avant de rejoindre la terre ferme. Sans ces précautions et le coupe-vent des arbres, il y a bien longtemps que nous serions dans la pire des situations : privés de notre unique véhicule !

Les éléments se déchaînent, arrachant aux arbres des branches qui viennent s'écraser contre la façade ou obstruer l'entrée que nous dégageons au fur et à mesure. Mais la situation devient rapidement intenable.

1 h 10.

— Vite, on rentre !

Thibault et Mélanie me tirent tout à coup par le bras et m'entraînent sans ménagement vers l'intérieur où nous nous repositionnons derrière la fenêtre.

Près du lac, trois ombres viennent de franchir la cale en longeant les taillis. Elles ne tardent pas à se glisser derrière le feu et rejoignent le *Bugale* où la première fait la courte échelle aux deux autres.

En un instant, le commando est sur le pont.

Trois, puis quatre nouvelles silhouettes surgissent ainsi du contrebas dans la trace des premières et opèrent de la même manière.

— Visiblement, aucun de ces types ne s'est aperçu que le *Bugale* est hors service, remarque Mélanie.

— C'est clair, ils pensent certainement nous surprendre dans notre sommeil.

La neige qui tombe sans discontinuer depuis des heures a fini par recouvrir l'énorme tas de bois que Jack et Yvon ont caché sous les coques.

— 'tain, ils attendent quoi pour tirer dans le tas ? enrage Thibault.

Je trépigne à mon tour, tourne en rond dans la salle en me ressassant les paroles de Fox : « *Vous restez planqués ici et vous n'en sortez qu'au moment du feu d'artifice pour filer directement au* Seagull. »... Mais quel feu d'artifice ? Et quand ?

1 h 22.

De notre repaire, il est maintenant assez facile de dénombrer la vingtaine de Mangeurs qui, armés jusqu'aux dents, ont investi le pont du *Bugale*.

— Mais qu'est-ce qu'ils attendent, les deux autres ? s'impatiente à nouveau Thibault.

— Va donc le leur demander ! s'énerve Mélanie.

— Ah ah ! Tu devrais faire l'école du rire quand on rentrera !

— Tiens, regarde donc, on dirait que ça chauffe sous ton ancien carrosse ! J'en connais qui ne vont pas rigoler longtemps !

Tout en parlant, je pointe le doigt vers l'étrange lueur qui brille depuis quelques secondes sous le flotteur endommagé où Fox n'en finissait pas d'enfoncer le bois.

— C'est encore un coup de ton grand-père, avec sa manie des télécommandes, révèle Mélanie, tout excitée.

— On dirait bien, dis-je, tellement fier d'Yvon.

Chacun essaie tant bien que mal de s'imposer derrière les vitres pour y voir davantage.

Telle une bombe incendiaire attendant son heure, un feu titanesque semble bouillir sous la marmite.

1 h 25.

Et c'est au moment où les rôdeurs décident de briser dans un mouvement commun le toit qui leur barre le chemin du carré que le feu jaillit.

— Ça y est, c'est parti ! exulte mon copain.

1 h 26.

L'embrasement est instantané, prodigieux, total, définitif.

Vomi par l'enfer, le napalm se rue sur la neige, liquéfiant tout sur les trente mètres qui nous séparent de la cale. La boule de feu qui se rue vers nous ne laisserait sa chance à aucun être vivant égaré sur son chemin.

Par un réflexe fulgurant, j'attrape Snow par son collier en même temps que notre instinct de survie nous plaque les uns contre les autres au mur qui longe la fenêtre.

Comme craché par la gueule d'un dragon, le souffle nous parvient alors, brûlant, et la vague dévastatrice déferle jusque dans le baraquement où elle atomise tout sur son passage avant de s'en prendre aux parois de bois.

L'odeur irritante du plastique en fusion mêlée aux vapeurs d'essence m'embrase les poumons.

Une dizaine de déflagrations suivent immédiatement l'incendie. Elles proviennent d'un peu plus loin sur le bord du lac, mais nous avons du mal à les situer exactement. À l'évidence, Fox et Bull se sont réparti les tâches : le maniaque de la télécommande s'est occupé de la mise à feu, et l'autre des motoneiges. Mais, au crépitement des armes qui s'ensuit, il semblerait que les Mangeurs n'aient pas tous été piégés !

Au cœur du brasier, le mât du *Bugale* menace de chuter. Une fois à terre, il barrera la route et interdira ainsi toute remontée du lac aux miliciens.

— Yvon a dit qu'il fallait filer dès le feu d'artifice ! rappelle Mélanie entre deux quintes de toux.

1 h 27.

Au bord de l'asphyxie, nous nous apprêtons à quitter d'un seul élan notre observatoire en proie au feu.

Un vague plan est échafaudé dans l'urgence : foncer vers la sortie, tourner à droite, passer sous les cyprès qui protègent le *Seagull* du vent, monter ensuite à bord, couper l'amarre et la tenir ensemble en mains jusqu'au retour d'Yvon et Jack.

Je plonge vite fait la main dans ma poche d'anorak... Le couteau y est.

La trouille au ventre, je lance aux deux autres :

— C'est bon, on se casse !

Sans attendre, Mélanie et moi nous ruons les premiers vers la sortie.

Et c'est là que notre plan se prend un sérieux coup dans l'aile.

Lancée à pleine vitesse, une motoneige qui a échappé au massacre parvient à se faufiler entre le premier feu et le *Bugale*, juste avant que le mât ne vienne barrer l'accès à l'embarcadère.

L'engin fou, poursuivi par une gerbe d'étincelles, transperce la fumée et se précipite sur le chemin qu'il éclaire d'un phare puissant.

Pétrifiés par ce coup du sort, nous restons scotchés à deux mètres de la maison, pris comme des papillons dans la lumière.

Le pilote et son passager, eux, ne semblent pas surpris, bien au contraire.

Vifs comme l'éclair, ils ont sauté de leur machine avant même qu'elle ne s'arrête et s'apprêtent à nous colleter.

— Des Longs Manteaux ! hurle Mélanie alors qu'elle me tire en arrière, pensant naïvement trouver refuge dans la cabane.

Et je la suis stupidement !

Un des deux types se lance alors dans la boue à notre suite, trop heureux que nous retournions dans notre souricière en flammes.

Trop tard pour changer d'avis. Si nous parvenons à franchir l'entrée puis à traverser la cuisine au pas de course, nous gagnerons la pièce voisine et le trou dans le toit sera notre salut.

Le bruit sourd qui retentit soudain derrière moi me rappelle ces matchs de tennis que je faisais avec mon père, armés chacun d'une poêle à frire, une pomme de terre en guise de balle. Mais cette fois, la poêle est une pelle à neige et la balle, une tête de Long Manteau.

Parti une seconde après nous, Thibault a préféré revenir sur ses pas pour se planquer dans l'entrée. Il n'a pas hésité une seconde à étaler le premier intrus qui se pointait à portée de pelle avant de s'enfuir sans demander son reste.

Dehors, des cris succèdent à son passing-shot qui a fait mouche.

Là-bas, le *Bugale* n'est plus qu'une torche dans la fumée et les armes qui pétaradent près du bosquet indiquent que nous sommes en retard sur notre programme.

Nous devrions déjà être à bord !

Je tire Mélanie par le bras et nous nous éloignons de la cabane au moment où elle s'effondre sur elle-même.

— Il est où, Thibault ? hurle-t-elle.

La réponse est là, au milieu du chemin où, bien qu'aidé par Snow qui fait ce qu'il peut, Thibaut est en train de se prendre une raclée avec le deuxième énergumène.

Armé de la deuxième pelle, je me précipite vers l'immonde créature qui se présente de face et tient mon copain à la gorge.

Parvenu à deux pas de la cible éclairée par les phares de son engin, je sens tous mes muscles se tendre et mon corps se cabrer. Lorsqu'il lève mon arme à bout de bras et ajuste sa frappe, je ne lui appartiens déjà plus. Puis, poussé par je ne sais quelle force surhumaine, il abat alors une première fois la pelle à neige sur sa proie. Puis une deuxième à la volée. Et il cogne, cogne et cogne encore les bras, les jambes, la tête ; jusqu'à ce que le Long Manteau sauvagement amoché lâche enfin prise, libérant du même coup Thibault qui, groggy et noir de boue, roule sur le côté pour échapper à son assaillant qui se redresse en titubant.

Heureusement, les aboiements rageurs de Snow me sortent du cauchemar et encouragent mon copain à retrouver ses jambes.

C'est à ce moment que tout se précipite.

Les feux de la motoneige volent en éclats l'un après l'autre. Mélanie, accourue à la rescousse, les massacre à coups de tisonnier.

Dans le rayonnement orangé du brasier, j'envoie mes coups à la volée avec un plaisir qui me surprend chaque fois que ma pelle fait mouche.

À plusieurs reprises, l'autre parvient à se saisir de l'extrémité de la pelle quand mon geste s'achève dans le vide. Campé sur une paire de jambes trempées dans l'acier, je tire alors de toutes mes forces, convaincu que si le type qui souffle face à moi parvient à me l'arracher, je suis mort.

Mi-homme, mi-animal sauvage, son haleine pue comme celle d'une hyène qui n'aurait bouffé que du zèbre en décomposition depuis trois semaines.

La tête que je lui sculpte à la pelle à neige n'est visiblement pas à son goût. Il était déjà laid, mais là, c'est carrément Frankenstein.

Et puis, c'est la fin. Le coup de grâce. À une trentaine de mètres de là, le *Bugale* rend définitivement l'âme.

Abasourdi par le spectacle, le Long Manteau commet contre toute attente l'erreur de me tendre le bras quelques secondes, comme pour demander une trêve le temps du bouquet final.

Alors, je frappe.

Je frappe pour Ian, en fendant l'air du tranchant de ma pelle.

À deux pas, le hurlement est terrible.

Et même s'il me semble un instant apercevoir un bras bougeant tout seul au sol, je frappe.

Je frappe pour mon père et je frappe pour Gaëlle.

Que mon adversaire soit à genoux ou encore debout m'importe peu. Je ne suis plus moi-même, je frappe.

Je frappe pour les parents de mon ami Thibault.

Puis, c'est le noir total. Comme une coupure de courant uniquement troublée par l'écho et le rougeoiement des explosions provenant de l'embarcadère.

— Magne-toi, Iwan !

Thibault est déjà loin devant.

Je cours derrière lui, direction le *Seagull* d'où la providentielle lumière arrière guide nos pas, signe que Mélanie est déjà à bord.

Courir, sortir de ce bourbier sans m'y affaler. Gravir l'échelle de corde.

Vite !

Je tousse, patauge dans cette neige mélangée à la boue, glisse, me rattrape sans savoir comment.

Une fois à bord, je foncerai à l'avant pour trancher l'amarre et j'attendrai le retour d'Yvon et Jack.

Deux nouvelles explosions retentissent dans mon dos. C'est à coup sûr la motoneige des deux furieux. Des cris, des coups aussi. Ils sont en train de se battre entre eux ! Je tente de me retourner et glisse à nouveau ; je m'étale dans la mélasse mais me relève presque en même temps.

Des pas... Des pas à ma suite !

J'y crois pas ! La hyène a trouvé la force de se relever ! Parole, ça donne des forces de bouffer du zèbre mort !

J'accélère ma course tandis que la bête haletante semble me rattraper.

J'ai l'impression qu'elles sont deux !

Oui c'est ça, les deux barbares sont sur moi !

Courir plus vite encore !

Le couteau... Toujours dans ma poche...

Encore une dizaine de mètres...

Je ne sens plus mes poumons et la fumée me pique les yeux.

C'est en aveugle que je lève davantage les genoux afin de me dépêtrer de la neige fraîche qui craque maintenant sous mes chaussures.

Plus question de me retourner.

Le couteau. Le couteau dans la main.

Oui, c'est ça : courir, le couteau en main.

Quatre mètres, cinq tout au plus.

Comment ont-ils pu retrouver des forces après ce que nous leur avons mis ?

Trop fort !

Deux ou trois mètres...

Arrivé au pied du flotteur, je sauterai.

Je sauterai pour me saisir de l'échelle à son barreau le plus haut. Une fois en suspension, je me retournerai pour me débarrasser de ces sangsues fétides d'un coup de pied comme je sais si bien en mettre dans les ballons de foot du collège. Ou d'un coup de lame.

Plus qu'un mètre et c'est la délivrance.

On m'accroche par le col !

C'est pas vrai, pas si près du b...

— Magne, Iwan, magne-toi ! me crie Thibault du haut de l'échelle.

Magne-toi, magne-toi, je voudrais bien l'y voir, lui !

Je tente de me dégager, mais c'est impossible, une main de fer vient de se souder à ma parka ! Et la voilà qui me soulève ! Je vais valdinguer à vingt mètres, c'est sûr ! Ou aller me fracasser contre la coque !

— Plus vite ! hurle à son tour Mélanie.

C'est pas vrai ! Ça ne va pas se terminer comme ça !

— Tu devrais être là-haut depuis longtemps, bougre d'âne ! me lance la grosse voix de Jack, juste derrière, alors qu'une deuxième main me pousse soudain à la culotte.

— Allez, fonce, fonce ! vocifère à son tour Yvon.

Propulsé par je ne sais quelle magie, j'avale les ultimes centimètres, survole la cordée, puis fais irruption sur le pont où je manque percuter Snow. On dit que la peur donne des ailes ! Eh bien moi, elle me les a collées dans le dos et m'a certainement mis des patins à glace aux pieds en bonus, car c'est en une demi-seconde que j'atterris à bord et déboule à l'avant.

— Parés à la manœuvre ? crie une voix dans le cockpit.

Je sectionne l'amarre d'un coup sec.

— Envoyez toute la toile !

Ouf ! C'était moins une !

1 h 54.

L'équipage est au grand complet, les voiles cessent de claquer au vent et redonnent au cataski l'énergie nécessaire pour reprendre son périple.

Nous quittons cet enfer, tous feux allumés, conscients que même si nous traçons notre avance, les barrières de flammes que nous laissons derrière nous et qui ravagent totalement la place finiront par s'éteindre à un moment ou à un autre, libérant le passage aux survivants qui relanceront la traque.

Ordre nous est donné de descendre dans le carré. Ça a parfois du bon, les habitudes, ça permet de retrouver son souffle.

Thibault lève la main face à moi, et lorsque la mienne vient y claquer en signe d'amitié, il me dit : « À la vie, à la mort, mon frère ! »

Plus un mot ne sera prononcé cette nuit.

Nous profitons de nos dernières forces pour ramper jusqu'à nos duvets respectifs et nous y écrouler.

À la vie, à la mort… J'ai la tête qui bourdonne, la sensation de vertiges.

Les images de cette bagarre se ruent comme une armée de trolls à l'assaut de ma fatigue. M'interdisant le sommeil, elles me forcent à me tourner et me retourner sur ma bannette, partagé entre la fierté d'avoir pulvérisé un monstre qui s'en serait de toute évidence pris à Mélanie et moi après avoir étranglé Thibault, et l'horreur d'avoir peut-être tué un homme. Un Long Manteau, mais un homme quand même.

Alors, comme cela m'arrive parfois dans ces situations extrêmes, un mystérieux mécanisme de protection interne me coupe tout à coup tous les circuits pour me plonger dans un autre monde.

Je me retrouve en cours d'histoire quand un prof dont je ne peux définir le visage nous conte ce Noël dans les fossés de la mort. Un Noël pas comme les autres où un soldat allemand, qui en avait marre de se terrer dans sa tranchée à seulement quelques mètres de l'ennemi français, se mit à chanter pour fêter le réveillon.

De l'autre côté des lignes de barbelés, on lui répondit de la même façon. Mais personne ne savait encore à ce moment précis s'il s'agissait de se répondre vraiment ou de chanter plus fort que l'autre, pour provoquer une fois de plus ceux d'en face.

Alors l'Allemand poussa son geste plus loin. Il quitta sa tranchée sans cesser de chanter. Sans se retourner.

Ce qui se passa la minute d'après tint carrément de la folie, de l'indicible : de toutes les tranchées environnantes, les hommes-rats sortirent de terre.

Toutes les nations présentes entraient dans le rêve de l'Allemand.

Lorsqu'ils arrivèrent au centre du *no man's land*, là où les cratères creusés par les obus imposaient au paysage un aspect d'apocalypse, là où la glace et la neige de l'hiver du nord parvenaient depuis quelques semaines à étouffer la puanteur des cadavres, certains Français eurent le courage d'écarter les barbelés qui les séparaient de l'ennemi. Lentement, très lentement. Sans dire un mot.

Peut-être un ou deux hommes arboraient-ils un sourire, comme pour montrer qu'ils n'étaient plus là pour se battre et que personne n'avait plus le droit de tuer qui que ce soit un soir comme celui-là. Mais de ça, même la lune qui éclairait le théâtre, n'en est pas certaine.

Lorsque les fils de fer furent écartés, il y eut un long, un très long silence.

À cet instant, la guerre pouvait basculer vers la paix et il fallait saisir cette chance.

Un Écossais qui suivait la scène, visage au ras de terre aux côtés des siens, accorda sa cornemuse et entama « *I'm*

Dreaming Of Home », air immédiatement repris par tous ses compagnons.

Nous étions quelque part en France ce 25 décembre-là, et des Français se rendirent compte que les Allemands sur lesquels ils avaient ordre de tirer depuis des mois étaient avant tout des êtres humains. Comme eux.

Pas des monstres.

Juste des hommes.

Comme eux.

Entre les deux tranchées s'installa alors une zone, un pays, un continent, un monde de non-guerre, et les premières bouteilles d'alcool purent être débouchées pour réchauffer les cœurs meurtris de soldats dont le seul désir était depuis des mois de rentrer à la maison pour retrouver les leurs.

Alors, dans le froid, ils fraternisèrent. Tous.

Dans la nuit du nord, ils se parlèrent sans comprendre les mots.

Ils utilisaient les yeux, le rire, les gestes que leur corps savait faire. Ces gestes que tous les humains du monde savent faire pour dire des choses qu'on ne leur a jamais apprises.

La même vapeur sortait de leurs bouches. Le même sourire.

Peu importe leur origine, la même lueur d'espoir brillait dans tous les regards.

Les yeux se mouillèrent aussi des larmes du même sel. Les mêmes peurs dans les têtes.

Les mêmes odeurs et la même crasse sur eux.

Le même froid les faisait se taper dans les mains et sautiller sur place.

Tous.

Les portefeuilles dévoilèrent des photos de femmes et d'enfants. Les photos de ceux qu'ils aimaient et qu'ils avaient laissés derrière eux. Qu'ils souhaitaient retrouver le plus tôt possible.

Tous.

Dorénavant, ils ne pourraient plus se haïr.

Jamais.

Ils parlèrent encore jusqu'à l'aube.

Ensemble.

Se promirent que les lendemains ne seraient plus jamais des jours comme ceux qui avaient précédé ce Noël-là. Jamais plus ils ne se mettraient en joue. C'était devenu impossible ; ç'aurait été comme de tuer des frères.

Ils y croyaient si dur qu'ils ne manquèrent pas de faire part de ce fabuleux événement à leur famille dans les lettres qu'ils envoyaient quand on les y autorisait.

Ce qu'ils ne savaient pas, c'est que, chez les Français comme chez les autres, la nouvelle de ce réveillon quelque peu singulier faisait grand bruit dans les états-majors où l'on décida d'ouvrir systématiquement le courrier des Poilus.

L'heure n'était pas encore à la paix, que seuls les gouvernements avaient le pouvoir de décider.

Un soldat était fait pour obéir, pour combattre, mais certainement pas pour fraterniser avec l'ennemi !

Les officiers brûlèrent beaucoup de ces lettres. Rares furent celles qui parvinrent à leur destinataire.

Les sanctions furent exemplaires : on sépara les régiments pour envoyer les songe-creux à d'autres endroits du front, là où la réalité faisait rage. Des lieux où le cauchemar mangerait rapidement cette stupide parenthèse de rêve.

Alors bien sûr, beaucoup moururent, emportant avec eux le secret de ce Noël improbable.

Certains survécurent et c'est, longtemps, très longtemps après, que le monde prit connaissance de ces faits incroyables.

Moi, c'est le contraire qui vient de m'arriver. Jamais je n'aurais imaginé devoir me battre et massacrer quelqu'un pour sauver ma peau. Et le *no man's land* près de la cabane du lac m'aura appris ce soir que parmi les hommes se cachent parfois les pires monstres.

Lorsque j'ouvre enfin un œil, le rythme régulier des secousses m'indique que nous voyageons sur un terrain vallonné où les descentes abruptes succèdent à de grisantes remontées. La température doit être en chute libre car la neige congelée craque en permanence sous les skis de notre bolide.

Assis à la table à cartes, Jack et Yvon s'affairent tranquillement avec un joystick devant l'écran de l'ordinateur. Ils m'ont l'air bien gai, ces deux-là, ce matin !

— Elle est où Mélanie ? dis-je en scrutant les parages.

— Jetée par-dessus bord, aux aurores, s'esclaffe le Taureau en rajustant sa boucle d'oreille. Plus de fille à bord, continue-t-il. Ça a toujours la trouille, les filles, dès que les affaires se gâtent. Et puis, dans le GIAT, y avait pas de femmes. Pas vrai, Renard ?

— Ouais, mais s'il y en avait eu, ça aurait parfois été plus marrant ! réplique l'interpellé.

La tête tout ébouriffée de la fille en question apparaît soudain dans l'encadrement du passage qui mène au poste avant.

— Tu disais quoi, Jack ? interroge Mélanie en mettant un peu d'ordre dans sa tignasse.

— Euh... hésite le géant, qu'est-ce que je disais déjà, Yvon ?

— Tu disais qu'une jeune fille à bord, surtout lorsqu'elle fait preuve d'autant de courage que notre coéquipière, il faut se féliciter de l'avoir embarquée !

Je me relève, le duvet jusqu'aux yeux, pour mieux rire en dessous.

— Menteurs ! dément ma copine, tout sourire.

Sur la couchette d'en face, une masse difforme émerge mollement de son sac de couchage et, pour nous faire profiter de sa bonne humeur matinale, s'adresse rudement à l'assistance :

— C'est quoi ce raffut ? Vous ne pourriez pas laisser vos matelots se reposer un peu, non ?

Comme pour le faire taire, le *Seagull* lève brusquement une aile, forçant Yvon à s'accrocher à la table centrale. Thibault, surpris par cette réaction soudaine de la machine, se retrouve plaqué contre la paroi alors que, pour ma part, je manque entamer un vol plané en direction de sa couchette.

— À propos de repos, p'tit gars, commente mon grand-père, fermement campé sur ses deux jambes afin de mieux contrer le mouvement, ça fait quand même vingt-sept heures que vous n'avez plus quitté vos bannettes !

Nous nous regardons tous les trois, effarés.

— Quoi ? s'exclame Mélanie, les yeux grands comme des oranges, on a dormi vingt-sept heures ?

La mine de Thibault s'éclaire :

— Voilà qui explique ma faim de loup, conclut-il en se frottant les mains.

Ne prenant même pas la peine de sortir de son duvet, il s'assied sur sa couchette. Ainsi positionné, il n'a plus qu'à faire pivoter ses fesses puis glisser ses jambes sous la table pour se retrouver assis face à un paquet de crêpes qu'il attaque sans vergogne.

J'ai entrepris de mon côté une inspection silencieuse et méthodique du carré, alors que le *Seagull* bondit par deux fois sur sa route avant de reposer enfin son flotteur sur la piste. Bien que nous soyons tous là, agréablement bercés par le vent et la musique, profitant de la chaleureuse ambiance de cette nouvelle journée, quelque chose m'intrigue.

— Mais, dis-je en me dressant soudain sur mes coudes, si nous sommes tous les cinq à l'intérieur, qui s'occupe de la barre ?

— Nom de..., s'égosille Thibault, médusé, en nous comptant un à un sur ses doigts.

Il n'en revient pas et manque s'étouffer avec la troisième crêpe qu'il était en train d'avaler goulûment.

Yvon s'étonne volontairement et en rajoute :

— Ah, mais alors, Jack, on a laissé le *Seagull* sans barreur depuis six heures ce matin et il est presque midi !

Son ami consulte sa montre.

— Ben ça ! insiste-t-il en se tournant vers mon copain sans toutefois lâcher son jeu. Thibault, je te croyais là-haut, moi !

Visiblement, le GIAT se moque de nous.

Mélanie, de son côté, semble tout aussi incrédule.

Debout sur ma bannette, je décide de jeter un œil à l'extérieur.

Au loin, les tours d'habitations d'une grande ville se perdent dans de gigantesques nuages de fumée que seul le diable a pu épandre sur le ciel. Tout autour de nous, la neige maculée de grosses taches noires a perdu l'éclat auquel elle nous avait habitués depuis notre départ.

Certes, l'espace qui s'ouvre à nous paraît sans limites, mais de là à utiliser un pilote automatique comme le font les navigateurs qui traversent les océans... ni Fox ni Bull n'auraient jamais pris ce risque.

Je me rappelle tout à coup la blague favorite de mon père quand j'étais à la maternelle. Il lâchait le volant de sa voiture en me faisant croire qu'elle était guidée par un satellite ou je ne sais quelle diablerie de son invention.

Les doigts croisés derrière la tête entre les cheveux et l'appui-tête, il se mettait à ronfler, genre pilote d'avion qui fait la sieste en plein vol !

À plus de cent à l'heure, ma mère n'aimait pas, mais alors pas du tout ces plaisanteries-là.

— Un de ces jours, tu vas tous nous flanquer dans un platane ! rouscaillait-elle.

Mais papa s'en fichait pas mal et continuait son manège, malgré les menaces de sa passagère devenue hystérique.

Parfois, comme nous voyagions sur une route au bitume doux et lisse, il poussait sa blague jusqu'à me faire croire que nous venions de quitter le sol pour voler sur quelques centaines de mètres grâce à des ailerons placés sous la voiture.

Pour agacer encore plus ma mère, je l'ai même vu tenter de lui faire croire qu'il fermait les deux yeux. Et ça marchait ! Alors qu'en fait, dans le rétroviseur, je voyais bien que mon père ne fermait que l'œil droit pour forcer ma mère à sortir de ses gonds.

Chaque fois, c'était le même gag, et chaque fois se produisaient les mêmes engueulades !

Bien sûr, moi, de mon côté, j'observais, j'essayais de comprendre comment quelqu'un pouvait conduire sans les mains. Parce que, quand je dis « conduire », c'était autant dans les lignes droites que dans les virages !

D'ailleurs, c'est quand ça tournait que les couinements de ma mère étaient les plus stridents. Normal, c'est sans doute dans ces moments-là qu'elle avait le plus la trouille !

Lorsqu'elle était vraiment fâchée, elle se plaquait contre sa portière pour bien faire comprendre à papa qu'il allait le payer cher. Dans ce cas, il y en avait pour au moins une semaine à les voir se faire la tronche !

Assis à l'arrière, je cherchais des yeux la télécommande, le fil, le lecteur Galeo Drive[18] ou l'antenne magique qui aurait pu réceptionner un message satellite. Mais je n'ai jamais rien trouvé de la sorte.

Il m'a fallu des mois avant de comprendre que c'était de sa cuisse coincée sous le volant que mon père pilotait la voiture qui nous emmenait en vacances.

Seulement voilà : ici, il n'y a pas plus de volant que d'appui-tête !

---

18. GPS européen.

Je m'applique donc à procéder par déduction.

Tout compte fait, il n'y a que Jack qui pourrait... Mes yeux se posent sur l'écran qu'il ne quitte d'ailleurs curieusement jamais des yeux.

— Alors, Iwan, on a trouvé l'astuce ? questionne-t-il, sourire au coin des lèvres.

*

Le Taureau a maintenant tout l'équipage autour de lui.

— Tu vois, moussaillon, panneaux solaires et éolienne pour capter l'énergie au-dehors. Quand ton grand-père a mis les catas au point, il a vraiment pensé à tout. Si la température trop basse ne permet plus de barrer à l'extérieur et si la météo comme la géographie du terrain l'autorisent, grâce à ce joystick, à la caméra de pont et à cet écran, on peut diriger le navire directement du carré, au chaud dans ses chaussons !

J'aperçois Thibault qui jette un œil sous la table à cartes. Jack n'est pas en chaussons mais en chaussettes.

— Alors, l'est pas belle, la vie ? s'égosille Yvon, fier comme Artaban.

Et je le regarde une fois de plus d'un œil pétillant, ce grand-père qui me surprend décidément tous les jours.

— Carrément génial ! s'extasie Mélanie.

Penchée vers l'écran, elle repousse une mèche derrière ses oreilles comme le font toujours les filles aux cheveux longs.

Jack nous explique ensuite que pendant notre sommeil il a fait un temps épouvantable. Une vraie « chienlit » comme il dit.

— En plus, on s'est pris un oiseau en perdition sur le haut du mât, juste au niveau du projecteur qui, par conséquent, ne fonctionne plus.

— Il est donc impératif, précise Fox, le doigt pointé sur une carte qu'il déroule sur un écran voisin, de parvenir à ce refuge avant la nuit. On réparera sur place et vous en profiterez pour prendre un bon bain.

Je note vaguement ne jamais avoir repéré la présence d'une baignoire, ni dans la cabine de toilettes, ni nulle part ailleurs à bord, et me demande de quelle manière Yvon pense apporter à son équipage la quantité d'eau chaude suffisante pour cinq bains… À moins que ce ne soit encore une de ses blagues !

Jack nous apprend aussi que durant notre longue sieste, ils ont assuré des quarts de veille de six heures, se relayant, l'un au joystick ou à la barre d'extérieur, pendant que l'autre se reposait.

« Vingt-sept heures ! » je pense en moi-même.

Vingt-sept heures à deux, en plus des événements que nous avons traversés ! Quels titans pourraient donc venir à bout de ces deux forces de la nature ? Combien devraient-ils être, ces trolls, pour y parvenir ?

Combien les deux hommes en ont-ils éliminé la nuit du lac lorsque nous nous battions contre ceux de la cabane ?

Je n'ose poser la question et tends machinalement l'oreille en quête du fameux ronronnement que j'avais presque oublié.

Mis à part le vent qui hurle à l'extérieur, aucun bruit de moteur ne vient cependant me chatouiller les tympans.

Nous atteignons de plus en plus fréquemment des pointes de quarante nœuds[19] et la vitesse de notre bolide est dans ces moments-là si élevée qu'il en vibre d'une manière différente, inquiétante même.

Puis, chaque fois que ces trémulations cessent, un haut-le-cœur me soulève l'estomac en même temps qu'un silence indéfinissable s'empare du carré. Nous savons tous ce qui est en train de se passer.

Se contentant d'effleurer l'océan de glace par fractions de seconde, le navire poursuit sa course folle dans les airs. Il monte, monte encore plus haut, semblant ne plus vouloir redescendre, forçant notre barreur à une concentration extrême.

Particule survolant le temps, happée par le néant, comme sur orbite, le *Seagull* devient alors notre bulle-prison.

Sans que les adultes aient à nous le dire, nous avons conscience que le moindre arbre mort, le moindre animal de grande taille, la première carcasse de voiture ou de camion, le moindre atterrissage contrarié ou la défaillance d'un des skis sous les coques suffiraient à nous atomiser sur place.

Personne ne parle plus.

Nous restons suspendus de longues, de très longues secondes comme un soupir en apesanteur, guettant le moindre geste de Jack qui propulse en expert nos vies du bout des doigts.

Et dès le retour sur terre, quand les cristaux produisent à nouveau sous les coques le crissement caractéristique d'une biscotte monumentale broyée par le rouleau à

---

19. Environ soixante-quatorze kilomètres/heure.

pâtisserie d'un ogre, nos mains se décrispent, relâchent, rassurées, tables et coussins auxquels elles s'étaient agrippées.

La vie reprend alors son cours, redonnant à nos sens le bruit rassurant des habitudes.

— Ça barde ferme, reprend Yvon. *Ils* vont encore abaisser les températures.

— Et pourquoi *ils* feraient ça ? -35 degrés, c'est bien suffisant, non ?

— Parce que plus il fera froid, moins les gens sortiront de chez eux pour manifester leur mécontentement, mon p'tit gars.

— Bogdich filtre Internet et essaie désormais de brouiller les satellites, poursuit Jack, alors qu'il tente de se connecter au réseau. Depuis quelques heures, la réception des images et du son se fait de plus en plus difficilement, mais on a tout de même eu le temps de se rendre compte que la cité que vous apercevez à l'extérieur est à feu et à sang.

— Il y a des émeutes partout, enchaîne Yvon. On dit que ce sont les jeunes qui se sont révoltés et qui cassent tout ! Les B.U.[20] ont bien du mal à les contenir. On parle de nombreux blessés et même de morts.

— C'est peut-être par eux que le changement arrivera, songe Jack à haute voix en se passant les doigts sur la moustache. Ouais... Par les jeunes... Et ce ne serait pas la première fois.

*

20. Brigades urbaines.

Le vent de sud-est ne semble pas vouloir faiblir et la journée s'écoule ainsi, paisible, entre musique, jeux ou lecture, encabanés dans la douce chaleur du carré, à l'abri du froid qui règne en maître à l'extérieur.

Agréable circonstance qui me permet de me pencher longuement sur le lecteur GPS piqué dans le 4 × 4 des Mangeurs.

L'appareil, qui émet de temps à autre un léger bip, présente sur son écran des villes dont les noms clignotent toujours sur une route où Tombmor figure en terminus...

*

C'est d'assez bonne heure que nous parvenons finalement au point indiqué sur la carte par mon grand-père.

Excité à l'idée de pouvoir enfin nous dégourdir les jambes sans avoir à craindre le retour des Mangeurs, nous nous retrouvons promptement sur le pont, giflés par le courant d'air glacial qui nous saisit les yeux, le nez et les bronches.

La nuit est sur le point de tomber, mais aucune lumière ne filtre des habitations du village en approche. Jack juge plus prudent de ramener les voiles.

Sitôt dit sitôt fait, notre machine ralentit progressivement l'allure jusqu'à son arrêt complet, à bonne distance des premières maisons.

Tout paraît calme, trop d'après Yvon, qui nous invite à filer encore sur quelques mètres afin de profiter des derniers souffles du vent qui s'est considérablement affaibli, comme chaque soir à la même heure. Nous larguons la herse pour un arrêt complet, à l'orée d'une dizaine de pins que la neige a transformés en une armée de spectres pétrifiés par le givre.

Ainsi placé, le *Seagull* est totalement à l'abri des regards. En quelques tours de manivelle, Jack envoie Yvon en tête de mât à l'aide d'une drisse[21] à l'extrémité de laquelle on a préalablement fixé un siège de toile épaisse. Notre alpiniste a pour mission de remettre en état le projecteur défaillant, tâche dont il s'acquitte avec la plus grande dextérité.

De notre côté, nous nous appliquons à réaliser un quadrillage systématique du village aux jumelles. La rue principale qui s'ouvre à une centaine de mètres est passée au crible de nos trois binoculaires qui ne détectent toutefois pas âme qui vive à l'extérieur. Il faut dire qu'avec les moins quarante-cinq degrés qu'affiche le thermomètre, on doit bien être les seuls malades à traîner dehors !

— J'aime pas ça, marmonne le grand Bull en redescendant dans le carré.

— Il n'aime pas ça, me précise Thibault, au cas où je n'aurais pas entendu.

Je délaisse un instant mes jumelles, détourne mon regard et fixe mon copain sans dire un mot. Mais ce dernier insiste, en m'indiquant de la tête que le Taureau vient de disparaître dans le carré... au cas où je ne l'aurais pas vu.

Sur ma gauche, j'entends Mélanie qui tente de retenir des gloussements pour ne pas vexer Thibault.

Elle ajoute en pointant le nez vers Yvon, qui vient de s'engager à son tour dans la descente après nous avoir ordonné de garder l'œil ouvert :

— Hé, Thib, je crois bien qu'il n'aime pas ça non plus !

---

21. Cordage qui permet de monter et descendre les voiles.

Un toussotement caractéristique résonne sur le pont, mais j'ai déjà repris mon inspection des lieux, bien décidé à ne pas me laisser distraire dans ma tâche par mon boulet de copain.

De-ci, de-là, une cheminée laisse s'échapper une petite fumée blanche dont les volutes se mêlent bien vite au gris des nuages.

C'est donc la preuve que, même si on ne les voit pas, des hommes, des femmes, des familles vivent dans ce petit village aux maisons de pierre.

Tout serait normal si on n'avait pas cloué d'épaisses planches de bois en travers des volets fermés

Mélanie, qui vient elle aussi de constater cette surprotection, me fait part de sa réflexion :

— Ça a dû souffler grave dans le coin pour qu'ils en arrivent à se calfeutrer comme ça.

J'ai, l'espace d'un instant, le souvenir du doigt de mon grand-père pointant ce village sur la carte... On y est très loin de la mer, et chacun d'entre nous sait que les tempêtes sont toujours plus féroces au bord de l'océan que dans les terres. Or, jamais personne n'a eu à se protéger à ce point du vent chez nous.

— Ça n'a rien à voir avec les tempêtes, confirme Thibault sans abaisser ses jumelles. Matez plutôt les étages...

Nous nous exécutons et constatons que les volets du haut ne sont en effet ni entravés de planches ni recouverts de neige.

— Alors ? s'enhardit mon voisin, fier de son effet.

— Alors, riposte Mélanie, ça veut dire que dans ce bled on n'ouvre que les volets du haut. Et voilà.

— Et voilà, renchérit mon copain, ironique.

Et d'ajouter :

— Et s'ils ont condamné les volets du rez-de-chaussée, c'est forcément pour se protéger contre des visiteurs indésirables.

— Et tu as bien sûr une idée très précise du genre d'indésirables qu'ils redoutent, ironise Mélanie sans détourner le regard.

Thibault ne prête aucune attention à sa provocation et poursuit :

— J'espère que tu ne t'es tout de même pas imaginé que les BMR ne sévissaient que chez nous !

Un silence embarrassé s'installe.

— Ben... non, bien sûr, avoue ma voisine, dont la voix incertaine trahit soudain l'inquiétude. Ils sont partout, ces fumiers.

Mon premier réflexe est alors de me retourner en tendant attentivement l'oreille...

Rien.

— En tout cas, on dirait qu'ils nous ont oubliés.

— Yvon et Jack auraient fait un nettoyage total, l'autre nuit, sur les bords du lac ?

— Ça voudrait dire que la motoneige parvenue à la cabane serait la seule qui soit arrivée à passer le mur de feu ?

— Moi, ça m'étonnerait qu'ils aient réussi à les fumer tous.

Jack et Yvon sont en grande conversation au cœur du *Seagull*, à l'arrêt depuis une bonne demi-heure maintenant.

Le jour décline lentement autour de nous tandis que je m'applique de mon mieux pour dénicher dans ce bled de la mort le moindre signe de vie.

Mur après mur, maison après maison, fenêtre après fenêtre, je scrute, je sonde, transperce les volets, les rideaux, invente des vies, des visages, des sourires, des voix, des conversations, des odeurs de cuisine, de cheminée, mais en vain.

Il y aurait bien cette bâtisse coincée entre deux hautes maisons près d'un vieux porche en pierre, et dont, contrairement à ses voisines, la fenêtre du bas ne possède aucun volet. En fait de fenêtre, il s'agit plutôt d'une sorte de grande baie vitrée dont la base baigne dans la neige du trottoir. Ce pourrait être la devanture d'un petit magasin.

Sur le côté droit, au bas de la vitrine, un mince trait de lumière filtre de temps à autre entre le mur et le rideau censé soustraire la vie de l'intérieur aux regards du dehors.

Pas de doute : s'il y a de la vie dans ce coin paumé, elle est là.

— Yvon ! Jack ! Venez vite, j'ai trouvé !

Alertés par mes appels, les deux adultes ne tardent pas à jaillir sur le pont et constatent après quelques secondes d'observation qu'effectivement, l'épais rideau sombre s'écarte régulièrement d'une manière à peine perceptible, livrant à la rue un furtif jet de lumière qui trahit une présence humaine.

— Café du Rail... C'est un ancien bistrot, décrypte Jack. On aperçoit encore son enseigne qui pendouille au-dessus de la porte. Bien joué !

— Enfin une bonne nouvelle ! s'exclame Yvon, tout guilleret. Ce soir, on va aller boire un coup !

Nous assistons alors à une scène qui dépasse l'entendement : sans attendre, mon grand-père ôte gants, anorak et tout le reste jusqu'à se retrouver en slip, imité en cela par son compère.

En une seconde ils s'arment de leur lampe frontale puis descendent l'échelle de corde pour se retrouver dans la neige, et Snow, qui vient de sauter, s'en donne à cœur joie. Je suis certain que si Jack ne lui avait pas passé une muselière pour l'empêcher d'aboyer, toute la population du patelin, si population il y a, nous aurait déjà repérés !

— Allez, les jeunes, je vous avais promis un bain ce soir ! Eh bien, c'est le moment d'y plonger pendant qu'elle est chaude !

— Chaude ?! Mais vous êtes dingues ! rétorque Mélanie, l'index sur la tempe.

— Et puis, pas question de passer une journée de plus aussi sales que des cochons, continue Jack en claquant des dents.

Yvon nous indique alors la technique en quatre points :

— C'est simple, précise-t-il. 1. oublier la température et ne pas réfléchir, 2. se dire qu'on ne s'est pas lavés depuis des jours et que, contrairement à vos habitudes d'ado à la maison, vous n'allez pas y passer une heure et nous vider un ballon d'eau chaude ! 3. se convaincre qu'il fera forcément plus chaud après ! 4. bougez, ou je viens vous chercher !

S'ensuit une incroyable bataille de boules de neige, l'intérêt du jeu étant de se décrasser le plus vite possible, quelques minutes seulement, avant de remonter à bord pour se frotter les uns les autres à l'aide de serviettes-éponge ; technique qui devrait nous éviter d'attraper la mort.

Bien sûr, Thibault, qui ne manque jamais une occasion, en profite pour régler à l'amiable ses derniers comptes avec Cap'tain Jack.

Sachant qu'il peut compter sur mon aide, nous nous jetons dans les jambes du géant qui s'apprêtait à remonter à bord.

Plaqué comme au rugby, ce dernier s'affale dans la poudreuse sans toutefois s'avouer vaincu. Du coup, c'est déguisés en ours polaires et totalement hilares que nous regagnons tant bien que mal le bord.

La castagne n'aura duré que quelques instants mais restera certainement l'un des meilleurs moments de cette histoire.

Puis, tous attablés devant un bouillon de légumes brûlant, nous retrouvons peu à peu nos sensations.

Mélanie éclate tout à coup de rire.

— Mon pauvre Thibault, t'es tellement rouge que si tu mets le nez dehors, sûr qu'avec un phare qui brille comme ça dans la nuit, on se fait tous gauler !

Mais l'intéressé est trop fatigué pour relever.

— Ça commençait à sentir le phoque là-dedans ! s'écrie Yvon, euphorique, tandis qu'il saute dans de nouveaux vêtements chauds.

Pendant le dîner, le Taureau met en place la stratégie qui devrait nous permettre d'entrer en contact avec les gens du bistrot. Peut-être qu'ainsi nous en apprendrons davantage sur la rébellion qui semble s'être répandue dans les grandes villes.

— Nous nous approcherons du village pour le traverser, et laisserons filer le *Seagull* sur quelques mètres après le Café du Rail. Question de sécurité...

Tout en exposant sa stratégie, Jack enfile le micro à oreillette qui lui servait à échanger avec Yvon quand il barrait le *Bugale*.

— Snow restera à bord. Un engin comme le nôtre peut attirer les convoitises, déclare-t-il en bouclant son anorak.

Mon grand-père, qui a compris le plan, s'empare à son tour de son micro. Il établit la connexion sur une nouvelle fréquence et place l'objet avec mille et une précautions au beau milieu de la table du carré.

— Si nous avons de la visite, Snow saura comment s'y prendre pour nous le faire savoir, dit-il, affairé.

À l'heure prévue, le *Seagull*, poussé par une légère brise, laisse derrière lui notre champ de bataille. Il se glisse discrètement dans la nuit et gagne le centre du village à la manière d'un bateau fantôme.

Nous amarrons notre machine à la carcasse d'un camion dont seule la cabine émerge encore des flots laiteux qui contrastent légèrement avec l'obscurité.

— S'il y a du grabuge, Iwan, vous grimpez et tu coupes sans réfléchir.

— Oui, comme d'habitude.

— Humm... Sans traîner en route, cette fois !

Je souris.

*

Le commando a mis pied à terre et longe à présent les murs sur une neige complètement verglacée. Il nous faut faire preuve de la plus grande prudence pour ne pas aller nous y casser les dents.

Tout comme dans le boyau qui menait au hangar nord, c'est Jack qui a pris la tête du convoi, suivi à la trace par Mélanie et Thibault. Je sens derrière moi la présence rassurante de mon grand-père qui me glisse de temps en temps un « Ça va, p'tit gars ? » auquel je réponds par un « Ouais » que j'espère convaincant.

Après quelques minutes d'une marche laborieuse, alors que nous sommes tout proches de l'objectif, il m'intime l'ordre d'éteindre ma lampe frontale et de faire suivre la consigne vers l'avant. Et les lumières s'effacent l'une après l'autre, laissant place à la nuit éclairée par une lune hésitante dont la lueur est parfois dissimulée par le lourd coton gris foncé d'un nuage égaré.

De très haut, près des étoiles, nous parvient l'écho d'un avion qui file vers l'ouest. Je suis du regard ses minuscules clignotants rouges et blancs et, l'espace de quelques instants, imagine notre évasion de cette glacière.

Une nuit de tempête, on braverait la surveillance d'un aéroport et on piquerait un avion. Fox et Bull doivent bien savoir piloter ça aussi. Ensuite, on le lancerait plein pot sur la piste et on décollerait au nez et à la barbe des BMR.

Bien sûr, à bord, il y aurait une place pour mes parents, et ma grand-mère Jeannig, pour Mélanie, juste à côté de moi, et aussi pour sa mère, Annaë Kerviche.

Et puis, il y en aurait aussi une pour Ian, avec en soute toutes ses guitares. Enfin, celles qui lui restent.

Après, on volerait par-delà le Mur, jusqu'à se trouver un nouveau pays où les gens sont cool. Un pays où on aurait le droit de faire de la musique, du dessin, de la danse, de l'équitation, de lire des bandes dessinées, de sortir dans la rue pour jouer au foot, faire du roller, du vélo, discuter avec les copains, aller au ciné ou de s'éclater autant qu'on veut sur des consoles de jeu ! Il ne serait plus interdit d'avoir un chien ou un chat, ou les deux, à la maison. Et on pourrait aussi ne rien faire sans que ça rende les parents dingues d'inquiétude.

Et surtout, au collège, on pourrait choisir ses matières, aller aux cours qu'on aime, aux heures qu'on aime, et en fin de trimestre il n'y aurait pas de notes !

Enfin, super important : il n'y aurait pas le gros Tornyol et sa bande de bouffons...

Mais l'avion s'est éloigné en emportant mes rêves.

Mes pas se font plus hésitants.

Ne pas s'étaler sur cette glace en béton.

Le Café du Rail est là, à moins de cinquante mètres... S'en approcher sans être ni entendus ni vus.

Surveiller chaque mouvement du rideau, profiter de chaque rai de lumière pour avancer d'un mètre en évitant la chute.

Qui peut bien être là, à guetter la rue toutes les deux minutes, mettant en péril ceux qui sont à l'intérieur ?

Et si c'était un piège des gens d'ici ? Des BMR ? Des Longs Manteaux ? Des trois à la fois ?

Et si cette lumière était volontairement projetée dans la rue afin d'attirer les fouineurs indésirables pour ensuite leur faire la peau ?

Après tout, lorsque Jack et Yvon ont allumé le grand feu sur la cale, c'était le parfait guet-apens pour nos poursuivants.

Les mots du Taureau me reviennent en tête : « *L'attaque viendra forcément de l'embarcadère* ». Il savait qu'en les guidant, il…

Sur l'avant, la colonne bifurque brusquement dans une ruelle adjacente, et c'est Yvon qui part seul en reconnaissance.

— On attend là, murmure Jack.

Il s'est adossé à l'angle de la maison que nous longions et nous tient tous les trois recroquevillés contre lui.

D'où nous nous trouvons, je distingue la silhouette de mon grand-père qui profite de chaque flash pour évaluer l'intérieur du café.

À peine quinze secondes qu'on est à l'arrêt et je sens déjà le froid me dévorer les pieds et bientôt les jambes. Dans une minute au plus, je claquerai des dents, avant de geler sur place.

J'imagine la surprise des gens qui survivent dans ce bled si demain matin, ils venaient à découvrir les pauvres bougres que nous sommes, figés comme des statues de glace contre ce mur !

Quelque chose vient de bouger, pas loin sur notre droite. Frôlement.

Jack n'a pas bronché. Moi, j'ose à peine tourner la tête. Trop peur de faire le moindre bruit.

Quelqu'un marche.

Non, c'est plutôt quelqu'un qui glisse. On dirait que ça vient d'un toit, au fond de la ruelle…

Mais qui pourrait bien se promener sur un toit à cette heure-là ?

Coup d'œil vers Jack. Il ne cille toujours pas.

Pourtant, à deux pas, ça glisse là-haut, j'en suis sûr. Thibault n'est pas tranquille, il se racle la gorge.

Je parviens à tourner lentement la tête dans la direction d'où provient le bruissement, tentant d'apercevoir au moins une silhouette.

C'est un chat ! Sa couleur sombre se découpe sur la neige. Il se tient en équilibre sur une énorme plaque de glace, qui finalement bascule et vient finir sa course sur un appentis dont elle pulvérise la toiture.

Le vacarme est assourdissant et le miaulement de l'animal effrayant.

En un éclair, la porte du bistrot s'ouvre. Elle libère deux ombres qui empoignent fermement Yvon et l'entraînent à l'intérieur.

Raidissement du rideau ou extinction instantanée des feux dans le bistroquet. Un nouveau vent de panique s'empare de moi.

— On ne bouge pas, expire Jack entre ses dents en me tapotant l'épaule. On ne bouge pas.

La colère me gagne et je ne peux réprimer un profond soupir. Merde, c'est quand même mon grand-père !

— J'ai dit « on ne bouge pas », insiste notre garde du corps, ripostant à mon impatience.

J'hallucine ! Il lit aussi dans les pensées, ou quoi ?

L'attente est cependant de courte durée.

— Regardez ! chuchote soudain Mélanie. Regardez !

La porte du bar s'est à nouveau ouverte et une demi-douzaine de faisceaux de lampes se dirigent droit vers nous.

À deux centimètres de mon oreille, le déclic discret d'une arme qu'on charge. Jack est paré. Y a intérêt, car au rythme saccadé des pas sur le sol, je devine une bonne poignée de types, bien décidés à venir nous saluer.

Le Bull, qui ne fait jamais la cuisine, n'a sans doute aucune idée de la sauce à laquelle nous allons être mangés. C'est sans doute la raison pour laquelle, sentant le danger arriver, il nous plaque dos au mur et se poste devant nous, lampe frontale allumée.

Nous l'imitons immédiatement.

Les autres s'arrêtent, à un mètre à peine.

Les faisceaux lumineux s'entrecroisent, éclairant armes et visages avant qu'une voix rauque ne lâche sèchement :

— Ton flingue.

En face, ils sont en nombre et armés. Jack n'oppose aucune résistance, il n'aurait aucune chance. Il tend son arme qu'une main saisit.

— Suivez-nous.

— On y va, nous adresse alors Jack, la voix grave.

Posté sur la droite du Taureau, je me positionne sensiblement derrière lui. Et Mélanie... Où est Mélanie ?

Un ou deux hommes rebroussent déjà chemin et nous nous mettons en marche dans leurs pas alors que les trois ou quatre autres nous suivent en nous bousculant sans ménagement.

Thibault, lui, lâche à qui veut bien l'entendre des « Ouais, c'est bon, tu me touches pas ! », des « Bon, ça va, on a compris ! » ou des « Oh ! Faut se détendre, un peu, là ! » à celui qui le pousse dans le dos, et j'entends enfin la voix de Mélanie à gauche de Jack.

Parvenus devant l'entrée, des mains nous forcent à passer la porte alors que d'autres ne tardent pas à nous ligoter sur de vieilles chaises en bois.

Obscurité.

Chaleur.

Quelqu'un est là-haut, qui marche lentement.

Odeur de la cire chaude des bougies qu'on vient de souffler. Odeurs d'alcool, de crasse, de tabac.

Visiblement, Yvon a dû raconter notre histoire à ces types qui veulent s'assurer qu'il leur a dit la vérité. L'un d'entre eux doit même s'être rendu au *Seagull*, car je perçois les aboiements de Snow à travers l'oreillette de Jack sur le siège voisin.

Un toussotement tente de tromper l'angoissante attente.

Je me surprends à songer au moulin de Ian, à l'arrivée de Torg et Nag chez moi...

Nous étions seuls, Thibault, Mélanie et moi, et avec un peu de chance et beaucoup de culot, nous nous en sommes sortis. Cette fois, nous sommes cinq !

Et comme chacun sait, cinq, c'est mieux que trois !

Tout va bien se passer !

Tiens, les aboiements ont cessé...

À nouveau, ces pas au-dessus de nos têtes...

J'ai les pétoches... enfin, pas trop, mais un peu quand même. Le calme apparent de mes compagnons me rassure.

Il est vrai que si ces gens-là avaient voulu nous régler notre compte, ils l'auraient fait depuis longtemps et auraient ensuite procédé aux vérifications. Comme le gros Tornyol qui prétend qu'il faut d'abord cogner et discuter après !

Tornyol... Qu'est-ce qu'il a bien pu devenir, ce boulet ? Si on avait dix ans de plus, je suis certain qu'il ferait partie de ceux que nous avons aux trousses.

Je sursaute.

Des pas au-dehors.

La porte de l'entrée vient de s'ouvrir et la lueur rectiligne d'une torche tranche le noir qui nous emprisonne.

— La lourde[22] ! râle une voix.

Tours de clef. Nouveau silence. Des pas claquent sur le carrelage. Chuchotements.

J'allonge dans l'obscurité la jambe vers le siège voisin, histoire de toucher le pied de Jack et de me donner du courage.

Thibault tousse de plus belle.

À quelques mètres, on parle à voix basse. Celui qui vient d'entrer confirme sans doute aux autres la version de mon grand-père.

Déclics d'un briquet. Retour de la lumière...

Une chandelle sur le rebord de la fenêtre d'abord, puis une autre sur une table, et plein d'autres encore, nous dévoilent une salle carrelée d'à peu près dix mètres sur six dans laquelle quelques personnes sont assises à des tables et nous dévisagent sans rien dire...

Ni photos ni tableaux, aucune décoration sur les murs jaunis de la pièce.

À gauche, trône un long bar en acajou massif sur lequel sont posés verres et bouteilles. Il s'étale sur toute la longueur

22. Porte, en argot.

du mur du fond orné d'un grand miroir dont la glace fêlée à différents endroits réfléchit la timide lueur des lumignons.

À son extrémité, une petite table sur laquelle sont accoudés deux jeunes à peine plus âgés que nous.

La fille, qui doit avoir dans les seize dix-sept ans, tapote discrètement l'écran d'un *laptop*. Il y aurait donc du réseau dans ce bled ?

La tête légèrement inclinée, le garçon, plus âgé, nous observe en tournant lentement son verre entre ses doigts. Je nous sens observés et je trouve cela très désagréable.

Le faible éclairage me permet tout de même d'apercevoir à leurs pieds sacs à dos, gants épais, bonnets et écharpes.

Ils ont étalé leurs deux vieux manteaux de peau râpés sur le radiateur, derrière eux.

Ils ont l'air de voyageurs en transit... comme nous.

Le chemin chaotique sur lequel Nag avait engagé son engin et ses hommes était terrifiant.

Son portable n'avait cessé de sonner durant la journée. Il s'agissait chaque fois d'hommes qui, attirés par l'argent qu'il promettait, rappliquaient pour se joindre à la meute et participer à cette partie de chasse prestigieuse.

Les Longs Manteaux, que les BMR armaient depuis des mois, lui renvoyaient aujourd'hui l'ascenseur et il leur en était reconnaissant. Il sentait monter en lui le désir de puissance, de pouvoir. Très bientôt, il serait un homme célèbre, un chef incontournable, respecté et craint. On parlerait de ses exploits à la radio, sur les écrans, et dans la presse de propagande.

C'est sûr qu'après ça, à la maison comme au boulot, ça allait filer droit et en sourdine !

— Je vais vous mater, moi, vous allez voir, ricanait-il avec délice en pensant à sa femme et à sa belle-fille.

Marqués par les ecchymoses, son corps et sa tête s'étaient finalement accoutumés à la douleur.

C'est donc nourri de haine et de sa gloire future qu'il avait recouvré la quasi-totalité de ses moyens physiques au fil du voyage.

Le vent de sud-est avait, au fil des heures, poussé le convoi vers ce passage que les Longs Manteaux surnomment *White Snake*[23].

Lors d'un « arrêt cigarette », logé sur le siège passager derrière lui, Darko, chef de file des Longs Manteaux, s'était esclaffé de ce rire gras reconnaissable entre mille :

— Regardez-moi ces pétochards ! Ils s'enfilent sur le Snake maintenant ! C'est plus de la chasse, ça ! On va les tirer comme des éléphants dans un couloir de métro !

Sa remarque avait amusé toute la bande.

Crachant dans la neige un jet de salive noirâtre, le pilote de l'engin voisin se mit à faire hurler son moteur en clamant qu'il les avait dans son viseur, ces éléphants ; là, à moins d'une centaine de mètres devant eux. Qu'il n'y avait qu'à les descendre.

Darko attendit qu'il se calme avant de s'adresser, impassible, au seul maître de l'expédition :

— Dis donc, Nag, on a hâte de toucher not' blé, mes hommes et moi !

Nag se rappela alors vaguement les mille euros promis par Torg, mais préféra s'attarder sur le côté festif de la partie dans laquelle ils s'étaient tous engagés. Il ajouta même que d'autres auraient payé pour y participer.

---

23. Le Serpent blanc.

— Ce qui a été dit sera fait, se contenta-t-il de lâcher sans quitter le second voilier des yeux.

Un éléphant dans un couloir de métro... C'était peinard en effet, et l'idée qu'il n'y ait qu'à suivre le mouvement sur cette satanée voie l'enthousiasmait.

Au pire, s'il venait à les perdre de vue, la puce du clébard serait là pour lui indiquer le chemin.

Le gang reprit la route en toute sérénité.

Nag savait qu'en restant ainsi positionné derrière eux, il leur mettait la pression, les poussait à la faute.

De temps à autre d'ailleurs, balayés par un coup de vent plus violent que les autres, les voiliers partaient dans de dangereuses embardées à la limite du dérapage incontrôlé ou du basculement dans le vide d'un ravin. À d'autres moments, ils manquaient de se planter dans le pied des falaises qui bordaient la dorsale.

Il se régalait alors à l'idée de les voir se percuter l'un et l'autre et se disloquer sous l'effet du choc. À pareille vitesse, lui et sa bande n'auraient alors plus qu'à ralentir avant de s'arrêter pour aller calmement constater les dégâts et compter les morceaux. Ils arracheraient ensuite leurs lunettes protectrices aux survivants pour laisser l'aube blanche finir le boulot. La mort ferait le reste.

Il accéléra en souriant sous son écharpe.

Et puis non. Réflexion faite, cette perspective ne l'enthousiasmait pas vraiment. À bien y réfléchir, laisser le soleil et la mort finir le travail à sa place, ça lui aurait gâché le plaisir.

C'était lui, l'Exterminateur, et personne d'autre ! D'ailleurs, il l'avait clairement stipulé à ses hommes : il n'hésiterait pas à buter le premier d'entre eux qui oserait se payer le luxe de dézinguer un des fugitifs sans en avoir reçu l'ordre.

L'instant suivant, alors que les motoneiges abordaient une vaste plaine, il décéléra en laissant volontairement son gibier prendre un peu le large.

Il aimait ce jeu où il maîtrisait la situation, où il avait droit de vie et de mort sur d'autres humains. Un chat. Des souris.

Il les lui fallait vivants.

S'il était de bonne humeur le jour où il leur mettrait la main dessus, il en fourguerait peut-être quelques-uns au Wagon[24].

La vie sauve à Tombmor, même aveugle, c'était déjà pas si mal pour cette bande de rats.

Il laissa filer encore.

Plus tard dans l'après-midi, alors que la horde était à nouveau à l'arrêt, son lecteur GPS indiqua à Nag que les deux catamarans poursuivaient leur route vers le nord.

Mais qu'allaient-ils donc chercher au nord ?

Les deux vieux avaient forcément remarqué le manège des motoneiges à leur suite. Nag en était convaincu lorsqu'il les rattrapa en début de soirée à l'entrée d'un bled, le premier depuis le lancement de la traque. Pourtant, Malaterre et le Magicien semblaient ne pas lui accorder la moindre attention. « Ils font les malins », pensa-t-il, caustique.

Darko tapa sur l'épaule de son patron, avant de pointer du doigt des hangars en bordure de voie. Mais ce n'étaient

24. Nom donné par les Mange-Rêve aux trains transportant les déportés vers Tombmor.

pas les bâtiments qui retenaient l'attention du chef. C'était plutôt cette unique chemin qui traversait le bourg, passage obligé, bordé à droite comme à gauche d'une sorte de corniche surélevée.

Nag leva la main pour stopper le convoi alors que les voiliers, qui avaient considérablement réduit leur vitesse, pénétraient l'un derrière l'autre dans la passe en contrebas des quais.

Il vit dans ses jumelles que des sentinelles avaient installé des feux de surveillance sur toute la longueur de l'artère, alors que d'autres individus se tenaient en arrière dans la pénombre naissante, visiblement armés de gros calibres.

Il y avait du monde à la réception, trop de monde. Ces femmes et ces gosses, en bordure de quai, qui entretenaient les feux et paraissaient échanger avec les deux équipages juste devant, ça n'augurait rien de bon.

Un piège !

Aucun doute, ce plan-là puait le guet-apens !

Les deux anciens de l'antiterrorisme l'avaient ignoré toute la journée pour mieux l'entraîner dans ce traquenard avec ses hommes, c'était l'évidence !

Malgré le mouvement des hommes armés sur le quai de la gare et les protestations encore contenues de quelques-uns de ses compagnons de route, Nag décida de poursuivre la progression, convaincu qu'il valait mieux foncer dans le tas que de capituler au premier écueil. Il était de plus hors de question de risquer le ridicule en refusant l'obstacle.

Il s'engagea donc entre les deux corniches de béton, cinquante mètres à peine à la suite du second catamaran à bord duquel le clebs s'était mis à gueuler.

Le gosse à la barre ne cessait de se retourner en essayant de planquer sa trouille. Mais il en était sûr, ce petit con faisait dans son froc. Le Magicien, lui, il allait d'avant en arrière ou parcourait les bras de liaison d'un flotteur à l'autre, visiblement en grande conversation avec Malaterre à bord du premier voilier. Nag aurait payé cher pour entendre ce qu'ils se racontaient.

Il accorda dix minutes à Darko, pour repérer la fréquence radio utilisée par les fuyards. Il la lui fallait. En plus de la puce électronique du chien qui continuerait de la guider, ils allaient ainsi se payer le luxe de suivre la totalité de leurs conversations.

— Si tu la trouves, cette fréquence, déclara-t-il à son passager, en plus de l'image on aura du son et moi, je te donnerai du blé !

— Ah ah ! Y a qu'à demander ! répondit son acolyte, fier de la nouvelle mission que lui confiait son chef.

Peu importait le piège, ils allaient passer au travers et lancer bientôt une attaque décisive.

Nagorne mettait secrètement en place son programme d'attaque lorsque le rugissement de moteurs lancés à pleine vitesse lui parvint depuis l'arrière.

Deux nouvelles bécanes rejoignaient le groupe et, à l'allure à laquelle les gerbes de neige pulsaient de part et d'autre des machines, il y avait fort à parier que ces lascars-là cherchaient du grain à moudre !

La couleur rouge feu des carlingues le renseigna instantanément.

Dilhar et Ducan…

Les deux jeunes de dix-huit et vingt-et-un ans avaient dans un premier temps refusé de participer à la partie de chasse, mais ils s'étaient bien vite ravisés lorsque Nag leur avait annoncé au téléphone l'attentat dans lequel Torg, leur père, venait de perdre la vie.

Après des retrouvailles sans grande chaleur, les deux frères conseillèrent à Nag de scinder son groupe en deux.

Ce dernier s'entêta cependant à « foncer dans le tas », comme il disait, avec ses têtes brûlées les plus fidèles. Le reste du gang n'aurait qu'à contourner le village pour surprendre les fugitifs à la sortie.

Ainsi pris dans l'étau, les deux voiliers n'auraient aucune chance d'en réchapper.

— La mort aux trousses ! hurla Nag, frénétique, debout sur son engin. On leur met la mort !

Ni Dilhar ni Ducan n'accordèrent d'attention à l'euphorie du complice de leur défunt père. Nag s'en amusa d'un mépris réciproque. Il connaissait les deux jeunes depuis longtemps. Leur père les avait toujours laissés traîner sans vraiment se préoccuper des drogues qu'ils fumaient, avalaient ou s'injectaient ; pas plus qu'il ne s'était inquiété de la musique de sauvages qu'ils écoutaient ou des films de déglingués qu'ils mataient à longueur de temps.

Tout se passait dans la salle de cinéma de la maison lors des projections privées de films que Torg avait conservés après la mise à sac du cinéma.

Dilhar invitait ses potes et Ducan les siens.

Les premières fois, les jeunes se contentaient de fumer des trucs pourtant interdits, mais, l'alcool aidant, ils étaient passés à des défonces plus dures comme la MXE[25], une drogue de synthèse qui les rendait fous furieux.

Torg, par son statut de patron des BMR locales, avait toujours réussi à camoufler ce qu'il appelait « des accidents de parcours ».

Nag se rappela de ce Krisz qui s'était jeté du balcon dans la salle en se prenant pour un ange. Son cadavre fut retrouvé quelques semaines plus tard dans les courants du golfe où ses copains en panique l'avaient balancé.

Les nouvelles indiquèrent que le jeune avait probablement chuté de la falaise au pied de laquelle il avait trouvé la mort.

Les doses consommées devenant de plus en plus fortes, les « accidents » se multiplièrent, et le BTV[26] fit son apparition au côté du Sida, dont il était devenu l'une des mutations spontanées.

La personne contaminée voyait son sang et sa salive s'épaissir avant que cette dernière ne prenne, quelques semaines plus tard, une teinte noirâtre définitive. Venaient ensuite les hallucinations qui précédaient la folie.

Des bagarres toujours plus violentes éclataient pour un oui pour un non, toujours plus destructrices. Meurtres, viols et suicides tenaient du quotidien. Et la police corrompue transmettait inlassablement sa même conclusion à la presse : « *Retrouvé dans [ou sous] les glaces du golfe [selon la saison] après avoir chuté d'une falaise.* »

Or, Nag savait qu'aucune falaise ne bordait le golfe. Mais il avait choisi de la boucler. Rien ne devait contrarier ses

25. Méthoxétamine.

26. Blood Transmutation Virus.

projets d'accession au pouvoir. Il savait aussi qu'il n'était jamais bon de se mêler des affaires d'un supérieur.

Il s'isolait alors dans sa cave à vin pour faire passer sa colère et éviter les ennuis.

Attendre son jour.

Heureusement, Bogdich allait rétablir l'Ordre moral !

Le nouveau décret de loi punirait de mort tous les homosexuels, les consommateurs d'ecstasy, de MXE et autre *Brain Crack*.

Des trains entiers embarqueraient par dizaines ces dépravés, ces dealers, les marchands de rêves et de cauchemars artificiels, vers Tombmor, sortie définitive de ce cirque infernal.

Qu'un alcoolique condamne des drogués faisait sourire les fils de Torg. Connaissant les penchants de Nag, ils lui glissaient régulièrement une ou deux bouteilles de vodka afin qu'il oublie de cafter. Il serait ainsi plus facile de le faire plonger le moment venu.

Pour l'heure, ils allaient s'en tenir à ses ordres sans broncher. Mais pour l'heure seulement.

Leurs armes chargées, les deux frères rejoignirent les rangs et se soumirent aux directives de Nag.

Lorsque la troupe parvint entre les quais qui avaient dû autrefois servir à l'embarquement de passagers et de marchandises, au-dessus d'eux, les femmes, enfants et vieillards qu'il avait aperçus en arrivant avaient déserté l'endroit.

Des hommes armés jusqu'aux dents tenaient maintenant le premier plan de la scène. Ils ne laissèrent aucune possibilité de repli à son groupe.

Précédant le déluge de balles qui allait s'abattre comme une tornade sur la trentaine de véhicules engagés dans la passe, le second cata venait tout juste d'évacuer la zone.

C'est du haut des toits que les tirs étaient les plus précis. Certains hommes éclairaient le passage alors que des snipers, positionnés à des points stratégiques, l'arrosaient d'un feu nourri.

D'autres encore bouclaient la passe à l'arme lourde, interdisant du même coup toute retraite à Nag et sa bande.

L'esclandre dura une vingtaine de minutes tout au plus. Vingt longues minutes d'un orage de grêlons brûlants, les uns tenant à tout prix à forcer le barrage, les autres s'étant promis de les en empêcher.

Les BMR furent forcés à plusieurs reprises de descendre de leur engin pour courir se plaquer à la bordure du quai duquel dégoulinait une pluie de douilles brûlantes. Ils auraient voulu à cet instant être pierre ou ciment, se fondre dans les soubassements de l'édifice, devenir transparents, disparaître de la surface de la Terre.

Nag entendait le bruit mat et sec des balles qui pénétraient la poitrine ou la tête de ses compagnons en leur broyant les os. Ceux qui n'étaient pas atteints directement l'étaient par les projectiles fous qui ricochaient à la vitesse d'étoiles filantes sur les parois. Ceux-là ne remonteraient jamais plus en selle.

Il dut enjamber, repousser, marcher sur des corps, s'en servir de bouclier tout en pataugeant dans une boue où le sang s'était mêlé à la neige et plus tard à la terre, à l'essence. C'est avec beaucoup de chance qu'il rejoignit son véhicule et parvint à s'extirper du goulet, ignorant les blessés qui hurlaient de douleur dans la fosse derrière lui.

Il mit immédiatement plein gaz, pensant un court instant qu'il n'aurait peut-être pas dû s'obstiner. Mais il était trop tard.

Seulement six machines échappèrent au massacre. Six machines et dix hommes qui rejoignirent le second groupe totalement indemne, dirigé par les fils de Torg.

La horde venait de perdre une cinquantaine de ses éléments dont certains devaient encore chèrement défendre leur peau si l'on se fiait aux explosions qui persistaient dans la gare.

C'est lorsque Nag refusa catégoriquement d'aller porter secours à ses soldats que le ton commença à monter sérieusement.

— On n'a pas le temps, coupa-t-il en décollant ses lèvres d'une bouteille dont le contenu avait plus le goût de l'essence que celui de sa vodka habituelle.

Il savait qu'il avait eu tort, mais après tout, des Longs Manteaux, il en traînait plus que nécessaire dans tout le pays, alors trente ou cinquante de moins ou de plus, c'est pas ça qui allait changer la glace en eau !

Quant à ses hommes, membres des BMR, ils seraient cités comme « morts au champ d'honneur ». Le gouvernement leur remettrait une médaille à titre posthume, ça flatterait les familles fières de fabriquer des héros à présenter aux descendants, et on passerait à autre chose.

Il ignora les vociférations de ses compagnons et décida qu'il allait poursuivre vers l'est avec quelques irréductibles, son fidèle GPS lui indiquant que c'est dans cette direction que « les autres » avaient filé.

Il ignora également Dilhar et Ducan qui filaient plein nord, suivis par ceux qui pensaient avoir trouvé en eux deux jeunes meneurs bien plus éclairés.

Mais les rails caractéristiques laissés par les skis des catamarans avaient subitement disparu de la surface trop glacée du lac pour y laisser des traces.

La nuit s'annonçait longue et difficile. Dans le doute, Dilhar stoppa le convoi.

Les deux jeunes préféraient suivre leur instinct plutôt que de se fier à un appareil électronique possiblement détraqué par le froid extrême. Pourquoi en effet, après avoir parcouru tout ce chemin cap plein nord sans s'en être une seule fois déroutés, les deux équipages auraient-ils tout à coup décidé de bifurquer vers l'est ?

— Il est complètement à la masse, le Nag, ironisa Ducan, installé en tête.

— Complètement vieux, surtout ! C'est à cause de l'entêtement de cette tête de pioche que le père est mort, acquiesça son frère d'un ton qui débordait de haine.

— T'as une idée de l'objectif ?

— Sûr que j'ai une idée. Et plutôt précise, même, frérot !

Tout en freinant de la gauche, il tourna à fond la poignée des gaz de la main droite pour faire chauffer davantage le moteur de son engin. Le rugissement déchira la nuit, bientôt suivi d'une gigantesque rumeur propagée par les bécanes voisines qui lui répondaient en écho.

De temps à autre, le fils de Torg relâchait le frein pour le resserrer dans la seconde sans pour autant baisser de régime. Cela avait pour effet de faire bondir la motoneige qui se cabrait sur place comme un cheval fou.

Il leur tardait à tous de poursuivre la traque.

La nuit était presque totalement tombée sur l'immensité glacée et, malgré les équipements, le froid pénétrait les corps jusqu'aux os.

Ducan frissonna.

— Alors ? lança-t-il impatiemment.

— Alors ? répliqua son aîné.

Il s'alluma une cigarette avant de poursuivre :

— Alors, si le gibier file plein nord depuis son départ du golfe, ce n'est certainement pas pour aller y chercher des secours.

— Et donc ?

Un coup d'œil circulaire permit à Dilliar d'apercevoir les visages interrogateurs des Longs Manteaux dans la lueur des phares. Ils étaient visiblement curieux d'en apprendre davantage.

Le jeune type se ravisa, jugeant qu'il était plus prudent de garder ses intuitions pour lui.

— Et donc… rien, termina-t-il avant de lâcher le frein pour s'enfoncer dans la nuit.

*

Le vent revenait et avec lui son lot de nuages chargés de neige.

— On fonce plein est ! cria Nag à son coéquipier. Le coup de l'embuscade, c'était bien vu de leur part mais on n'y a perdu assez de temps. Les deux vieux commencent à prendre de l'âge, plaisanta-t-il à l'adresse de ceux qui l'entouraient.

Il mit à nouveau plein gaz, conscient que plus il ridiculiserait Malaterre et le Magicien aux yeux de ses fidèles, plus il aurait de chances de retrouver leur confiance et celle de la totalité du gang, les fils de Torg compris.

Il disposait d'un nouvel atout que les autres n'avaient pas : la liaison radio entre les deux catamarans.

— La puce du clebs qui clignote sous mon nez et bientôt la radio, c'est trop fort ! brailla-t-il, enthousiasmé par la situation.

Il était d'autant plus confiant que l'écart semblait se réduire entre son équipe et le point lumineux, écho de la puce à l'écran.

Mais ce cataski qui partait de plus en plus fréquemment dans de longs surfs anarchiques lui posait problème.

— Ça l'fait pas, s'énerva-t-il au bout d'un moment.

Ralentissant l'allure, il tapota nerveusement l'écran et ne le quitta plus des yeux, intrigué.

Cela dura un bon moment. Jusqu'à ce que le fameux point lumineux se retrouve au même niveau que son escouade.

— Nom de dieu, ben ça ! s'exclama Darko qui s'était penché vers son pilote pour mieux observer le cadran où de nouveaux flocons arrivaient en pagaille.

Il cracha à terre et son regard tenta de percer la nuit autour du groupe.

Rien.

C'était à n'y rien comprendre.

Christian Nagorne ordonna à tous ses sbires de couper les moteurs. Il voulait écouter.

Il ne resta qu'un silence pesant dans une nuit noire comme de l'encre chahutée par le vent.

Pourtant, il les sentait ! Il les sentait là, tout proches, à l'arrêt, planqués, prêts à en découdre.

Ses tempes battaient à lui faire éclater la tête, mais ni les mots d'encouragement ni le déclic des armes que ses acolytes rechargeaient les uns après les autres ne parvenaient à le calmer.

Une longue attente débuta alors. Elle lui rappela celle que Torg avait ordonnée à la sortie de chez Malaterre, juste avant que ce maudit bunker ne crache ces rafiots de la mort.

Mais il ne se ferait pas prendre une seconde fois ! Les autres finiraient bien par faire du bruit. Reniflant leur présence, le clébard finirait bien par aboyer...

Le froid gagnait les corps aux aguets. Ils tinrent ainsi une bonne demi-heure avant de se résoudre à abandonner le guet.

Ils mirent pied à terre.

Un détachement entreprit de fouiller les proches environs à l'aide de torches électriques. Ce n'est qu'au bout d'une quinzaine de minutes qu'un des hommes rameuta toute l'équipe. Il venait de découvrir un renard aveugle, blotti dans une carcasse de voiture. L'animal portait sous l'oreille droite une cicatrice toute fraîche qui ne laissa aucun doute au Mangeur :

— Ce fumier l'a transplantée !

La stupéfaction laissa vite place à la colère.

— Gagner du temps ! Voilà ce qu'ils voulaient, ces enfoirés ! gueula Nag en rossant à coups de pied les restes rouillés de la voiture.

Il n'en revenait pas de s'être fait berner de la sorte. Autour de lui, les hommes s'étaient remis à ronchonner et ce n'était pas du tout bon pour ses affaires.

— Et où sont les autres ? aboya-t-il encore en direction de celui qui avait découvert la supercherie.

— Ils ont suivi les deux jeunes vers le nord, répondit l'interpellé.

— Hé, Nag, amène-toi ! interrompit brusquement Darko resté sur la motoneige.

Une pastille minuscule dans chaque oreille, il suivait une conversation radio de la plus grande importance.

— Ah, les cons ! Je les capte ! Ils sont sur le lac ! Ils essaient de nous semer... Ils vont se poser près d'une ancienne école de voile de l'autre côté... Ils comptent y passer la nuit... Ils...

— Ils quoi ?

— Ils nous ont repérés.

— Merde ! C'était trop beau !

Les flocons se faisaient de plus en plus épais, le vent montait en puissance.

Nag enfourcha son engin et démarra en trombe. Le lac... C'est là-bas que tout allait se jouer.

S'ils voulaient passer une nuit tranquille, c'était sans doute pour réparer ou parce que les gosses n'en pouvaient plus de fatigue.

L'équipe de Nag eut tôt fait de rejoindre celle de Dilhar et Ducan qui tournait en rond sur l'étendue glacée. Le noir le plus total en interdisait la moindre sortie à toute personne non équipée d'un système capable d'éclairer sur une très longue portée.

Et ils allaient désormais devoir faire sans la liaison radio. Autant dire que l'affaire se compliquait sérieusement.

Les trois leaders décidèrent enfin d'une stratégie commune consistant à longer systématiquement la berge à la recherche de tous les embarcadères existant sur son pourtour.

Et la tactique fut payante. C'est Ducan qui, le premier, repéra une lueur orangée sur un quai. Un scintillement tout d'abord.

Tous stoppèrent immédiatement leurs bolides et les jumelles à infrarouge détaillèrent un réverbère positionné à terre.

Son halo lumineux leur parvenait entre deux averses de neige que le vent balayait violemment.

Une nouvelle tempête s'installait sur la région et ils allaient devoir se trouver une planque au plus vite, en attendant qu'elle passe.

— On fonce ! décréta Ducan, il faut absolument quitter ce lac. Ça va méchamment souffler cette nuit.

Nag avait suivi le mouvement sans ouvrir la bouche. Après ses dernières déconvenues, mieux valait se faire discret. De toute manière, ils devaient rester groupés et garder cette lumière en point de mire, ne rien tenter au risque de se perdre.

Le visage brûlé par le froid, les hommes recouverts de givre avaient une nouvelle fois ajusté écharpes, capuches et gants avant de se remettre en route.

Par moments, le déchaînement des éléments était tel, sur cette étendue dépourvue de tout coupe-vent, que les engins étaient déportés sur la glace. Les pilotes devaient alors user de toute leur habileté pour éviter les accrochages et la casse.

Dilhar conseilla de ralentir l'allure. Mieux valait en effet atteindre l'objectif tard que pas du tout.

Rester ensemble était également un impératif.

C'est donc en un groupe compact d'une vingtaine de motoneiges que se fit l'approche de la rive.

La neige malmenée par le vent empêchait le plus souvent la moindre visualisation de la lumière orangée qui, au fil de la pénible progression, semblait prendre davantage l'allure d'un feu que celle d'un réverbère...

Parvenus à cinquante mètres à peine du bord, ils passèrent et repassèrent encore au pied de la cale derrière laquelle reposait l'un des cataskis.

Un gigantesque feu avait bien été allumé. Il résistait aux typhons qui se succédaient dans la passe.

Ils s'assurèrent par un dernier passage qu'ils ne rêvaient pas.

— T'en penses quoi ? lança Ducan à l'adresse de son frère lorsque tous furent au plus près.

— J'en pense rien ! répondit Dilhar, préoccupé.

Un membre de l'escouade décréta que ce n'était pas bon signe. Que le Magicien disposait d'énormes pouvoirs. C'est lui qui avait provoqué cette tempête pour tenter de les désorganiser encore. C'était évident.

Les deux frères ne tinrent pas compte de son délire et continuèrent d'avancer sur quelques dizaines de mètres encore, avant de stopper les machines, de couper moteurs et phares. Ils rampèrent ensuite prudemment jusqu'à toucher la rive.

Nag, posté derrière ses jumelles, pressentait un nouveau piège. Il le sentait là, énorme, prêt à fonctionner et à engloutir ceux qui auraient l'impudence de l'approcher.

Il connaissait Malaterre et son diable de copain mieux que quiconque.

Son dernier traquenard lui avait coûté des soldats par dizaines, et celui d'avant avait arraché la vie à son meilleur collègue.

Porté par sa certitude, il fit part de ses impressions sans toutefois donner d'ordres.

Ce feu et ce voilier plantés là, sans même un homme de veille, c'était vraiment trop gros !

Bien sûr, il y avait certainement de l'informatique à bord qui permettait une surveillance sans faille de l'extérieur, surtout par ce temps de chien ; mais quand même...

Dans sa réflexion, il lui sembla apercevoir un furtif éclat de lumière à deux pas, dans les taillis, juste de l'autre côté des troncs qui les protégeaient. Sans doute un de ses hommes partis inspecter la berge.

Lorsqu'il lâcha ses jumelles, un des fils de Torg progressait déjà à pied en compagnie de deux comparses vers le cataski.

— N'y allez pas, ça sent le plan pourri ! avisa Nagorne.

Devant l'absence de réponse et la quinzaine d'hommes constituée en commando qui s'apprêtait à les suivre, il insista :

— Vous ne pensez quand même pas attaquer cette ratière ?!

— Tu fais comme tu veux, pépère, se moqua Ducan. À ton âge et dans ton état, t'aurais mieux fait de rester au chaud à siroter ta tisane du soir. Si tu veux un conseil, tu ferais mieux de rentrer à la maison !

Nag lui aurait bien montré de quel bois il se chauffait, mais le jeune risquait de prendre rapidement le dessus, ce qui saperait encore ses chances de reprendre le commandement du groupe.

Il ravala son orgueil.

Ducan emboîta le pas à son frère quelques secondes plus tard, puis d'autres hommes suivirent encore. Ils allaient approcher le catamaran par groupes de cinq ou six.

Nag, à présent appuyé sur un reste d'épave, suivait à distance la difficile progression du commando à travers ses jumelles.

— Je te mets ma main au feu que ce plan est pourri, confia-t-il à Darko, campé à ses côtés.

Ce dernier, en observation, sautillait sur place pour tenter d'atténuer le froid. Il garda le silence. Peut-être doutait-il, lui aussi, de l'autorité de son patron ou préférait-il lui laisser sa chance tout en souhaitant qu'il se trompe...

Le premier groupe longeait à présent le flotteur situé côté feu, et malgré la tempête, la première vague du commando parvint sans trop d'encombres sur le pont, suivie de la deuxième puis bientôt de la troisième.

Enfin, les derniers hommes prirent position sur le flotteur, aidés par ceux qui y étaient déjà installés. De l'abri, à travers les flocons, on distinguait cette grosse poignée d'ombres se préparant à l'assaut.

Chacun avait en main l'arme qui allait permettre un nettoyage rapide et efficace.

— Une heure vingt. Ils sont prêts, précisa Darko en consultant sa montre.

Nag acquiesça de mauvaise grâce, certain que rien n'allait se passer comme les jeunes l'avaient prévu. Il manquait un navire à l'appel. Ses jumelles balayaient sans discontinuer les alentours du voilier éclairé. Où était passé son clone ? Trop de choses clochaient dans cette mise en scène.

Soudain, une évidence le frappa :

— Le clébard ! éructa-t-il en se levant d'un seul coup.

— Quoi, le clébard ? s'inquiéta son voisin.

Nag dégagea alors nerveusement la neige qui s'était accumulée sur sa parka.

— Le clébard ! Le chien ! trépigna-t-il. S'il était à bord...

Il fit une pause puis se redressa. Ses jumelles balayèrent une nouvelle fois le pont du voilier où le commando semblait procéder aux ultimes préparatifs avant son intrusion.

— S'il était à bord ? s'impatienta un Long Manteau venu les rejoindre.

— Le clébard était à bord de ce maudit rafiot, oui ou non ? hurla Nag, furieux qu'on ne le comprenne pas. Avec tous ces mecs au-dessus de lui, il aurait dû alerter l'équipage depuis longtemps !

— Je te suis, Nag.

— Alors, il n'y a pas plus d'équipage que de clébard là-dedans.

— Ce truc serait un leurre ?

— Ou plutôt, une marmite.

— Une marmite ?

— Ouais, une marmite... Même que si vous regardez bien, y a du feu sous la marmite !

Darko, qui n'était pas sûr de tout comprendre, s'accroupit à nouveau. Il ajusta son angle de vision et prit soin d'observer.

Il y avait effectivement sous le flotteur du cataski comme une énorme braise rougeoyante, une boule incandescente prête à jaillir pour venir exploser à la surface.

Il y eut l'attente. Encore. Longue, très longue.

Quelques secondes à peine. Comme des heures.

Cette certitude absolue et définitive, doublée d'impuissance devant le piège qui se refermait lentement sur un commando inexpérimenté.

Ce salaud de Malaterre venait de signer un pacte avec le diable et tous deux avaient patiemment attendu que les jeunes soient en place pour mettre leur plan à exécution.

Il y eut à nouveau cet éclat de lumière métallique provenant de l'autre côté de la haie, le même que quelques minutes auparavant.

Mais cette fois, l'éclair qui découpa brutalement l'opacité des ténèbres en mille ogives faucheuses de vies ne fut pas qu'une impression.

Il était une heure vingt-six quand, à quelques dizaines de mètres de là, le volcan accoucha enfin de sa lave.

L'épouvantable déflagration qui suivit pulvérisa instantanément Ducan, Dilhar et tous les autres, réduisant le bateau-piège en un brasier démentiel, inextinguible.

Le souffle brûlant de l'explosion se propagea jusqu'au groupe de Nag, précédant une vague de feu qui ravagea impitoyablement branches et troncs que les hommes avaient rapidement érigés en rideau protecteur à leur arrivée.

Incendiant tout sur son passage, elle transforma la neige en eau et la glace en lames meurtrières qui, lancées à pleine puissance, transperçaient parkas et manteaux avant de pénétrer les corps, de sectionner les mains, les bras, les jambes ou les têtes, et de faire jaillir le sang.

À deux pas de cette furie, à l'abri d'une anfractuosité savamment noyée de la berge, des armes s'étaient mises à cracher un flot ininterrompu de billes assassines qui semblaient provenir de partout à la fois.

Malaterre et le Magicien leur avaient donné rendez-vous au royaume des morts !

Totalement désarçonné par cette nouvelle déconfiture, Nagorne se laissa rouler au sol.

Écartant les corps et les branchages que la glace et le lac commençaient déjà à dévorer, il rampa ensuite jusqu'à sa motoneige qu'il avait pris soin de laisser à l'écart, comme il le fait toujours lors des missions périlleuses.

Ce parcours d'une trentaine de mètres aux portes de l'enfer lui parut une éternité.

Une éternité, à fuir en sentant la glace se fissurer sous son ventre à la moindre hésitation quant à la direction à prendre, à la moindre halte pour se protéger la tête afin d'éviter que les projectiles de toutes sortes qui n'en finissaient plus de déchirer l'air et sifflaient à ses oreilles n'aient raison de sa fuite.

De l'abri devenu fournaise derrière lui s'échappaient des hurlements de terreur, de douleur ou de rage, il ne savait plus.

À dix mètres à peine, un trait bleu se logea dans le réservoir d'un véhicule qui s'enflamma sur le champ avant d'exploser.

Deux torches humaines disparurent avec le véhicule lorsque la surface céda sous la chaleur.

C'est hors d'haleine qu'il finit par rejoindre son engin. Il devait s'éloigner au plus vite et gagner le milieu du lac pour plus de sécurité.

Nag savait que les marins procèdent ainsi afin d'éviter les récifs tueurs de navires les jours de mauvais temps.

Le regard une dernière fois posé sur ce théâtre d'abominations, il capta durant quelques secondes encore les gueulements des hommes qui, plus fous que courageux, avaient refusé de battre en retraite.

C'est à la suite d'une série d'explosions que tous ou presque disparurent sous la glace qui leur ouvrait le chemin sans retour des abîmes.

Nagorne aperçut encore une motoneige qui tentait de franchir l'embarcadère, malgré le feu qui carbonisait le bateau, le ponton, les barrières en bois, les arbres et buissons qui bordaient le passage.

Deux Longs Manteaux la conduisaient.

Elle disparut juste avant que le mât en flammes ne vienne s'abattre sur la voie désormais condamnée.

Ils étaient passés…

Il était grand temps de prendre le large.

Trois machines l'accompagnaient dans cette fuite effrénée, et c'est un gang totalement décimé qui se reforma tant bien que mal sur la rive opposée.

— Je le savais ! s'époumona Nag dans le vent glacial. Je le savais…

Furieux, il descendit de son engin pour lui asséner les mêmes coups de pied que d'habitude.

— Je le savais que ça puait l'embrouille, cette histoire !

Il ne lui restait en tout et pour tout que sept fidèles, répartis sur quatre motos, et c'est aux portes du désespoir, sous une neige battante, qu'il dut se résoudre à abandonner la partie cette nuit-là.

Il en était maintenant convaincu : le second voilier avait été sacrifié par les fugitifs qui s'étaient au grand complet réfugiés dans le premier.

Ils allaient reprendre de l'avance, et ça, Nag n'en supportait pas l'idée.

Dès le lever du jour, les huit rescapés se ruèrent à l'assaut des restes calcinés de l'appontement.

Le temps s'était calmé et la tempête avait laissé place à un ciel qui ornait de gris foncé un tableau apocalyptique encore fumant.

La fouille des lieux se prolongea toute la journée dans la boue où le voilier n'était plus qu'un conglomérat difforme de plastique fondu, tombeau de vingt des membres de l'escadron.

Plus loin, deux corps sauvagement mutilés gisaient à terre à proximité d'une pelle à neige complètement distordue. Les deux cadavres étaient à demi nus.

— Ces vautours les ont massacrés avant de les dépouiller de leurs vêtements ! ragea l'un des hommes.

Même la motoneige à bord de laquelle ils avaient réussi à franchir le rideau de feu, la veille, n'avait pas résisté à la fureur des assaillants. Après s'être acharnés sur les deux hommes, Malaterre et son copain avaient transformé leur bécane en un amas de ferraille privé de ses phares et connexions électriques.

L'équipe erra ainsi à la recherche d'indices avant de s'installer, la nuit venue, dans ce qui restait des ruines d'une cabane aux murs noircis. Quelques victuailles en piteux état demeuraient sur une vieille table en bois miraculeusement épargnée par les flammes.

— Ces enfoirés se sont abrités ici et ont attendu patiemment qu'on se pointe, marmonna Nag en shootant nerveusement dans une boîte en ferraille.

— Et ils ont volontairement laissé cette bouffe-là pour nous, ajouta l'un des hommes qui fouillaient les décombres, pointant du doigt les quelques paquets qui avaient également échappé aux flammes.

— On ne touche pas, imposa Nag.

— À quoi tu penses ?

— Au cyanure que cette bouffe pourrait contenir, tiens !

On considéra les restes avec envie, mais personne ne prit le risque de manger quoi que ce soit.

Allongé sur un vieux matelas en attendant que le sommeil le prenne, Nag enragea un long moment à l'idée d'être passé si près du but et d'avoir tout perdu. La douleur était revenue dans sa tête, lancinante, assassine.

Il revit cette deuxième attaque dans le détail, eut une brève pensée pour tous ceux qui y avaient laissé leur vie et songea encore une fois à ces deux types que rien ne semblait pouvoir arrêter et qui menaient la partie depuis le début avec trois gosses qu'ils avaient reformatés en tueurs de la pire espèce.

D'où leur venait cette chance qui ne les quittait pas ?

Comment avait-il pu se laisser berner à ce point ?

Bien sûr, s'il avait décidé de les attaquer plus tôt en route, ils n'en seraient pas là.

Les lambeaux d'une bâche pendaient au-dessus de sa couche et le toit enfoncé sur un bon mètre lui laissait apercevoir un bout de ciel où les étoiles disputaient la place aux nuages.

Il n'aurait jamais dû leur laisser tant d'avance.

Mais il était trop tard, bien trop tard.

Ce n'est que vers dix heures le lendemain matin qu'il souleva une paupière, quand un de ses hommes vint lui secouer l'épaule.

Des traces du premier cataski que la tempête n'avait pas tout à fait effacées venaient d'être découvertes. Partant de derrière un bouquet d'arbres, elles filaient ensuite vers le nord.

Le nord... Encore et toujours le nord.

Ces salopards poursuivaient donc invariablement leur quête !

L'espoir renaissait soudain.

On transféra le contenu des réservoirs de carburant de la motoneige abandonnée devant la cabane. Nag procéda à la répartition du précieux liquide avec la précision d'un chimiste.

Les hommes se remirent bien vite en route. Il fallait tourner définitivement le dos à cet enfer et reprendre une chasse qui ne tenait dorénavant plus qu'à un fil, caractérisé par deux ornières creusées dans la neige mais déjà partiellement effacées par le vent et la neige tombée après le départ des fuyards.

Lorsqu'ils perdaient la trace, les engins se séparaient pour une fouille minutieuse des alentours jusqu'à ce que l'un d'eux la retrouve.

Mais à ce rythme, ils continuaient de perdre un temps précieux, ce qui agaçait prodigieusement Nag.

C'est contre toute espérance que vers quinze heures, alors qu'ils avaient dû parcourir en tout et pour tout une trentaine de kilomètres, la surprise vint du GPS de Nag. L'appareil fixé sur le compte-tours de sa machine venait d'émettre le bip caractéristique de la connexion.

Le pilote, ahuri, stoppa alors immédiatement la petite colonne.

Les yeux exorbités, il réalisa que le GPS que les mômes avaient piqué dans la bagnole de Torg chez l'Anglais venait d'être réactivé.

— Ah les cons ! exulta-t-il, j'aurais jamais cru qu'ils s'en resserviraient !

Cela ne dura que quelques minutes. Mais ces dernières étaient inespérées et valaient de l'or pour les Mangeurs.

Nag jubilait.

Les jeunes n'avaient toujours pas compris que c'était ce même GPS qui, ce soir-là, les avait menés, Torg et lui, chez le jeune Malaterre !

Or cet appareil, s'il était en réseau, émettait fatalement un signal régulier vers les autres dès qu'il était connecté.

Son œil prédateur prit le temps de situer assez précisément la position de l'émetteur, et donc de son gibier retrouvé.

L'évidence lui sauta tout à coup aux yeux. La logique du « plein nord » pour laquelle les cataskis continuaient d'opter lui déroulait une route jusqu'à son terminus en haut de l'écran :

— Nom de d.... balbutia-t-il. Tombmor !

C'est sans doute à la forteresse que ces diables allaient tenter quelque chose ! Un gros coup certainement, pour avoir pris tant de risques.

Nag fit alors jurer à ses hommes qu'en aucun cas le vaisseau ne devait atteindre sa destination.

À aucun prix.

Même peu nombreux, ils possédaient les moyens de l'en empêcher.

Il suffirait que les gosses s'amusent de temps à autre avec le mouchard pour qu'ils rattrapent leur retard.

Le patron des BMR sentit l'espoir tout d'abord, puis la confiance et ensuite la haine, le pouvoir et la puissance rejaillir successivement en son for intérieur.

Il fixa un à un ceux qui l'accompagnaient et leur fit jurer que cette fois, rien ni personne ne leur mettrait plus de bâtons dans les skis.

Il fallait exterminer la cible.

Pour cela, il lui restait une carte, sa dernière, à jeter sur la table.

Il prit alors son portable et composa le numéro.

À l'autre bout, on décrocha.

Le plan de brouillage des satellites du président Bogdich rendait la qualité de la transmission médiocre. Cela ne l'empêcha toutefois pas de reconnaître la voix et encore moins la trogne du correspondant qui venait de s'afficher à l'écran.

On attendait visiblement son appel. De rares mots furent échangés.

Des ordres furent donnés.

La machine de guerre s'était remise en marche en un instant, et c'est poignée de l'accélérateur à fond que les pilotes des quatre motoneiges relancèrent la partie, le mors aux dents.

Il aura fallu à Jack plus d'une demi-heure pour leur raconter toute l'histoire. Enfin, je veux dire l'histoire selon le Bull, car à plusieurs reprises, le géant, assis sur sa chaise, les mains liées dans le dos, a un peu falsifié les faits.

À ces occasions, j'ai respiré bien fort pour tenter de prendre la parole, mais chaque fois, mon grand-père se mettait à gesticuler pour attirer mon attention. Je le voyais ouvrir grand les yeux à la lueur tremblotante des bougies. Il s'empressait ensuite de fermer la bouche en se pinçant les lèvres – une manière de me dire : « Tais-toi ! »

Alors, on a laissé le Bull raconter sa version des événements, calmement, sans qu'Yvon ni aucun des autres membres n'intervienne une seule fois.

Je pense que c'est une tactique qu'ils utilisent tous les deux depuis toujours afin de ne jamais offrir à l'adversaire la moindre faille, le moindre doute sur les faits.

Et, comme nous ne savons toujours pas à qui nous avons affaire, rusé comme son copain Renard, Jack omet, ment, baratine à volonté.

Il est clair qu'il tient à garder ses distances avec nos geôliers pour notre sécurité, même si minute après minute, événement après événement, je les sens touchés par notre sale histoire.

Et ils le sont vraiment, car deux des types assis sur les tables viennent finalement défaire nos liens lorsque Jack en termine.

C'est devant un grand bol de chocolat chaud que nous nous retrouvons, Thibault, Mélanie et moi, à l'écart des adultes qui discutent de la situation aux tables voisines.

Sur la toile installée au mur, les informations des télévisions pirates rapportent par intermittence les rassemblements qui ont lieu dans les grandes villes européennes.

Mais c'est à Barcelone, Berlin et Paris que les manifestations ont été les plus violentes aujourd'hui. Elles ont explosé quand les BMR, qui voulaient interdire un concert, ont incendié la salle de spectacle alors que le public n'en avait pas encore été totalement évacué.

Les jeunes se sont alors constitués en meutes et règlent depuis des heures leurs comptes avec les autorités.

Dans un coin de la salle, près du rideau qui nous cache de la rue, un homme seul à une table attire soudain mon attention. Il vient de s'allumer une cigarette et semble noter sur un WP3[27] tout ce qui défile à l'écran.

---

27. Ordinateur miniature servant aux journalistes pour l'envoi de leurs articles directement au journal, à la radio ou la télévision.

De temps à autre, il fait une pause, jette un œil autour de lui, tend discrètement l'oreille avant de reprendre son travail.

— Tu l'as remarqué, toi aussi, ce mec ? me chuchote Mélanie assise à mes côtés.

— Oui, on dirait qu'il passe son temps à espionner tout le monde.

— Qui ça ? interroge Thibault en se retournant pour mieux voir.

Trop tard. L'homme, qui a remarqué l'intérêt que nous lui portons, se dirige déjà vers notre table, tenant à la main un sac à dos imposant.

— Bien joué, Thibault, marmonne Mélanie en colère. Toujours aussi discret !

Au bond et à la grimace que mon copain fait sur sa chaise, j'imagine le bleu qu'elle vient de lui coller sur le tibia !

— Alors, les jeunes, d'où on arrive comme ça ?

Le type prend place sur le siège inoccupé en face de moi et nous dévisage l'un après l'autre en souriant. La quarantaine, il a les cheveux aussi ras que sa barbe de quatre jours. Ses traits tirés, la crasse sous ses ongles et les habits usés qu'il porte témoignent de son état de fatigue.

Il pose son bagage à terre, ses gants sur la table et déclare calmement en pointant du pouce les images qui défilent dans son dos :

— Moi, je suis journaliste. L'un de ceux qui filment ça.

— Wow, et vous n'avez jamais peur ? laisse échapper Mélanie, suspicieuse.

— Peur de quoi, petite ?

— Ben… d'être blessé, attrapé ou de vous faire tuer.

— Tu sais, à mon âge, ce n'est pas ça le plus important !

— Mais qu'est-ce que vous faites ici ? Il ne se passe pas grand-chose dans ce bled perdu pour un journaliste ! questionne Thibault, alors que j'aperçois Yvon qui, après nous avoir quelques instants observés, échange avec Jack.

— La jeunesse en a marre de Bogdich, soupire notre interlocuteur. Dans un tas de grandes villes européennes, elle se révolte pour le combattre à mains nues et tout démolir ! Les jeunes foutent le feu aux métros, aux bus, aux trains, dans les lieux publics, partout. Les BMR qui n'en viennent plus à bout finissent par appeler les Noirs.

— Les Noirs ?

— Les Escadrons de la Mort, si tu préfères. Ils sont composés d'hommes tout de noir vêtus, casqués, masqués et armés. Ils ont ordre de tirer à vue sur tout ce qui bouge quand ils débarquent sur les lieux d'une manif. Ensuite, tout ce qui se trouve à portée de leurs lances FX est passé par le feu.

Il s'arrête un instant pour tirer sur sa cigarette, rejette la fumée bleutée et poursuit :

— C'est comme ça que je me suis retrouvé privé de ma motoneige et que j'ai dû fuir une ville où j'étais en reportage.

— Pourquoi tu as fui si tu es journaliste ? s'enhardit Thibault qui tutoie maintenant notre hôte.

Ce dernier marque un temps d'hésitation avant de poursuivre.

— Je n'ai pas fui. Mon moyen de locomotion a été brûlé comme les autres !

— Quelque chose m'échappe, s'inquiète Mélanie. Comment t'es arrivé ici sans motoneige et par ce froid ?

Coup d'œil aux alentours, il parle à présent plus doucement.

— Nous étions quelques rescapés, et l'un d'entre nous remontait comme moi vers le n…

Toutes les bougies sont tout à coup soufflées. Mélanie se serre contre moi.

Nouvelle alerte. Silence.

Des pas là-haut.

D'autres gens veillent au-dessus de nous. Les yeux de ce Café du Rail.

Je pense immédiatement à nos poursuivants. Auraient-ils déjà retrouvé notre trace ? Est-il possible qu'ils se soient positionnés à l'extérieur et s'apprêtent à intervenir ? L'idée d'un assaut me glace les sangs, mais l'impression est de courte durée.

Au-dessus, le plancher craque de nouveau. Il doit y avoir un système qui permet à l'étage de communiquer avec le rez-de-chaussée où nous sommes, car les chandelles sont rallumées les unes après les autres sans plus d'explication.

— Vers où ? reprend Mélanie en me lâchant la main.

— Saint-Malo, lui répond le journaliste.

— Et vous n'êtes pas allé avec lui jusque là-bas ?

— Non, je suis fatigué. J'ai préféré m'arrêter ici, j'y ai beaucoup d'amis et c'est un endroit sûr…

L'homme coupe court à la conversation.

— Mais dites-moi, les mômes, que toutes ces émotions ne nous privent pas de la première des politesses ! Moi, c'est Hanspi, annonce-t-il en me tendant la main.

— Et moi, c'est Fox, intervient sèchement mon grand-père venu nous rejoindre avec sa chaise.

— Et moi, Bull, continue Jack, ne nous laissant pas le loisir de continuer le tour des présentations.

— Dites, j'ai entendu parler de votre engin tout à l'heure. Jolie bête, à ce qu'on dit. J'aimerais bien en faire un sujet de reportage.

Pour ma part, je trouve cette idée géniale. Le *Seagull* sur tous les écrans d'Europe, voilà de quoi rendre célèbres nos deux patrons !

Yvon et Jack n'ont cependant pas l'air aussi enthousiastes que moi et s'accordent un court délai de réflexion avant de finalement donner leur accord.

— Nous allons vers le nord, lance Jack à mi-voix, alors que Mélanie pousse un énorme soupir.

— Si la balade vous dit... Vous avez trois jours, pas un de plus. Le deal est clair : interdiction absolue de donner notre position. Interdiction de dévoiler le moindre visage, la moindre identité. On ne filme qu'en extérieur et nous réservons la possibilité d'effacer certaines images. Vu ? termine Yvon.

Jack lui lance un clin d'œil entendu et j'en conclus que les deux hommes sont d'accord sur les termes du contrat.

— Marché conclu ! lui répond l'autre en retrouvant son sourire.

Il se lève alors, écrase son mégot dans un cendrier, passe son anorak, se saisit de son sac et ne tarde pas à se lever.

— Quand est-ce qu'on part ? s'impatiente-t-il.

— Demain matin à l'aube, répond Yvon en se levant à son tour. Demain matin.

Nous saluons l'assemblée et quittons le Café du Rail sous un ciel étoilé comme une veille d'aube blanche.

*

De retour à bord du *Seagull*, Yvon reste seul avec Snow à l'extérieur, avant de s'attaquer au premier quart de veille.

Jack regagne sa cabine après avoir installé Hanspi à l'avant et Mélanie dans la couchette qui se situe juste au-dessus de la mienne dans le carré.

— Je n'aime pas ce type, me souffle ma copine à peine couchée.

— Pourquoi ? dis-je en étalant mon anorak sur mon sac de couchage, histoire de doubler les épaisseurs. Tout à l'heure, tu avais pourtant l'air contente de discuter avec lui.

— Oui, je sais ! Mais tout à l'heure, c'était tout à l'heure et maintenant, c'est maintenant et je ne sais pas pourquoi, mais je le sens pas, ce type.

Mon père a raison quand il dit que les filles, c'est compliqué !

Mais il est trop tard pour essayer de les comprendre ce soir.

Mon quart a été fixé en dernier par Cap'tain Jack, juste avant l'aube, et je compte bien profiter de ma chance d'être le dernier pour récupérer des forces.

Je tire ma parka jusque sur mon visage, m'enferme dans mon duvet et savoure le bonheur extrême de cette douce chaleur qui m'envahit progressivement.

Je m'endors comme une masse.

Six heures trente.

Thibault me secoue doucement les épaules.

— C'est l'heure !

Je m'extirpe laborieusement de mon sommeil, prépare tel un robot bonnet, écharpe et anorak au cas où... Ce faisant, je propose à mon copain de profiter de la chaleur de mon duvet pour y plonger. Et bien sûr, il s'exécute sans se faire prier.

La seconde qui suit, il a déjà disparu dans mon paradis tiède sans avoir toutefois omis de me faire son rapport qui se résume à une recommandation :

— Garde au moins un œil bien ouvert, il y a plein de mecs tout verts avec des têtes bizarres qui rôdent autour de nous !

« Quel comique », je me dis, en m'asseyant face à l'écran de la table à cartes, d'où j'ai une vue à trois cent soixante degrés sur les alentours sans avoir à faire le moindre effort et surtout à mettre le nez dehors.

Tout est calme.

Le *Seagull* repose en toute quiétude, ange protecteur des équipiers dont j'entends le rythme régulier des respirations.

Et je me sens tout à coup une responsabilité. Celle de gens que j'aime et qui se reposent là, à quelques centimètres de moi, m'accordant une totale confiance.

Je distingue à peine les cheveux bruns de Mélanie qui émergent de sa couche. Thibault, sur la couchette en dessous, a déjà rejoint les bras de Morphée. Yvon et Jack, qui laissent toujours entrouverte la porte de leur cabine sur l'arrière, semblent également dormir à poings fermés.

Et puis, il y a le nouveau venu, ce journaliste dont ma copine ne semble pas du tout apprécier la présence et qui s'est enfermé dans l'immense couchette de l'avant...

Dehors, le jour se lève à peine, pâle sur son fond étoilé.

C'est l'heure de l'arrivée des vents solaires qui tournent en esclaves autour d'un astre qui décide depuis la nuit des temps de la vie ou de la mort sur cette parcelle d'univers. Ils montent en puissance, lentement, inexorablement, entraînant avec eux l'éolienne du bord qui nous nourrit en électricité et dont l'hélice émet une vibration qui se propage sur tout le voilier.

Bogdich parviendrait-il à modifier ça aussi s'il décidait un jour de nous plonger définitivement dans l'obscurité ?

Même si l'idée de se faire confisquer le soleil me paraît peu probable, elle me fait tout de même frissonner...

De temps à autre, une bourrasque plus forte que les autres chahute nos coques comme si elle souhaitait les réveiller, les soulever, les arracher au sol gelé.

Bruissements à l'avant où un point brillant semble se mouvoir un instant à l'écran, pour disparaître aussitôt.

Jack et Yvon nous ont expliqué l'autre soir que ce phénomène a parfois lieu lorsqu'une petite plaque de neige ou de verglas se détache du mât, de la voile ou du pont pour venir s'écraser au sol, presque deux mètres en contrebas des flotteurs. L'écho radar répercute alors sa présence sur l'écran, le temps de la glissade et même quelques secondes après sa chute.

Snow, qui attend désespérément celui qui aura le courage de lui ouvrir la porte de la descente pour qu'il puisse aller s'éclater dans la neige, est venu poser sagement sa truffe sur mes genoux.

Je prends sa grosse tête avec affection entre mes mains tandis que ses petits yeux marrons me regardent avec tendresse. Il se dresse enfin sur ses pattes arrière pour tenter de me lécher le visage tout en battant de la queue.

Je réponds à sa joie en lui caressant les oreilles puis en le serrant fort contre moi.

Et mon regard se noie tout à coup dans un brouillard de mélancolie.

Et mes parents... Que sont-ils donc devenus ? Où sont-ils maintenant ?

J'ai tellement envie de les retrouver.

Envie qu'on rattrape ce maudit train qui les a emportés.

Envie de les voir me faire un signe de la main, de les entendre me dire des choses, même les plus insignifiantes.

Je tiendrais la barre du *Seagull*, Thibault et Mélanie s'occuperaient des armes. On se rapprocherait de leur wagon et ils n'auraient plus qu'à sauter sur le flotteur tribord où Jack et Yvon les réceptionneraient. Puis, ils me serreraient dans leurs bras comme avant.

Non, plus fort qu'avant, car ça fait longtemps qu'on ne s'est pas vus.

Les larmes me montent aux yeux et je les laisse courir sur mes joues, impuissant, en même temps que je fixe l'écran où tout est soudainement devenu flou.

Ils me manquent, mes parents. Ils me manquent !

Après, on irait sauver ceux de Thibault et, par la même occasion, on sauverait Ian.

Et si les BMR qui gardent le train venaient à nous tirer dessus, nous, on riposterait pour les envoyer en enfer. On est largement équipés pour leur coller la raclée qu'ils méritent.

Le soleil darde un premier rayon qui vient trancher de son jet blanc la presque obscurité qui siège encore dans le carré.

Je m'essuie les yeux d'un revers de manche.

Un petit bruit à l'avant attire une nouvelle fois mon attention vers l'écran.

La température se réchauffe, le vent forcit régulièrement et des morceaux de glace se décrochent pour venir s'échouer sur le pont.

Nouvel écho d'un choc plus sourd... Le navire, peu à peu, se réveille.

C'est Yvon qui le premier s'adresse à moi en refermant sa porte derrière lui.

— Salut, moussaillon, rien à signaler ?

— Non, ça va, tout est calme.

Puis c'est au tour de Jack de poser la même question en me tapotant amicalement le haut du dos.

— Alors, moussaillon, rien à signaler ?

— Non, non, tout est calme, Jack.

Le troisième, c'est Thibault et, prévoyant sa question, je lui réponds avant même qu'il me la pose :

— Non, non, tout est calme, Thib.

À peine réveillé, la taupe ébouriffée qui s'est approchée de moi me jette un regard étonné tout en poursuivant sa route en quasi-aveugle vers le bac où reposent les boîtes de lait en poudre du petit déjeuner. Bien évidemment, il a oublié que nous sommes à bord d'un voilier, et que, comme dans presque tous les voiliers du monde, il faut surveiller les hauteurs sous barrot[28] !

Et la taupe s'explose le front dans la partie abaissée du plafond située juste au-dessus du coin cuisine, là où il faut toujours se baisser si on veut accéder au stock alimentaire situé dans le coffre à gauche des plaques de cuisson.

Je manque d'éclater de rire, tout comme les deux adultes que la violence du choc a fait se retourner. Jack enroule simultanément index et pouce autour de son nez, façon de me demander dans le langage des signes si mon acolyte n'est pas un peu ivre.

À demi réveillé, le voilà d'ailleurs qui recule de deux pas. Il titube, considère l'obstacle mais n'émet pas la moindre plainte.

Il s'arc-boute ensuite afin de mieux négocier le second assaut du bac vers lequel il se jette à corps perdu.

---

28. Distance qui sépare le plancher du plafond.

Le bougre y parvient, et c'est sans un mot qu'il regagne la table centrale, muni de ses boîtes.

Il verse ensuite la poudre dans une casserole et y ajoute de l'eau avant de revenir enfin, méfiant, vers le réchaud sur lequel il dépose le précieux liquide avec le plus grand soin. Puis, en attendant l'ébullition, il s'appuie des deux mains sur le meuble d'où il surveille le lait afin d'éviter qu'il ne se sauve.

Le cuisinier improvisé prend tout à coup conscience du silence suspect qui règne autour de lui et se retourne lentement vers nous.

Une large oblique rouge lui barre le front de part en part.

Cette fois c'en est trop, aucun de nous trois n'a plus la volonté de retenir le fou rire qu'il maîtrisait jusque-là.

Le spectacle de nos trois bobines goguenardes ne semble cependant pas le surprendre outre mesure car, après avoir haussé les épaules, il ne lui faut qu'une seconde pour regagner son poste de veille.

— Si ça se trouve, le choc l'a reformaté et il ne nous reconnaît plus ! s'esclaffe Yvon, poussant un peu plus l'hilarité.

Et nous rions de plus belle.

Et Thibault continue de nous snober.

Il sait que toutes nos moqueries ne valent pas, et de loin, un ventre bien rempli. Lui seul peut dire la dose de beurre salé et de confiture de mûres qu'il ajoutera à la demi-douzaine de crêpes de Landeleau (ses préférées) qu'il va ensuite se préparer.

Lui seul sait avec quel délice il les trempera ensuite dans le lait chaud avant de se goinfrer.

Comme Snow n'y tient plus, je grimpe les quelques marches de la descente et lui ouvre la porte vers la liberté.

— Salut, bonhomme, me lance une voix. J'attendais justement que quelqu'un m'ouvre !

— ’tain, mais qu’est-ce qu’il foutait tout seul dehors ce matin par - 40, celui-là ? me demande Mélanie en s’asseyant sur ma couchette, alors que sur le pont Jack et Yvon s’apprêtent au départ sous l’objectif de l’appareil photo d’Hanspi qui mitraille à tout-va.

Ma copine a son air des mauvais jours. De ces jours où le moindre mot de travers la rend furieuse. Et comme je n’aime pas ce genre de plan, je m’efforce de lui répondre avec calme.

— Quand je me suis retrouvé nez à nez avec lui en ouvrant la porte de la descente, il m’a dit qu’il aimait prendre des photos d’oiseaux au lever du jour. Ce sont d’après lui les plus belles.

— Ouais, c’est ça ! interrompt Thibault, moqueur.

Il achève de ranger la vaisselle du petit déjeuner et ajoute, presque méprisant :

— Il sort comme ça, discrétos par l’avant, et bien sûr, tu gobes tout, mon pauvre Iwan !

— Gober quoi ?

— Ce mec-là n'est pas clair. Pourquoi il ne sort pas par ici, comme tout le monde ? Et puis, t'imagines ton père, se lever à sept heures du mat pour aller photographier des piafs congelés par cette température ?

— Et pourquoi pas ? Il ne voulait peut-être pas réveiller tout le monde, voilà tout !

— Ben, parce que c'est impossible !

— Et pourquoi c'est « impossible » ?

— Parce qu'à cette heure-là et par – 40, à part des pingouins, je ne vois pas ce qu'il pourrait croiser comme oiseaux !

Mélanie et moi restons muets, suspendus à la suite des explications du prof qui insiste :

— Donc, Iwan, je t'ai bien compris : si tu trouvais ton père dans cette situation, tu ne te poserais pas de questions !

— Mais ? J'ai jamais dit ça !

— Sans compter qu'à cette température, t'enlèves ton gant pour prendre une photo et tu perds un doigt !

Je n'ai aucune réponse à lui fournir sinon que ça ne prend que quelques secondes pour enlever un gant, cliquer puis le renfiler. Mais je n'ose même plus l'ouvrir.

Dehors, les voiles libérées des systèmes qui les retenaient se sont mises à claquer au vent, provoquant un vacarme épouvantable qui trompe soudain le silence installé sur la grand-rue.

Snow vient de nous rejoindre, sans doute expédié dans le carré par Jack qui n'aime décidément pas avoir qui que ce soit dans les jambes lorsqu'il manœuvre au lancement du bateau.

J'aperçois Yvon dans l'encadrement des marches. Lunettes de soleil sur les yeux, il s'installe à la barre et resserre les écoutes, alors que nous sentons sous nos pieds les vibrations caractéristiques du départ.

Au travers d'un hublot tribord, je remarque les badauds sur le trottoir d'en face. Hommes, femmes, enfants et jeunes de nos âges assistent, étonnés, à l'envol de notre grand oiseau. Les petits agitent les mains en signe d'adieu alors que des adultes s'en servent comme porte-voix pour crier des messages que seuls les trois hommes là-haut peuvent entendre.

Ils sont tous là, ceux du Café du Rail ! Aucun ne manque à l'appel. Il a dû s'en dire, des choses, la nuit dernière autour des tables !

Jetant à présent un œil par le hublot de toit, j'entrevois Hanspi qui se déchaîne, immortalisant l'événement sur la carte mémoire de son appareil.

Premières secousses... Nous sommes en route.

J'en suis à me poser des questions suite aux réflexions de Thibault lorsque le fameux reporter disparaît de mon angle de vue. Il franchit l'instant d'après les quelques mètres qui le séparaient du carré, qu'il traverse, sans un regard, pour aller s'enfermer dans sa couchette.

Mélanie, Thibault et moi échangeons des coups d'œil interrogateurs.

— Il nous a entendus, s'inquiète mon copain à mi-voix.

— Non, dis-je sur le même ton, avec tout ce boucan là-haut, c'est impossible.

— Peut-être qu'il s'est fait jeter par les deux furieux, lui aussi, pouffe cette fois mon copain.

Mélanie a revêtu sa tenue de cosmonaute du froid sans prononcer une parole.

C'est après avoir tout vérifié qu'elle entreprend d'aller goûter à cette deuxième aube blanche, lunettes de protection rivées aux yeux.

Mon coéquipier et moi l'imitons en toute hâte, ravis que les premières manœuvres soient enfin terminées.

L'ordinateur de bord émet le discret déclic de la connexion des micros qui permettent à Jack et Yvon de communiquer entre eux au moment précis où nous quittons le carré.

À l'extérieur, un soleil opalin inonde le paysage presque lunaire qui s'étend à l'infini.

Le thermomètre indique moins quarante-six. Insatiable, le froid nous saisit et ne tarde pas à nous anesthésier le haut du visage.

Comme statufié sur place, le barreur, sans un mot ni un geste, fait cap au zéro.

Derrière nous, le village n'est déjà plus qu'un point sur l'horizon et un vent de force 6 à l'anémomètre propulse le *Seagull* comme une flèche en direction de sa cible.

Hanspi, qui a de nouveau quitté son antre par le capot avant, parcourt le pont avec mille et une précautions. Se calant partout où il peut, il s'accroupit et choisit ensuite les meilleurs angles. Il s'attarde tantôt sur les étendues qui nous entourent, tantôt sur la voilure ou le sillage qui nous fait suite.

Je note qu'il ôte bien son gant droit à chaque prise pour les réglages et la photo. Il le remet ensuite après s'être systématiquement soufflé sur les doigts pour les réchauffer... Je note aussi que, contrairement aux allégations de Thibault, aucun doigt mort ne traîne sur le pont.

Ainsi se passent les premières heures de cette nouvelle étape en mer blanche.

À l'occasion, Jack ou Yvon nous demandent de régler l'une ou l'autre des écoutes qui servent à border la grand-voile ou le génois[29].

Nous nous exécutons alors en tournant l'écoute en question sur le winch.

Un winch, c'est une pièce de métal argenté qui ressemble à un champignon. Gros comme une marmite, il tourne sur lui-même. Lorsque le vent est devenu fort et qu'il est impossible de tirer avec nos simples mains sur les cordages, il suffit de tourner deux fois l'écoute autour du winch sans la lâcher.

Mélanie et Thibault tirent sur l'extrémité tandis que je tourne de toutes mes forces une manivelle plantée dans la tête du champignon. Elle a pour rôle d'activer le treuil en démultipliant nos forces.

Quand Yvon nous fait signe du pouce, nous coinçons le cordage sur un énorme taquet afin qu'il y reste bloqué. Ça paraît facile comme ça, mais avec des cordages gelés, ça l'est beaucoup moins !

C'est lors d'une de ces manœuvres qu'une série d'événements fâcheux a débuté.

Il devait être environ onze heures trente et le vent n'avait cessé de forcir depuis notre départ.

Nous filions à une quarantaine de nœuds depuis plus d'une heure et demie. Des carcasses de camions quasiment enfouies sous la neige et des piliers, seuls vestiges des passerelles qui enjambaient il y a quelques semaines encore la voie, défilaient à vive allure de part et d'autre de notre bolide.

---

29. Voile triangulaire fixée sur un enrouleur à l'avant du bateau.

Suite à un ordre de Fox, nous terminions de bloquer l'écoute de génois au prix d'un effort surhumain, fiers de notre nouvelle performance.

Contre toute attente, le cordage céda et libéra la voile qui se mit à claquer furieusement en expédiant à tout-va des morceaux de glace. Craignant de déchirer la toile, d'abîmer les câbles ou, pire, de blesser l'un de ses coéquipiers, Jack actionna lui-même l'enrouleur et mit le génois hors service en quelques instants.

C'est à bord d'un *Seagull* diminué que nous dûmes poursuivre le voyage, le temps pour Fox de procéder au remplacement du cordage défaillant.

Thibault, comme toujours passionné de vitesse, ne cessait de râler à propos du temps perdu.

En réponse à ses jérémiades, il finit par recevoir sur les genoux l'écoute défectueuse qu'on avait remplacée par une nouvelle.

— Attrape donc ça, elle peut encore servir ! Si tu ne t'arrêtes pas de rouscailler, je te promets de te ligoter avec, puis de te hisser en tête du mât ! Et ce soir j'aurai un bon gros glaçon pour l'apéro !

Vexé de s'être fait ainsi rabrouer en public, mon copain balança le cordage dans la descente et garda le silence pendant les heures qui suivirent.

L'incident clos, on aurait pu être tranquilles si en plein milieu de l'après-midi, l'épissure[30] d'un des haubans qui soutiennent le mât, n'avait lâché à son tour.

---

30. Tressage formant un anneau d'attache à l'extrémité d'un câble ou d'un cordage.

Jack et Yvon parlèrent une deuxième fois d'usure, mais nous les devinions inquiets et surtout pressés de réparer au plus vite afin d'éviter le démâtage. C'était sans doute aussi parce qu'on avait un train à rattraper et que le risque était réel de voir resurgir des motoneiges dans notre sillage à un moment ou à un autre.

— Depuis le temps que nous les malmenons le jour et que le gel les paralyse la nuit, il fallait bien que ça lâche un jour ou l'autre ! déclara Yvon, fataliste.

Il fut malgré tout décidé de planter la herse pour réparer, car cette fois, le mât menaçant à tout moment de venir se fracasser sur le pont, il était impossible de changer la pièce en faisant route.

Mon copain rongeait son frein en silence.

Je comprenais, moi aussi, que cet arrêt forcé ne jouait ni en notre faveur ni en celle de ceux à qui nous pensions en secret. J'imaginais bien que si Torg et Nag étaient toujours vivants, les BMR pouvaient avoir suivi nos traces, mais j'étais certain aussi que Fox et Bull faisaient de leur mieux et que nous ne pouvions pas leur en vouloir.

Il était de toute façon plus prudent de ménager le cata si nous voulions poursuivre l'expédition et parvenir à stopper ce train de malheur avant Tombmor.

Je sentis à nouveau monter en moi le manque. Le manque de mon père et de Gaëlle, de nos blagues, nos rires, ces moments privilégiés passés ensemble à discuter ou se chamailler aussi parfois.

Affaibli, le *Seagull* s'écarte maintenant de son cap pour se protéger du vent et des rencontres indésirables.

— Moins il y aura de témoins de notre passage et moins on risquera d'ennuis, décrète Yvon.

— On en a déjà eu assez comme ça, râle Thibault entre ses dents.

Et notre cataski stationne ainsi pendant plus d'une heure, à deux pas d'un poste à carburants que nous prenons tous trois le temps de visiter ; le temps pour nos chefs de mission de réparer les dégâts sous l'objectif toujours alerte d'Hanspi.

Des slogans hostiles au pouvoir ont été tagués sur les façades en ciment gris des trois bâtiments, protégés des intrus par de robustes rideaux de fer mangés par la rouille et condamnés par la glace.

Les pompes à essence ainsi que les balises de recharge en électricité demeurent sur le parking. Sentinelles blanches, figées, elles ont été les victimes des pilleurs et des vandales qui ont profité du départ des propriétaires pour les vider avant de les massacrer. Faut dire qu'au prix encore affiché de 34,87 euros le litre, Bogdich, qui a pensé à tout pour endiguer les mouvements de population, a fait du pétrole une sacrée monnaie d'échange !

Mélanie n'est pas des plus bavardes. Thibault non plus.

Quelque chose nous ronge, mais personne n'a envie d'en parler. Lorsque l'un d'entre nous, inquiet de la situation, demande à l'autre si quelque chose ne va pas, la réponse est toujours la même : « Non, tout est cool, t'inquiète » ou encore « Non, t'inquiète, ça va, c'est juste que… » « Que quoi ? » « Oh rien… »

C'est nase. On a dû choppé un virus. Il est en train de bouffer notre trio de l'intérieur. Je le sens. Et je déteste ces silences qui nous pourrissent la journée et même la vie.

Lorsque nous terminons la visite, chacun de son côté, je me dis que c'est vraiment nul. Je me demande comment ça se passe quand tout le monde finit par se détester à bord d'un bateau. Dans une maison, lorsque ça tourne à l'engueulade avec les parents, on peut toujours s'éclipser dans sa chambre ou quitter la maison en claquant la porte, mais dans un bateau, c'est comme dans un avion, un sous-marin, une fusée, tu fais comment ?

J'en suis là, à tourner en rond en shootant dans la neige, quand retentit la corne de brume du *Seagull.*

— Ils sont prêts ! crie Thibault.

Je ne sais pas si ça tombe à pic ou pas, mais au moins, ça nous rassemble de nouveau.

Au fil des jours suivants, la poisse nous colle aux talons.

Il y a d'abord la herse dont la chaîne se détache toute seule de son point de fixation et qui finit sa course dans la neige, stoppant violemment le cata qui filait à plus de vingt nœuds.

Tout, à bord, se retrouve sens dessus dessous sous l'effet du choc. Sur l'arrière, que la chaîne a manqué d'arracher, Jack, projeté en avant, ne doit son salut qu'à la barre à laquelle il s'est accroché de toutes ses forces.

Conclusions d'Yvon : « Maillon de chaîne rongé par l'oxydation. »

Le lendemain, le mauvais temps ne permettant pas de barrer le *Seagull* de l'extérieur, Bull tente, mais en vain, de le conduire de l'intérieur à l'aide du joystick dont la manipulation n'a normalement aucun secret pour lui.

Rien.

Il a beau tourner et retourner le petit levier dans tous les sens, rien n'y fait.

Mélanie et moi testons une à une les batteries solaires censées faire fonctionner l'appareil pendant qu'Hanspi s'affaire à vérifier les raccordements joystick-ordinateur.

Rien. Tout semble apparemment en ordre de notre côté comme du sien.

C'est Yvon qui, condamné à barrer dans le froid et les averses de neige, découvre dans un des coffres de connexions électriques situés près du gouvernail que deux fils se sont dénudés.

Conclusions de Jack : « Incident dû à la violence de l'accident de la veille. »

Samedi.

Mélanie et Thibault ont un comportement de plus en plus étrange avec moi.

Tous deux essaient d'échapper à mes questions, fuient mon regard et il me semble qu'ils passent leur temps à discuter en évitant que je les entende. Dès que je les rejoins dans le carré ou ailleurs, ils mettent fin à leur conversation dans la seconde.

Jack et Yvon ont exactement la même réaction quand je les surprends à discuter tous les deux.

À l'évidence, je gêne.

Dimanche soir.

Cette situation m'attriste un peu plus chaque jour et je sens monter en moi un sentiment que je méconnaissais jusque-là, comme une espèce de jalousie.

Et si Mélanie venait de décider que je ne l'intéressais plus ?

Non, elle ne peut pas me laisser pour Thibault. De toute façon, il est bien sympa, mon copain, mais je ne les vois pas vraiment ensemble. Il est trop petit et elle trop grande, et puis, avec leurs deux caractères, ils ne vont pas arrêter de se plumer du matin au soir !

Et puis, Mélanie, moi, je l'aime !

Et je suis sûr qu'elle m'aime aussi. Sinon on ne se serait pas embrassés comme ça l'autre soir.

Donc, il y a autre chose. Un truc qu'ils ont décidé de faire sans moi.

Mais pourquoi ? Qu'est-ce que j'ai bien pu faire qui leur déplaise à ce point ?

De temps à autre, l'un des deux disparaît dans le carré comme pour se rendre aux toilettes. J'ai noté que ça n'arrive que lorsque nous sommes tous les sept sur le pont, et qu'ils le font toujours après un retour d'Hanspi au grand air.

— Qu'est-ce que vous mijotez ? ai-je plusieurs fois demandé à Thibault.

— T'occupe surtout pas, me rétorque-t-il systématiquement. Fais-nous confiance, c'est tout.

— Vous faire confiance, d'accord, mais à propos de quoi ?

— T'inquiète.

Et puis, le mardi soir, c'est le bouquet.

Ne trouvant aucun endroit adéquat pour s'arrêter la nuit, Jack et Yvon décident de prolonger la route de quelques heures afin de rattraper le temps perdu lors des différentes réparations qui se sont succédé ces derniers jours.

Les mauvaises surprises resurgissent dès lors à une vitesse stupéfiante : c'est tout d'abord le projecteur de pont qui refuse obstinément de remplir son office en haut du mât.

Jack soupçonne bien évidemment la réparation d'Yvon de nous avoir lâchés ; mais l'intéressé n'y croit guère et se rebiffe. Intrigué, il procède dans l'heure à un test électrique.

À l'intérieur, où nous le rejoignons tous les trois, c'est l'effarement général : ni les panneaux solaires ni l'éolienne n'apportent d'énergie aux batteries !

Je ne mets qu'une seconde à saisir l'ampleur du drame : privés d'électricité, nous allons devoir rester sans lumière et, plus grave encore, sans chauffage ni assistance de l'ordinateur de bord !

Aucun des trois adultes ne parvenant à trouver une réponse à cet étrange phénomène, je sens comme un vent d'effroi s'emparer de l'équipage.

— L'heure est grave, jette froidement Jack quand, vaincus par l'obscurité, nous sommes forcés de stopper le *Seagull* dans sa course.

Prudent et profitant de la mort programmée du vent et des dernières miettes de jour jetées par le soleil, Yvon guide le voilier très à l'écart de notre route, au creux d'un chemin étroit voûté d'immenses arbres qui ploient sous la neige.

Lorsque les deux capitaines libèrent la herse, il neige à verse des flocons épais, qui cessent finalement en même temps que le vent rend l'âme, nous abandonnant dans un cocon où le silence est absolu.

— Le climat s'affole, murmure Hanspi, l'air songeur, en bas de la descente.

Mais Yvon n'a même pas prêté attention à ses paroles.

— Je n'aime pas ça du tout, me souffle-t-il en farfouillant dans la boîte à fusibles. Mais alors, pas du tout... J'ai méthodiquement tout contrôlé avant le départ, songe-t-il encore tout haut en se grattant la tête.

Thibault, qui se tient à mes côtés dans le carré, s'est muni de sa lampe frontale et me file un coup de coude dans les côtes.

— Alors ? me chuchote-t-il du coin de la bouche.

— Alors quoi ?

— T'as vraiment pas une idée de ce qui se passe ?

— Hé, Thibault et Iwan, venez un peu voir ce ciel étoilé ! C'est incroyable !

Mélanie, restée sur le pont avec Snow, nous invite à contempler la Voie lactée.

— Allez-y, les gars, autorise Jack agenouillé devant un gros coffret électrique qui, nous l'espérons tous, livrera tôt ou tard les raisons de cette maudite panne.

J'entends mon grand-père pester, ce qui n'est jamais bon signe. Je l'observe qui vérifie une à une toutes les connexions informatiques situées au-dessus de la table à cartes. Il souffle, répète que ce n'est pas possible, qu'il a tout vérifié, que quelqu'un est forcément venu mettre son nez là-dedans. Chacun d'entre nous se sent bien sûr un peu accusé et en tout cas gêné d'être soupçonnable. À bout, il tire trop fort sur un fil qu'il arrache de sa gaine. Il s'essuie fébrilement le front d'un revers de manche.

— Et merde ! se fâche-t-il en tapant du poing sur la table.

La tension vient de monter d'un cran. Mais Jack, lui, garde tout son calme.

— T'inquiète, Yvon. On va trouver.
— C'est à espérer.
— On a toujours trouvé.

*

Les étoiles n'étaient qu'un prétexte pour Mélanie et Thibault qui avaient dû se donner le mot.

En effet, à l'extérieur, même la lueur de la lune ne parvient pas à percer l'impressionnante voûte neigeuse sous laquelle nous sommes stationnés.

Les ténèbres qui nous entourent me font soudain prendre conscience de la situation de vulnérabilité dans laquelle nous nous trouvons. Sans vent, sans avoir pu choisir un réel abri, même si nous sommes hors de tout regard, sans la surveillance de l'ordi et sans chauffage, le *Seagull* prend tout à coup l'allure d'un animal blessé à mort sur lequel le premier prédateur de passage n'hésitera pas à se jeter.

En me penchant prudemment, je m'aperçois que le cata est posé sur une neige molle qui lui monte à la moitié des coques. Autant dire qu'à terre, on en aurait presque jusqu'aux épaules et que si les autres venaient à nous mettre la main dessus, on serait mal.

Bon, restons positifs : en cas d'attaque, il nous reste le flair de Snow...

On me saisit sous le bras.

Mes deux copains m'entraînent sans ménagement à l'extrémité du bras de liaison tribord.

— Mais t'es sur quelle comète, toi ? grince Mélanie entre ses dents.

Au ton de sa voix et de la manière dont elle me secoue le bras, je sens qu'il va me falloir comprendre très vite.

— T'es vraiment aveugle, Iwan, tu ne remarques donc rien de ce qui se passe depuis que *l'autre* est parmi nous ? poursuit Thibault.

— Que tout a commencé à déconner quand il a mis les pieds à bord !

— Mais...

— Maintenant, t'arrêtes avec tes « mais », tu redescends de ta planète et tu nous écoutes ! tranche ma copine d'un ton catégorique.

À la lueur de ma lampe frontale, je la vois qui s'approche à pas de velours de la manche à air qui alimente le carré en air frais. Elle se baisse ensuite, tend l'oreille puis revient vers nous, féline.

— C'est bon, assure-t-elle, ça râle juste un peu en bas, preuve qu'ils ne s'occupent pas de nous.

Nous nous accroupissons près d'un gros sac à voile qu'elle a posé sur le flotteur et duquel elle sort un long cordage.

Je reconnais l'écoute qui quelques jours auparavant avait été à l'origine de notre première galère.

— Regarde un peu ça, me dit-elle en me plantant énergiquement le cordage entre les mains.

J'observe longuement, ne comprenant pas la raison de cet énervement.

— Tu vois rien de bizarre ? questionne Thibault qui trépigne.

Je ne réponds pas tout de suite.

Puis quelque chose me saute aux yeux : depuis que je navigue avec mon grand-père, du cordage fatigué, j'en ai vu un paquet. Lorsqu'il devient trop usé, il se défait toujours brin après brin, jusqu'à la rupture finale qui le laisse tout effiloché. Or celui que j'ai dans les mains présente des brins tout...

— Ils sont presque tous de la même longueur, comme si...

— Comme si quelqu'un les avait coupés pour les aider a s'user, tranche sèchement mon copain en se relevant.

Mélanie sort ensuite le vieux câble métallique de sa pochette-surprise, et se lève à son tour.

— Et ça, jubile-t-elle en me le tendant, c'est usé ou coupé, d'après toi ?

Je reste muet devant l'épissure métallique.

L'extrémité du câble se présente comme celle du cordage. En y regardant bien, on aperçoit même dans le faisceau lumineux les traces de plusieurs entailles de quelques millimètres au-dessus de...

Confus, je lève des yeux de cocker vers mes deux amis qui m'observent en silence, les bras croisés sur la poitrine.

Vue du dessous, la scène est rendue cauchemardesque par la lumière que leur lampe me braque dans les yeux. Seules leurs voix me prouvent que les ombres qui me dominent sont bien mes deux amis.

Un frisson me parcourt le dos.

— Alors ? m'interpelle Thibault.

Je sursaute. Mon regard se pose une nouvelle fois sur le filin que j'éclaire.

— T'hésites encore ? s'impatiente Mélanie.

Je n'y crois pas. Quelqu'un à bord est en train de saboter le *Seagull*.

Je ne peux retenir un « Merde alors » qui leur dit tout sur ma surprise.

— Qui ? dis-je, anéanti.

— Comment ça, « qui » ? Non mais, je rêve, s'énerve à nouveau Mélanie.

— Ben, qui peut bien avoir intérêt à faire ça ?

— 'taiiiin, mais quel boulet ! Réveille-toi donc, Iwan ! s'emporte Thibault. Depuis le début de l'expédition, tout allait super bien, et on n'avait aucun souci avec le cata, oui ou non ?

— C'est vrai, oui, dis-je en massant l'extrémité du câble entre mes doigts.

— Et depuis que l'autre enfoiré a mis les pieds à bord, rien ne va plus ! continue Mélanie. Alors, à moins que ton grand-père et son copain ne soient devenus suicidaires, je ne vois qu'un seul coupable possible !

À travers l'épaisseur de mes gants, je triture maintenant le relief des coupures à l'extrémité du filin d'acier.

Je jette machinalement un regard vers la manche à air en me relevant à mon tour.

— Et pourquoi vous me laissez de côté depuis quelques jours ?

— Mais, parce que tu ne voulais pas comprendre, tiens ! poursuit Mélanie. Alors, on a fait sans toi !

— Fait quoi ?

Thibault et ma copine éteignent leurs lampes pour gagner en intimité.

— Le plus souvent possible, quand tout le monde était à l'extérieur, Thibault ou moi on est descendus dans le carré chaque fois que *l'autre* en ressortait.

— J'avais remarqué votre manège, dis-je calmement en frappant mes mains gantées l'une contre l'autre.

— Figure-toi que la première fois que je suis remontée des toilettes, il était dans sa couchette. En passant devant l'ordi de bord, juste avant de remonter les marches...

— T'as entendu le déclic de la connexion des micros de Jack et Yvon !

C'est sorti tout seul de ma bouche ! Les mots de Mélanie viennent de réveiller en moi un détail à côté duquel j'étais complètement passé une ou deux fois.

Thibault enfonce le clou :

— Comme si on se parlait là, maintenant, par micros interposés alors qu'on est à vingt centimètres l'un de l'autre.

— Ben...

— Ben, laisse-moi te dire, asticote Mélanie, que c'est pas le déclic des connexions de micros que t'as entendu, mais celui de la connexion de ce nase avec quelqu'un d'autre !

J'avale ma salive avec grande difficulté et finis par balbutier.

— Il n'est pas journaliste. S'il l'était, il ne se cacherait pas de nous pour travailler.

Thibault, comme soulagé par ma réflexion, prend son souffle et envoie un énorme coup de vapeur vers les cimes tandis que sa voisine lui plaque une tape non moins énorme dans le dos.

— Enfin ! soupirent-ils encore en chœur.

— Ça fait plaisir de retrouver un vieux pote ! s'exclame mon copain en me frappant l'épaule du poing. T'as un avis ?

— Hanspi ?

Yvon nous appelle de l'intérieur, je lui réponds que nous arrivons.

— Et cette balance renseigne quelqu'un, chuchote Mélanie. Quelqu'un qui doit nous rattraper le plus vite possible et nous trouver de préférence sans défense. Tu piges ?

Je frissonne à l'idée d'avoir à passer une nuit de plus avec ce type à nos côtés.

— Et qu'est-ce qu'on fait ?

— On se la ferme, on le garde à l'œil, impose Mélanie en remettant écoute et filin dans leur logement. Et on ne le lâche plus.

Nous longeons le bras de liaison et rejoignons la coque centrale avant d'atteindre le cockpit pour regagner ensuite le carré où nous nous enfermons.

Les trois adultes nous attendent, attablés dans un semblant de chaleur pour un maigre dîner.

— Alors ?

— Alors quoi ? me répond Yvon.

— Vous avez trouvé quelque chose ?

Seul le tintement des couverts répondra à ma question.

C'est d'ailleurs dans le même silence qu'Hanspi regagne sa couchette et nous, nos duvets respectifs.

J'entends Jack et Yvon discuter tard dans la nuit. Je comprends que l'un et l'autre vont se partager la veille sans nous pour cette fois. Puis ils s'enferment un long moment dans la chambre de Jack pour s'assurer de n'être pas écoutés.

Dans ma tête, je tourne et retourne les événements. J'essaie de comprendre pourquoi je n'ai rien pigé aux manigances de ce faux journaliste de malheur. Pourquoi ce déclic de l'ordinateur connecté par Hanspi de sa couchette ne m'a-t-il jamais alarmé ?

Notre passager renseigne des gens à l'extérieur ; mais qui ? Je n'ose me répondre franchement qu'il s'agit des BMR, des Longs Manteaux, ou peut-être même de cet escadron noir dont il nous a aussi parlé... Et pourquoi Yvon et Jack ne disent-ils rien ?

De temps à autre, un souffle glacial se faufile par la manche à air située juste au-dessus de moi. Une vague réfrigérante pénètre alors le carré pour s'y répandre comme un poison.

Au-dehors, une petite brise s'est remise peu à peu à souffler, faisant claquer la drisse sur le mât.

À moins que ce ne soit l'Ankou[31] qui nous ait rejoints et qui rôde autour du *Seagull*...

Je remonte le sac de couchage sur mon nez et m'enfonce la tête dans mon bonnet.

Thibault et Mélanie ne cessent de tourner sur leur couchette. J'ai le pressentiment que la nuit va être longue.

Mais quand même, ce type qui prétend s'être arrêté dans le village car il y a des amis alors qu'il est là dans ce bar, assis tout seul à une table en train de tirer sur un rideau... Ses hésitations lorsque Mélanie lui pose des questions... Peut-être que c'est pas nous qu'il s'attendait à voir surgir au beau milieu de la nuit, mais des BMR... Et puis cette façon qu'il a de toujours se retirer à l'avant pour son soi-disant travail...

J'aurais dû m'en douter. Comme détective privé, je ne suis vraiment pas au point...

---

31. Le donneur de mort dans les légendes bretonnes.

En même temps, il a peut-être besoin de tranquillité pour écrire ses articles…

Quand Sapience, ma petite voix, prend les choses en main, tout est en train de se mélanger dans ma tête.

« — Mais arrête, Iwan ! Tu sais très bien qu'avec un WP3, on peut dicter directement puis modifier ses textes une seconde après, avant de les envoyer à un correspondant ! Pas besoin de se cacher pour ça ! Et puis, il est toujours en train de traîner dans le bateau quand tout le monde est dehors. Il ne vous parle même pas. La seule chose qui l'intéresse, c'est de mitrailler avec son appareil photo. Et encore, je crains que ce ne soit qu'un alibi. Et quand vous mangez, c'est tout juste s'il articule quatre mots… En plus, il ne participe jamais à la vaisselle. C'est un signe ça !

— Pfff, mais un signe de quoi ?

— Mais, tu deviens complètement malade, mon pauvre vieux ! Tu n'as pas remarqué que les escrocs ne font jamais la vaisselle ! Regarde autour de toi ! Ouais, bon, bien sûr, on ne compte pas Yvon et on enlève Jack ; eux, ils sont toujours occupés ; mais regarde un peu quand t'es chez tes potes, tu verras alors qui ne fait jamais la vaisselle ! Il y a ceux qui sont pris d'une envie pressante et ressortent ensuite des toilettes quand tout est terminé. Il y en a d'autres qui doivent appeler quelqu'un juste à cette heure-là et qui restent baver une heure dans le vidéophone. Et il y a les autres encore, qui n'y pensent même pas car ils ont l'habitude du lave-vaisselle à la maison. Non, franchement, je te dis, Iwan, la vaisselle, c'est un signe !

— Mais c'est n'importe quoi, ton histoire de vaisselle, Sapience ! »

Je suis si profondément installé dans mes cogitations intérieures que je mets un certain temps avant de me rendre compte que quelque chose se promène sur mon duvet. Une petite bête à cinq doigts qui cherche à entrer en contact avec moi.

— Qu'est-ce qui t'arrive ? Tu as un problème de vaisselle ?

— Non, non, pas du tout... J'ai dû rêver tout haut...

— Écoute, murmure Mélanie.

Je soulève mon bonnet et tends l'oreille dans l'air gelé. Un frisson terrifiant me parcourt instantanément des pieds à la tête. Je retiens ma respiration.

En écho aux grognements de Snow, une lueur filtre soudain sous la porte d'Yvon, qui avait visiblement pris le premier quart de nuit, puis une autre sous celle de Jack.

Un grondement sourd, à peine perceptible.

Mais un grondement qui se rapproche à grande vitesse.

Ce ne sont pas des motoneiges, c'est trop puissant et ça avance trop vite.

Snow, de plus en plus excité, vient de passer en mode jappement.

Mélanie et moi nous redressons d'un même bond.

Yvon vient de bondir de sa couchette, qu'il replonge immédiatement dans l'obscurité.

Le temps qu'il éteigne sa lampe torche, je l'aperçois dans sa parka. Il gravit ensuite à toute vitesse les marches qui mènent sur le pont, ses lunettes laser à poste.

— Surtout, vous ne bougez pas d'ici ! lance-t-il du haut des marches. Enfermez Snow dans une des couchettes, je ne veux pas le voir sur le pont ! Reçu ?

— Reçu !

Le vrombissement se rapproche encore.

Accoudé sur mon lit, je vérifie de la main droite que mes chaussures sont toujours là, juste au bas de la bannette. Celles de Mélanie y sont également, à quelques centimètres. On ne sait jamais.

Une ombre suit le même chemin que mon grand-père.

Jack, emmitouflé dans ses vêtements les plus chauds ne prend même pas le temps de refermer la porte de la descente. Nous sombrons en quelques secondes dans une ambiance « congélateur ».

Dehors, on farfouille à grand bruit dans les deux malles. Le bruit des armes qui y sont bousculées puis chargées parvient encore à dominer le vacarme provoqué par la bête en approche.

Je n'y tiens plus et quitte mon duvet pour sauter dans mes godasses en bravant, j'en suis conscient, l'interdiction de Fox. Mais je m'en fous, le monstre est pratiquement sur nous, la pression est trop forte, je veux savoir.

Ce que j'aperçois alors au-dehors dépasse l'imagination !

À une centaine de mètres de nous, à l'orée du chemin, un gigantesque faisceau luminescent vertical surgi de la nuit fouille minutieusement le sol. Il doit bien faire dix mètres de diamètre.

— Qu'est-ce que tu vois, Iwan ? me crie Thibault, que l'énorme bourdonnement a fini par réveiller complètement.

— Iwan ? interroge une autre voix, tandis que Snow aboie sans discontinuer dans la couchette de Jack.

L'OVNI se rapproche à grand bruit, soulevant de ses pales des bourrasques impressionnantes où se mêlent pluie, neige et glace. Elles viennent gifler la grand-voile heureusement retenue par son écoute, et projettent à l'intérieur du carré une tornade qui s'invite jusque sur les couchettes.

Chacune sur un bras de liaison, je distingue les ombres de Fox et du Bull. une main accrochée au bastingage pour la survie, ils s'affairent de l'autre à la mise en place d'armes lourdes.

La tête le plus souvent tournée vers la descente, ils tentent d'éviter les projections de neige et surtout les plaques de glace qui arrivent de partout et viennent, telles des lames de rasoir, s'écraser sur le cockpit. Elles explosent ensuite en une pluie de projectiles dont les éclats retombent jusque sur nous.

Là-haut, les voiles, même si Yvon les a confectionnées dans une matière ultra rigide, ne résisteront pas longtemps à ces assauts.

Une stupéfiante masse sombre se découpe à présent dans le ciel juste au-dessus du puits de lumière.

— Iwan ? s'égosille à nouveau la voix derrière. Tu vois quoi ?

— Oh ! T'es congelé ? s'impatiente Thibault.

Paralysé par la stupeur, je ne parviens ni à me retourner ni à trouver les mots pour leur répondre.

Le froid me cingle le visage. Je n'en crois pas mes yeux mais finis par hurler :

— C'est… c'est un…

— Un quoi ?

— Un… un héli…

— Un hélico ?

— Et il a l'air méga balaise !

Mes deux copains me rejoignent au bas des marches.

— Cette fois-ci, c'est foutu, sanglote Mélanie en me saisissant le bras avec la force du désespoir.

Je reste muet et essaie tant bien que mal de retrouver mon calme.

Lampe laser au front, Jack et Yvon sont en place et semblent guetter la suite des événements dans la plus grande concentration.

Une ombre s'est discrètement positionnée derrière mon grand-père. Celle d'Hanspi qui a certainement dû quitter son antre par le capot de pont. C'est devenu une habitude.

— Tiens, revoilà le gentil fantôme ! plaisante Thibault, le ton plein d'ironie.

Je saisis une paire de jumelles à infrarouge avant de franchir les dernières marches de la descente et me glisse dans le cockpit avec la plus grande prudence.

Les autres m'ont déjà emboîté le pas et c'est dans une absolue discrétion que nous nous allongeons sur la fine couche de glace qui tapisse le fond du cockpit.

Là-bas, le courant d'air provoqué par les pales du monstre volant creuse un cratère éclairé d'au moins deux mètres de profondeur sur un diamètre qui ne cesse de s'agrandir.

Tout autour, un impressionnant nuage de neige s'est formé sous l'effet de la rotation des hélices.

L'air est glacial et de fines gouttelettes nous fouettent le visage en permanence.

— Mortel ! commente mon copain qui ne semble pas encore comprendre que la situation est quasiment désespérée.

Tapis au fond de notre observatoire, nous restons immobiles à suivre le mouvement de la bonne vingtaine d'hommes en combinaison blanche que vomit maintenant le ventre de l'appareil.

Ils dévalent à toute allure une corde, chacun muni d'un énorme projecteur attaché à la ceinture. Son faisceau ne parvient cependant pas à trouer le mur de neige en suspension.

Grâce à cette protection inattendue, nous sommes hors de portée des feux qui fouillent la nuit...

Pour l'instant.

Pour l'instant seulement, car, tout en relâchant sa grappe, le frelon qui vole au ras du sol cherche à se rapprocher de la limite extrême de l'entrée du sentier.

Le but de sa manœuvre est clair : ouvrir davantage la route au commando à terre en déplaçant la neige à la force de ses hélices. Ainsi, le chemin à suivre lui sera tout tracé jusqu'à nous.

À moins de quatre-vingts mètres du *Seagull*, le souffle, mêlé aux effluves de gasoil et à la chaleur des moteurs de l'appareil, nous parvient de plus en plus distinctement.

Au-dessus de nos têtes, les particules de neige gelée, qui jusque-là retombaient sur l'équipage sous la forme d'un grésil picorant nos capuches, se sont subitement transformées en une pluie qui brouille les verres de mes lunettes.

Impossible de les essuyer avec ces gants de malheur. Je n'y vois pratiquement plus rien.

— L'hélico est gêné par la voûte des arbres ! me crie Thibault. Ils ne pourront jamais nous atteindre !

En effet, on aperçoit de temps à autre les morceaux de branches hachées par les hélices. À ce moment, l'appareil doit être au bord du déséquilibre car la lueur de son projecteur vacille et le pilote s'éloigne de quelques mètres pour mieux revenir ensuite.

— Ils vont se crasher ! hurle mon voisin.

Par chance, le rideau de poudreuse s'épaissit de nouveau, ce qui devrait nous permettre de leur échapper quelque temps encore.

Là-bas, la profondeur de la neige est telle que les fantassins pataugent, comme piégés dans une tranchée sans fond de laquelle il leur est impossible de s'extirper.

Deux énormes fusées éclairantes frôlent le mât du *Seagull* mais vont finalement se perdre dans les branches du dôme qui nous surplombe.

— *Yes !* s'écrit à nouveau Thibault en se levant. C'est la preuve qu'ils sont incapables de savoir exactement où on est !

— Ils vont tout essayer, tu peux me croire ! riposte Mélanie.

— Eh bien, qu'ils essaient ! De toute façon, mon grand-père et Jack, c'est pas le genre à se rendre ! Si ça bastonne, ils vendront chèrement leur peau !

— Et la nôtre avec !

À gauche, juché sur l'arrière du flotteur, Hanspi s'est fermement campé derrière Yvon et suit les opérations avec la plus grande attention.

— Vraiment curieux, ce journaliste sans ses appareils photo dans un moment pareil ! ironise Mélanie.

— Il a dû les laisser en sécurité dans sa couchette !

— Regarde à droite !

Là-bas, sur le bras de liaison tribord... J'hallucine soudain... Thibault !

Sa silhouette a remplacé celle de Jack !

Je m'arc-boute, écarquille les yeux de manière à y voir davantage.

Partageant ma surprise, Mélanie me glisse à l'oreille :

— Il est descendu.

J'y crois pas ! Jack m'est passé à deux centimètres, a confié son arme à Thibault sans que je ne m'aperçoive de rien !

Je me retourne vers l'intérieur du carré.

C'est le noir complet, là-dedans. Enfin... si on exclut la furtive lueur qui danse dans l'entrebâillement de la porte de la couchette d'Hanspi. Je tente alors de me redresser, mais Mélanie me plaque au sol.

— Reste là, impose-t-elle sans quitter son poste. Si tu veux mon avis, Jack fait le ménage. On sera plus utiles ici si *l'autre* s'aperçoit de quelque chose.

— T'as raison, un croche-pied et une chute la tête la première en bas dans le carré serait si vite arrivée !

Coup d'œil vers *l'autre*...

Il est visiblement trop attentif au déroulement des opérations pour se rendre compte de quoi que ce soit.

J'hésite et me rallonge finalement, en alerte maximale, les yeux rivés sur la balance.

— C'est lui qui nous a donnés, j'en suis sûre, me crie ma voisine, parvenant à grand-peine à dominer le tumulte provoqué par l'hélicoptère.

Nos regards se fixent à nouveau sur l'énorme frelon bloqué dans sa progression par les hautes branches.

Je braille en tenant ma capuche pour éviter qu'elle ne soit retournée pour la xième fois par le souffle de l'appareil :

— Qu'est-ce que t'en sais ?

Elle s'attarde quelques secondes, se rapproche de moi et riposte dans le vent.

— Réfléchis un peu, Iwan. Comment cet hélico aurait-il fait pour nous trouver en plein milieu de la nuit, alors que Jack a pris l'option au dernier moment de venir nous planquer sous les arbres dans le fond d'un chemin totalement isolé ?

— Et comme par hasard prisonniers du manque de vent !

— Tu comprends, maintenant ? Plus le *Seagull* va mal, plus on perd du temps et plus on est vulnérables !

— Oui, ça, j'avais compris !

— J'avais donc raison depuis le début.

— Oui, mais tu aurais aussi pu te tromper ! Tout le monde peut se tromper !

Le vacarme s'éloigne sensiblement alors que Jack rejoint son poste en avertissant Thibault de ses intentions par une tape sur l'épaule.

Ils échangent tous deux quelques mots en même temps que Bull reprend sa place.

Là-bas, l'hélicoptère recule encore.

Puis tout à coup, une pluie de projectiles nous prend comme cible. Terrorisé, je me plaque sur le fond de notre cachette, le nez dans la glace.

— Mais pourquoi ils ne répondent pas ? s'indigne Thibault qui ne s'est pas aperçu que Jack et Yvon sont eux aussi à plat ventre.

Recroquevillé sur moi-même, la tête entre les mains, j'entends les projectiles qui ricochent sur le métal du mât, et celui des coques. Certains autres viennent perforer la voile.

— Parce que nous n'existons pas !

Couvrant leur retraite vers l'hélicoptère, les hommes ont vidé leurs chargeurs avant que l'engin ne reprenne son vol pour venir cette fois stationner à notre verticale. La manœuvre s'est déroulée à une vitesse vertigineuse.

Des plaques entières de neige verglacée dégringolent des branches et c'est dans un vacarme épouvantable qu'elles viennent se fracasser sur le pont.

À quelques pas, canons des armes dirigés vers les cimes, Jack et Yvon se tiennent prêts.

Mais, s'ils se mettent à tirer, quelle va être la réaction des autres, là-haut, au cas où l'hélicoptère ne serait pas terrassé dans l'instant ? Et s'ils parviennent à l'endommager, ne va-t-il pas nous tomber dessus ?

Tétanisés, nous nous rapprochons inconsciemment l'un de l'autre.

Hanspi profite de la confusion pour s'éclipser dans le carré où je vois la lueur de sa frontale se faufiler ensuite vers sa couchette.

Je reçois immédiatement un coup de coude entendu de Mélanie. Je sais qu'elle meurt d'envie de me redire qu'elle avait raison depuis le début.

L'attente est interminable durant laquelle, couchés en chien de fusil dans le fond du cockpit, la tête rentrée entre les épaules, les mains tenant nos capuches, chacun de nous tente de se raisonner.

Sous l'effet du souffle, je sens le *Seagull* vibrer de toute sa structure alors qu'à deux pas retentit brusquement le sinistre craquement d'un arbre qui vient de perdre racine. Il est si près que l'immense vague soulevée par sa chute déferle vers nous avant de percuter violemment le flotteur tribord et finir sa course sur l'équipage.

Yvon nous intime l'ordre de fermer immédiatement l'accès au carré. Il a raison, car si cela se reproduit, notre lieu de vie pourrait bien se transformer en une réserve de glace !

— On envoie les harpons ! crie Jack.

L'ordre est à peine donné qu'il est exécuté.

Entraînant avec eux une solide corde, catapultés depuis les bras de liaison, deux énormes harpons jaillissent simultanément du bord pour aller se planter à quelques mètres dans la neige. Les deux hommes se précipitent alors pour tendre les cordes et les passer dans un taquet, assurant désormais au navire un ancrage à toute épreuve.

Un nouvel arbre, puis deux autres encore connaissent le même sort d'un côté ou de l'autre de notre navire.

— Encore heureux que ça ne tombe pas derrière ou devant ! me crie Mélanie.

— C'est peut-être ce que ces fumiers voudraient réussir à faire ! vocifère Thibault.

Sans possibilité de fuite, même pas à pied, nous sommes pris au piège comme des rats.

Là-haut, un puissant projecteur fouille dans les arbres. L'appareil tourne sur lui-même, s'éloigne sensiblement sans jamais quitter l'axe du chemin, puis revient à sa position initiale.

Il est évident qu'*ils* cherchent par tous les moyens à percer ce qui reste de notre bouclier.

Mais, même sans neige, la lumière, si elle est en mesure de pénétrer les plus hauts sommets des cèdres, ne nous parvient que de temps à autre sous la forme d'une irisation presque sans vie.

— *Ils* y vont au bluff ! s'époumone Bull.

— On laisse faire ! rétorque Fox, concentré.

Ces deux-là, même s'ils n'ont pas forcément de solution immédiate, disposent de ce que mon père appelle la pire des armes pour l'ennemi : la patience.

L'odeur de chaud et de gasoil est devenue irrespirable.

Puis, alors que nous ne l'espérions plus, le frelon s'éloigne enfin, non sans avoir opéré à plusieurs reprises un long mouvement circulaire au-dessus du bois.

Surpris par ce repli, l'équipage reste cependant planté de longues minutes sur le pont, histoire de s'assurer que le silence revenu est bel et bien réel et qu'il n'augure pas d'une nouvelle attaque surprise.

— On a eu chaud ! tente Hanspi, qui choisit de réapparaître alors que le mastodonte volant n'est plus qu'un vague grondement dans le lointain et que nous avons tous les cinq regagné le carré.

— Ouais, on a eu chaud, reprend Jack en écho, tout en libérant son chien.

Et d'ajouter entre ses dents :

— Mais *ils* reviendront !

Un silence embarrassant s'installe avant qu'Yvon ne poursuive, cynique :

— On a été donnés, ça ne fait pas l'ombre d'un doute.

Jack ôte ses gants et trace avec deux doigts de larges sillons sur sa parka à la lueur de la lampe torche qu'il a rallumée.

Mon premier réflexe est bien sûr d'examiner la mienne pour constater que nous sommes tous recouverts d'une poudre rouge que Thibault fait déjà rouler entre ses doigts.

— Pas vrai, Hanspi, qu'ils vont remettre ça ? taquine Jack, dont la haute silhouette se détache à présent dans l'encadrement de la descente.

— Ben... Qu'est-ce que j'en sais, moi ?

— Ils ont échoué cette fois-ci car leur petit informateur minable n'a même pas été fichu de leur fournir des détails suffisamment précis sur notre position, ironise encore le Taureau.

— C'est pour cette raison qu'ils reviendront, Hanspi... grince Yvon sur un ton qui me fait presque peur.

Il prend le temps de tirer sur la pipe qu'il vient de s'allumer et reprend :

— Parce que cette nuit, c'était mission impossible pour eux de nous atteindre avec cette profondeur de neige dans le sentier et la voûte végétale au-dessus de nos têtes ; pas vrai ?

— Mais, je n... bredouille le journaliste à qui Jack ne laisse pas le loisir de mentir une fois de plus.

— *Ils* reviendront avec le matériel adéquat. Mais cette fois, je pense qu'*ils* enverront d'abord des drones pour déblayer radicalement le chemin... T'en penses quoi, Hanspi ?

Devant le silence de l'interpellé, il continue, imperturbable :

— Peut-être même que dès le lever du jour, d'autres ne tarderont pas à nous retrouver car *ils* savent que nous n'avons plus aucun moyen de leur échapper. C'est la raison pour laquelle l'hélico a arrosé tout le secteur de cette saloperie de poudre.

La pression terrible qui est en train de monter me met mal à l'aise, même si je me sens par ailleurs soulagé de nous savoir tous d'accord sur le nom du traître.

— Et du rouge bien étalé sur du blanc ou du vert, assène enfin le géant, ça se voit de loin, c'est du pain bénit pour des crevards à motoneiges qui auraient malencontreusement perdu la trace de leur cible !

Quelque chose vient de me frôler dans la pénombre. La porte du poste avant se referme tout doucement.

— N'est-ce pas, Hanspi, qu'*ils* vont revenir pour terminer leur sale besogne ? lance mon grand-père en haussant la voix pour s'assurer d'être bien entendu par le reporter qui vient de nous quitter.

À bout de nerfs, il préfère gagner l'extérieur où, dit-il, il va s'assurer que tout est rentré dans l'ordre et que lors de ce départ précipité, l'hélico n'aurait pas semé derrière lui quelque oublié volontaire.

— Allez, Snow, au boulot ! invite-t-il.

Le labrador, qui a entendu son nom, ne se fait pas prier, et c'est en moins de trois secondes qu'il se retrouve sur le pont.

Jack les rejoint après nous avoir commandé de nous plonger au plus vite dans nos bannettes.

La journée est cette fois terminée.

*

— S'il y avait eu de la lumière, il se prenait une belle praline dans la tronche, le journaliste, plaisante Mélanie à mi-voix lorsque nous nous retrouvons tous trois dans le silence du carré.

— *Ils* étaient bien renseignés, enchaîne Thibault.

— Et qu'est-ce qui te fait dire ça ?

— *Ils* savaient très bien où nous étions planqués. Quand ils sont restés stationnés juste au-dessus du cata avant de se barrer, leur message était clair : vous êtes coincés juste en dessous, on le sait. Et comme on ne peut pas vous choper maintenant, on vous bénit avant de vous envoyer en enfer !

— Et pourquoi *ils* n'ont rien balancé de plus « explosif » à travers les arbres alors ? Vu la taille de l'hélico et le nombre d'hommes déployés à terre, ils en avaient certainement les moyens !

— Du genre ?

— Un bon drone bien armé.

— S'*ils* ne l'ont pas fait, c'est parce qu'*ils* ont des ordres, confirme mon copain.

— Par exemple ?

— Nous capturer vivants.

— Ou alors ne pas détruire le *Seagull* parce qu'il les intéresse, s'interpose Mélanie.

J'enfonce le clou :

— Et si c'était plutôt pour ne pas risquer d'éliminer leur précieux informateur ?

Visiblement, ma proposition fait mouche.

— De toute manière, il n'en a plus pour très longtemps, déclare Thibault en haussant soudain la voix.

— Ah ? s'amuse Mélanie en se prenant au jeu. Précise un peu ta pensée.

— Avec ce froid et cette profondeur de neige, impossible de se tirer à pied !

— Ça, c'est certain !

— À mon avis, demain matin, on le retrouve mort dans sa cabine.

J'insiste à mon tour :

— Mort dans sa cabine ?

— Ouais, carrément. Jack m'a même dit qu'il allait le buter dans son sommeil.

Thibault accorde volontairement un temps de silence à la conversation. Le temps qu'il faut à l'écho à peine perceptible d'un verrou qu'on pousse dans la couchette avant pour nous faire vibrer les tympans.

— Lorsqu'il est revenu d'en bas tout à l'heure, reprend-il à mi-voix, Jack m'a glissé qu'avec ton grand-père ils allaient rapidement « régler les choses ». À mon avis, ça risque de virer grave à l'orage demain.

— Et quoi d'autre ? s'enquiert Mélanie.

— Juste un truc : « Je finirai bien par trouver ce que je cherche. » Et...

— Et ? continue Mélanie.

— Et, il a dit aussi : « Vous gardez vos distances avec la balance. Compris ? » J'ai dit que oui.

La porte de la descente vient de s'ouvrir pour laisser passer la garde de nuit.

— Si ça continue, on va finir par voyager sur une passoire avec tous ces trous ! marmonne Yvon, une fois parvenu sur le plancher du carré.

— Il n'y a pas âme qui vive à l'extérieur. Vous pouvez dormir sur vos deux oreilles, informe Jack en refermant derrière lui la porte de la descente.

— Oui, mais si demain *ils*...

— Pas de panique, Thibault. Demain est un autre jour.

À sa manière de faire et au ton du Taureau, je devine qu'ils ont dû mettre en place une stratégie qui leur a fait retrouver leur calme. Ils disparaissent d'ailleurs dans leur antre en laissant à Snow le rôle de veilleur en chef pour ce qui reste de la nuit.

— Et ? reprend Mélanie dès que nous nous retrouvons seuls.

— Et je lui ai laissé reprendre sa place derrière sa mitrailleuse de malheur.

Mélanie pouffe de rire.

— Et si t'avais dû t'en servir, t'aurais fait quoi ?

— Ben, je me serais mis en mode Warrior et j'aurais arrosé droit devant, comme les autres ont fait, pardi ! Si des militaires y arrivent, ça ne doit pas être bien compliqué. En plus, ça aurait été fastoche, l'ennemi était en pleine lumière !

— Tu veux bien rester en mode Warrior cette nuit, dis ? Et puis, tant que t'y es, tu gardes aussi une oreille pour nous sur Hanspi.

— Si y a que ça pour te rassurer, princesse, tu peux compter sur moi.

La tranquillité soudaine de la nuit, uniquement troublée par le cliquetis des drisses sur le mât, prend doucement possession de notre vaisseau.

Autour de moi, les respirations retrouvent leur rythme lent et régulier. Il n'y a que Thibault qui, de son côté, tourne, souffle et se retourne dans son duvet.

On a encore eu du bol ce soir.

Je revois les lumières braquées dans notre direction, les arbres et la neige qui les empêchent de nous atteindre… À la porte des rêves, je parviens difficilement à soulever une paupière lorsqu'une voix me susurre à l'oreille qu'il faut penser à dormir le plus vite possible car demain on aura sacrément besoin de toutes nos forces.

— On ne va pas se laisser cueillir comme ça ! *L'autre* a dû effectuer un sabotage dans les règles de l'art, mais on va trouver, Iwan. Même si on doit y passer la nuit, avec ton grand-père, on va finir par trouver... Et demain matin, on s'arrache !

L'instant suivant, j'aperçois deux ombres déjà à pied d'œuvre au bas des marches de la descente. Yvon et Jack vont démonter le cata de fond en comble. Patiemment. Méthodiquement.

Bien sûr, avec cette température, ce ne sera pas une partie de plaisir !

Mais ils trouveront. Je suis certain qu'ils trouveront.

À la lueur de sa lampe frontale, le premier s'attaque calmement à la cloison où sont fixés les écrans sans vie de l'ordinateur de bord, celle derrière laquelle sont enfermées toutes les connexions électroniques.

Le second, je l'aperçois, dans un demi-sommeil, s'agenouiller devant le placard renfermant le tableau des relais de batteries, en bas du meuble de cuisine.

Il y a derrière cette toute petite porte un univers entier truffé de fils de toutes les couleurs qu'il m'est arrivé d'observer béatement tant son fouillis me paraissait impénétrable.

Face à la complexité de cette toile d'araignée où s'entremêlent les connexions de l'éolienne, des panneaux solaires, des feux de signalisation ou les témoins lumineux du chauffage, j'ai toujours capitulé.

C'est à cet endroit qu'arrive toute l'énergie qui commande les machines à bord.

Je me dis dans un dernier soupir que ces deux-là ne reculeront jamais devant rien et c'est rassuré que je m'enfonce pour de bon dans mon duvet.

« Sapience ?

— Oui ?

— Et s'ils ne parvenaient pas à déjouer le piège d'Hanspi ? Qu'est-ce qui va se passer entre eux, demain ?

— Tu verras bien.

— Heureusement que Jack n'est pas allé trop loin avec le journaliste. Il pourrait se venger pendant la nuit et nous planter dans notre sommeil… Remarque, s'il nous tue, il n'ira pas bien loin avec toute cette neige au-dehors. Quoique, s'il appelle ses copains, ils pourraient venir le chercher après qu'il nous a tous les cinq assassinés. Mais Jack et Yvon ne se laisseraient pas faire, hein ? Et Snow les repérerait avant même qu'ils ne soient là. Finalement, cette ordure de faux journaliste n'a pas plus d'issue que nous dans cette histoire…

— Iwan, comme l'a dit Jack tout à l'heure, demain est un autre jour… »

Cliquetis de pinces, tournevis et autres outils déposés délicatement sur le plancher… Éclats de lumières dans l'obscurité…

J'aimerais en savoir davantage sur ce que révéleront leurs travaux, mais mon esprit est en phase de déconnexion.

Demain est un autre jour.

Lorsque j'ouvre enfin les yeux, je mets un long moment à me rendre compte que les petites secousses lancinantes caractéristiques de la glisse ont repris sous les coques. Autant que le raclement strident des carres métalliques qui écorchent la neige et le claquement irrégulier des voiles qui se fait entendre de l'extérieur.

Je le savais : ils ont réussi !

Plusieurs « psstt ! psstt ! » me font tourner la tête vers bâbord.

De l'autre côté de la table, Thibault savoure déjà cette nouvelle victoire, le sourire aux lèvres et les deux pouces en avant.

— Mortel ! précise-t-il, jovial.

Sur ma gauche, perchée dans sa couchette, Mélanie est encore dans ses rêves et c'est sans aucune hésitation que je lui ébouriffe les cheveux pour lui faire partager ce réveil inespéré.

— Génial ! s'exclame-t-elle. Et *l'autre*, il est levé ?

— Il doit trop avoir les boules !

Je n'ai pas le temps de leur répondre.

Comme dit souvent Jeannig : « Quand on parle trop souvent du loup, on finit toujours par en voir la queue. »

Eh bien, elle ne croit pas si bien dire, ma grand-mère !

Pour la première fois depuis le départ, Hanspi daigne ce matin traverser le carré pour rejoindre le grand air en nous lançant un « Hum, salut, les jeunes, ça va ? » qu'on a presque du mal à entendre tant il semble embarrassé.

Les grognements de Snow précèdent le « Pas mal, et toi ? » un brin moqueur de Thibault.

— Tu sors pas par-devant, ce matin ? ironise Mélanie.

— Non... Euh... C'est bloqué... La glace sans doute.

— Ah bon ? Il fait plus froid que les jours derniers ?

Elle n'obtiendra aucune réponse et devra se contenter, comme nous, de voir l'espion repousser la porte coulissante du roof qu'il referme immédiatement derrière lui une fois dehors.

— Tu parles, que le gel a bloqué son hublot de pont ! J'en connais au moins deux qui ont dû se charger du travail, moi ! s'exclame Thibault en enfilant un pull.

— Comme ça, au moins, il n'a plus qu'une liberté de mouvement canalisée ! blague Mélanie.

L'occasion est trop belle et nous l'avons tous les trois compris.

Nous nous levons d'un même bon.

Mélanie et moi visiterons la couchette de ce cher Hanspi pendant que Thibault suivra les événements à l'extérieur.

Posté en bas de la descente, il pourra nous prévenir en cas de retour imprévu de l'espion.

— À mon avis, vous avez tout votre temps, annonce-t-il, déjà calé sur la première marche. Fox est en train d'en remettre une couche à Hanspi, et c'est rien de le dire ! C'est clair, y a de l'explication dans l'air ! Et comme ça s'engage, ils ne vont pas tarder à se mettre des baffes ! Va y avoir du spectacle !

— Où est le Taureau ?

— J'sais pas. À l'avant sans doute. Je ne le vois pas d'ici.

Nous laissons Thibault à sa planque et poussons la porte qui mène au domaine de la taupe.

L'univers du journaliste, c'est d'abord une odeur.

— Pouah, ça chlingue là-dedans ! s'exclame Mélanie, le cœur au bord des lèvres.

Il est vrai que le remugle qui nous prend les narines est plus proche de l'antre de l'ours que du salon de beauté. Je parie que l'animal ne connaît pas les bains de neige !

Sur la couchette reposent, pêle-mêle, un grand sac à dos, un de ses appareils photo, une paire de jumelles et quelques vêtements froissés.

Je fouille le bagage tandis que Mélanie soulève le matelas d'une main experte.

— Rien de ce côté.

— Rien ici non plus, à l'exception d'une lampe de poche, d'une petite bouteille d'alcool en métal et d'affaires de toilettes.

J'oriente alors mes recherches vers un petit rangement situé sous la couchette et finis par découvrir, au milieu d'un bricà-brac indescriptible, quelques articles de journaux, une cartouche de cigarettes et un portefeuille sur l'étagère supérieure.

Je sens la fébrilité me gagner. Il faut faire vite. Si ce malade nous prend en pleine perquisition, on risque fort d'avoir chaud aux oreilles.

J'ouvre l'étui de cuir noir. Il contient, entre autres, une carte d'identité magnétique sur laquelle est apposée une photo à côté d'une formule correspondant à l'ADN du propriétaire.

Aucun doute possible, il s'agit bien de notre homme, avec toutefois quelques années de moins.

Nom : Urosevski.

Prénom : Youri.

Nationalité : Polonaise.

Date et lieu de naissance : 24 novembre 1987, Varsovie.

Je me répète deux ou trois fois le nom de la capitale de la Pologne... C'est incroyable, ce type n'a aucun accent !

Profession/grade : 2e CPI[32].

Mes copains avaient raison depuis le début... Mélanie m'interrompt dans ma réflexion :

— Wow, regarde un peu ça !

Intriguée par une déformation du plafond, elle a entrepris de s'attaquer directement au tissu qui orne le dessus de nos têtes, juste au niveau du pied de mât.

À cet endroit passent les câbles électriques qui alimentent les feux de position et d'éclairage du pont ainsi que celui qui ramène vers l'ordinateur de bord les informations captées par l'anémomètre.

32. Commandeur de la Police Intérieure.

L'ensemble est centralisé dans un caisson d'environ un mètre de long et de profondeur pour vingt à trente centimètres de hauteur.

Je m'insurge en la voyant finir de décoller le revêtement caoutchouté si méticuleusement posé par mon grand-père.

— Mais, t'es carrément parano, toi ! Tu ne vas quand même pas démonter tout le cata ! Et si *l'autre* se pointe, tu planques ça comment ?

J'ai déjà précisé que Mélanie Kerviche a un caractère de cochon, et que quand elle a décidé quelque chose, rien ni personne ne peut l'y faire renoncer.

Eh bien, cette fois-ci ne sera pas une exception puisqu'elle a décidé de ne pas faire cas de ma remarque et continue allègrement le dépeçage du plafond !

Affolé, j'entrouvre la porte de la cabine.

Thibault est toujours là-bas, au pied de la descente. En observateur attentif, il me tourne le dos et j'aperçois dans la lumière du jour la vapeur qui lui sort de la bouche.

J'ai chaud. Je transpire, même.

De temps à autre, lorsque le catamaran part dans une embardée, il s'accroche aux marches pendant quelques secondes, le temps que le bolide retrouve son équilibre.

Tout paraît calme et je décide de ne pas distraire le veilleur dans son travail.

Mélanie, elle, achève son massacre en toute délicatesse. À présent, un pan entier du plafond se balance lamentablement au rythme des mouvements du *Seagull.*

— Si Yvon voit ça, t'es morte !

— Pas grave.

— Et si Hanspi se pointe ?

— Pas grave.

— En plus, il y a plein de connexions. Regarde tous ces fils !

— T'inquiète, Iwan Malaterre, je gère !

Et en plus, elle a fait mouche. La voilà qui tire du trou une mallette métallique d'environ cinquante centimètres de long pour une quinzaine de hauteur.

Au fur et à mesure qu'elle l'extirpe de son logement, mon cœur fait des bons de plus en plus inquiétants dans ma poitrine. Il s'emballe même à la vue de cette mallette que ma copine tient maintenant en main devant mes yeux médusés.

— Alors, t'as vu ? fait-elle, fière, tellement fière d'avoir eu raison.

Mais qu'est-ce que je la déteste dans ces moments-là...

— J'ai le nez, hein ! poursuit-elle, carrément.

Si elle a le nez, comme elle dit, moi, par contre, j'ai l'œil !

La stupéfaction me ferait avaler ma propre langue.

— Ben quoi ? s'étonne ma copine, promenant son regard de la mallette à moi et inversement.

Je tente d'articuler deux ou trois mots en pointant l'index sur sa trouvaille.

— Cette... Cette ma... mallette...

— Ben quoi ? Qu'est-ce qu'elle a, cette mallette ? Attends d'abord qu'on l'ouvre ! Détends-toi, Iwan !

Détends-toi, Iwan, détends-toi, Iwan, elle en a de bonnes, elle !

— C'est la... la ma... ma... la mallette que...

Je sens comme une vague de terreur me monter des pieds à la tête. Je suis pris de vertige. Mes jambes chancellent, me forçant à m'adosser à la cloison.

— C'est la mallette que j'ai ouverte avec un pied de biche dans le 4 x 4 au moulin de Ian !

Ma copine me fixe, bouche bée.

— Ben, comment tu peux en être si sûr ? Il doit en exister des milliers dans le genre !

— Oui… forcément, mais pas défoncée comme ça à cet endroit, dis-je en tapotant du doigt l'ouverture encore déformée.

Les souvenirs resurgissent alors au grand galop : les miliciens, le feu, la course à vélo sous la première neige de l'hiver, le marais, son eau glacée qui veut me paralyser les mollets, le refuge du pigeonnier, l'arrivée à la maison, Torg, Nag, la fameuse bagarre et notre fuite en Ski-Doo jusqu'à chez mon grand-père…

Je ne contrôle plus ma panique et fonce une nouvelle fois jusqu'à la porte.

— Thibault !

L'interpellé se retourne et croise mon regard.

— Qu'est-ce qui se passe ? Vous avez trouvé un missile ? plaisante-t-il.

Mon air ahuri le pousse à quitter son poste et il ne tarde pas à se diriger vers moi.

— Alors ? questionne-t-il, à mi-distance.

— Tu… Tu te rappelles la ma… la mallette au moulin ?

Il se détourne, jette un coup d'œil en direction de la descente, puis décide de traverser le carré pour se retrouver face à moi.

— Ça chauffe, là-haut, dit-il en m'indiquant le plafond du pouce.

Puis il ajoute après un court silence :

— Bon, c'est quoi, ton histoire de mallette ?

Je me gratte la tête, le menton et la joue de la main droite. Je crois que je me gratte aussi les fesses de la gauche.

Mon copain me considère, les yeux mi-clos, la tête un peu de travers, soupçonneux.

Je parviens à bredouiller :

— La mallette… Regarde la mallette, derrière moi.

Il se hisse sur la pointe des pieds pour mieux voir pardessus mon épaule au même moment qu'un lourd choc résonne au-dehors qui nous fait lever les yeux vers le pont.

Thibault se retourne, hésite à rejoindre le bas des marches, mais décide de rester avec nous malgré les grognements de Snow.

— Je l'ai vue, ta mallette, Iwan, je l'ai vue… Elle est exactement comme…

Il fait un brusque bond en arrière.

— Nom de…

Il s'y reprend à deux fois pour jauger l'objet qu'a ouvert Mélanie et balbutie à son tour, tremblant comme une feuille que le vent d'hiver va bientôt arracher à sa branche :

— C'est la même que celle des BMR chez Ian !

— C'est surtout celle que j'ai forcée au pied de biche dans le 4 x 4 !

— J'ai pas oublié.

À l'extérieur, les voiles claquent tout à coup, ce qui semble encore moins plaire au labrador qui se met cette fois à aboyer furieusement.

On a dû virer de bord. Mon copain retourne rapidement à son observatoire pour s'en assurer…

— Comment elle a pu atterrir ici ?

Mélanie ne me répond pas tout de suite, elle s'est déjà lancée dans l'inventaire de la valise dont le contenu n'a plus rien à voir avec ce qui y était enfermé la première fois.

Les objets étendus sur la bannette sont des plus divers : deux appareils Nikon et leurs objectifs totalement hors d'usage, un boîtier en plastique noir avec trois petits tubes argentés dedans. Une tablette, des cartes de stockage photo. La minutie avec laquelle tous ces objets sont rangés précise d'emblée leur importance.

Sans réfléchir plus longtemps, je connecte la tablette et y introduis l'une des cartes.

Les clichés à l'écran représentent des jeunes un peu plus âgés que nous.

Le visage parfois encagoulé, parfois à découvert, ils défilent en groupes dans les rues d'une ville.

D'autres séries de photos montrent des émeutiers qui s'attaquent à des motoneiges, des magasins, des membres des forces de l'ordre. Des gros plans ont été réalisés sur les visages.

— J'ai compris, dis-je tout haut. Commandeur de la Police intérieure, ça consiste à répertorier tous les gens qui s'opposent au pouvoir de Bogdish. Photographie-identification-arrestation-déportation.

— Si j'en juge à l'état de ses appareils, ça ne doit pas être tous les jours facile comme métier ! À mon avis, il a quitté une ville en catastrophe parce qu'il s'est fait repérer. Les jeunes fichés sur ses photos ont voulu les récupérer. Ils lui ont démoli ses appareils, mais il a réussi à filer avec ses cartes de stockage.

— Il est forcément de mèche avec les BMR, ce salaud de collabo !

— Tu sais maintenant d'où vient la valise.

Le *Seagull* s'embarque subitement dans une nouvelle série de virages incompréhensibles.

Les cartes photo disparaissent dans mes poches...

— Si tu veux mon avis, Iwan, ce type n'était pas au Café du Rail par hasard. Il attendait quelqu'un.

— À qui tu penses ?

— À nous.

— Nous ? Mais comment aurait-il pu savoir que nous allions passer par ce patelin et nous arrêter précisément dans ce bistrot ?

Mélanie passe sa main dans ses longs cheveux qu'elle repousse en arrière. Elle s'accorde ensuite un temps de réflexion et reprend :

— Je ne sais pas, mais on n'a plus les Mangeurs aux trousses depuis le lac et on se prend un hélico la nuit dernière... Tu ne trouves pas ça un peu louche ?

Je ne réponds pas.

— Je suis certaine qu'Hanspi... Euh, je veux dire ce... Uro je-sais-plus-quoi, quelqu'un nous le fout dans les pattes pour nous ralentir. Quelqu'un qui a intérêt à nous rattraper, comme le prétend Jack.

Je m'applique à mon tour à suivre son raisonnement :

— Quelqu'un sur qui nous aurions pris de l'avance, par exemple ?

— Possible.

— De l'avance depuis une certaine baston près d'un lac ?

— Tu brûles !

— Mais, Torg et ton beau-père n'ont pas d'hélico !

— Non, pas eux, mais ceux pour qui ils travaillent ont les moyens !

J'acquiesce.

— L'hélico aurait eu pour rôle de nous ralentir ?

— Non, ça, c'est le rôle d'Uro-truc. Celui de l'hélico était de nous retrouver d'abord, de nous isoler et enfin de nous interdire de poursuivre notre route en attendant que les...

— Que les Mangeurs nous rattrapent.

— Et, comme on était privés d'électricité, ils pensaient gagner la partie les doigts dans le nez.

Pendant que nous parlions, j'ai tourné et retourné entre mes doigts cette petite boîte de plastique que j'observe à présent, dubitatif.

Sur l'intérieur du couvercle, une étiquette où sont écrits des mots dans une langue qui m'est inconnue. Le fond est recouvert d'une mousse gris anthracite moulée pour recevoir cinq petits tubes argentés longs d'à peu près cinq centimètres pour un diamètre qui ne dépasse pas les cinq millimètres. Cinq emplacements, trois tubes dans la boîte...

Mélanie et moi saisissons chacun un des cylindres. Leurs extrémités ont une forme d'ogive. Le métal est léger.

Nos regards se croisent, s'interrogent sans que nous puissions nous apporter une quelconque réponse.

Impossible d'ouvrir les tubes sans les casser – ce que nous ne nous risquerons pas à faire, pas plus que nous ne presserons les touches « *On* » ou « *Off* » disposées sur chacune des pièces.

Dans le carré, Snow, que l'instabilité du cataski doit énerver, ne cesse plus d'aboyer.

C'est au moment où nous décidons de remettre à plus tard cette dangereuse exploration qu'un second choc, suivi d'éclats de voix, nous arrache à notre enquête. Ça s'est passé juste au-dessus de nos têtes, cette fois.

Malheureusement, le hublot de toit, couvert de neige, ne me permet pas d'en apprendre davantage.

Mais qu'est-ce qu'ils foutent, là-haut ?

— On s'éjecte de là ! dis-je à Mélanie, alors que la porte de la cabine s'ouvre brutalement, laissant apparaître un Thibault plus blême qu'un macchabée et un Snow qui, les pattes sur les marches de la sortie, aboie comme un fou.

— Vite ! s'écrie-t-il, magnez-vous ! Y a du grabuge sur le pont !

Nous lui emboîtons le pas en enfilant à la hâte anorak, gants et bonnet.

Là-haut, le barreur a encore changé de cap, et ça, c'est carrément plus normal du tout.

Je m'accroche comme je peux pendant la courte mais périlleuse traversée du carré.

Le *Seagull* semble pris dans un vent de folie, et c'est à l'instant où je gravis la première marche qu'il se met à zigzaguer, nous empêchant, Mélanie et moi, d'atteindre le cockpit.

Thibault, qui y est parvenu le premier, me tend la main en même temps que se produit un nouveau choc sur le roof.

Du bas des marches, j'entraperçois un coin de ciel chargé d'impressionnants nuages noirs qui se balancent au gré des divagations du cataski.

Le premier obstacle à éviter sera la voile qui balaie le pont à une vitesse fulgurante dans un va-et-vient infernal. La moindre inattention, et la bôme[33] décapitera le premier bipède planté sur son passage.

— Magne-toi, Iwan, magne-toi ! hurle mon copain, terrorisé.

33. Sorte de mât à l'horizontale qui maintient la grand voile à sa base.

Parvenus à l'extérieur, nous aidons Mélanie à grimper à son tour.

Il n'y a plus personne à la barre !

Un mètre au-dessus de nos têtes, la bôme tourne à plein régime.

Mais où sont donc passés nos deux chefs ?

Des cris retentissent à nouveau de l'avant où j'aperçois soudain mon grand-père, pieds et mains liés, allongé sur le dos à même le roof.

Il se débat, tentant d'éviter les coups de pied que lui assène Urosevski.

J'empoigne la barre tandis que Thibault et Mélanie volent à son secours en évitant la bôme qui vient une fois de plus de passer juste au ras de la tête du Polonais qui frappe et frappe encore Yvon.

Mais comment a-t-il fait pour mettre l'ancien GIAT dans cet état ? Quel piège a-t-il pu lui tendre pour réussir à le saucissonner de la sorte ?

Et Jack, où est-il donc passé ?

Le balayage perpétuel de la voile empêche mes copains d'approcher des deux adultes.

Avec toute la concentration dont je suis capable dans pareilles circonstances, je m'applique tout d'abord à stabiliser le navire.

La grand-voile qui se positionne dès lors sur bâbord devrait permettre à Thib et Mélanie d'essayer d'apporter leur aide à Yvon.

Mais l'autre frappe et frappe toujours plus fort mon grand-père.

Et elle est longue, la corde qui lui maintient les pieds liés !

Je la suis du regard. Partant d'au-dessus du roof, elle serpente jusqu'à un taquet situé à deux mètres à peine sur ma gauche où elle est frappée[34].

La conclusion est évidente : ce salaud d'Hanspi s'apprêtait à le balancer par-dessus bord avant de larguer l'amarre !

Mais Jack ?

Je me tourne machinalement vers le taquet situé au même endroit sur le bord opposé.

Un bout[35] y est également attaché, mais celui-là part déjà à l'extérieur. Vers l'arrière.

Mes yeux suivent le long filin qui se perd au loin dans notre sillage.

À environ cent cinquante mètres, j'aperçois tout à coup un gros paquet rouge et bleu qui subit la volonté des élé-

---

34. Attachée.

35. Cordage.

ments, tantôt bondissant au sommet de la vague, tantôt disparaissant entièrement au plus profond de la poudreuse.

Je sens les larmes me mouiller les yeux.

À travers mes gants, mes doigts se crispent sur la barre.

Jack !

Jack se fait trimballer comme un vulgaire sac de noix, un espadon pris à l'hameçon. Il me semble qu'il est sur le dos, les pieds vers l'avant.

Mais depuis combien de temps ?

Ce fumier de Polonais est parvenu à le ligoter avant de le faire passer par-dessus bord pour le traîner jusqu'à ce que mort s'ensuive.

Il doit s'épuiser et ne tiendra plus longtemps à cette allure et par ce froid.

Réagir vite. Très vite !

Recevant le vent par tribord arrière, je facilite la tâche à mes deux amis qui sont au cœur d'une empoignade à laquelle je ne peux malheureusement pas participer.

Alors qu'Urosevski, tenant mon grand-père à la gorge, tente maintenant de l'étrangler, Mélanie lui saute sur le dos, le prend au cou et tire de toutes ses forces en arrière.

Thibault, quant à lui, ceinture l'agresseur qui recule sous l'assaut mais se rétablit bien vite et, une fois debout, projette sans aucune hésitation mes deux copains dans le bastingage où ils restent plantés comme des crabes dans un filet.

Maintenant débarrassé de ses sangsues, le journaliste se saisit de la corde qui entrave Yvon, la passe sur son épaule et tire. C'est à cet instant qu'il s'aperçoit que le *Seagull* a cessé sa chevauchée sauvage pour une navigation plus stable.

Bien évidemment, c'est vers la barre que ses yeux s'orientent dans la seconde qui suit.

C'est-à-dire… vers moi !

Nos regards se croisent, et je m'efforce de lui lancer le plus dur que j'ai en catalogue.

Ça ne l'empêche pas de porter la main droite à la poche de sa parka.

Il cherche une arme !

S'il en possède une, je suis mort !

Deux mètres derrière lui, allongé sur le roof, Yvon, qui a compris ce que le Polonais a en tête, tire par saccades la corde qui les relie.

Ses mouvements doivent chaque fois arracher son épaule gauche au Polonais. Mais Urosevski semble capable d'occulter la douleur tant il est déterminé.

L'œil qu'il me jette est injecté de sang.

Cette fois, j'en suis certain, ce type ne me laissera pas deux chances de contrecarrer son plan machiavélique.

Ce sera lui ou moi.

Dans son dos, plaqués contre les filières de sécurité par les mouvements du navire et le vent qui se charge à nouveau de flocons, Mélanie et Thibault luttent pour se relever sans passer par-dessus bord.

Ne pas paniquer, même si, en face, il est parvenu à extraire de sa poche un PED17[36].

Je reconnais ce truc ! Mon grand-père nous en avait montré un au bunker en nous expliquant que le faisceau électrique de cette arme avait la capacité de paralyser pen-

---

36. Paralyseur électrique de défense.

dant une dizaine de minutes tout agresseur se situant dans un rayon de trois mètres.

Et l'autre qui me nargue en dirigeant à tout-va le jet bleuté dans ma direction. Je sais que je suis pour l'instant hors de portée.

Le voilà qui s'apprête maintenant à descendre du roof ; mais Yvon, qui résiste, le contrarie en tirant toujours plus fort.

Il va me falloir faire vite. Très vite... Trouver LA solution dans la seconde.

Le vent me souffle dans le dos des embruns de neige soulevés par les safrans. Tout autour de nous, le ciel se charge d'impressionnants nuages annonciateurs d'un nouveau coup de tabac. Je sais que je n'ai d'autre choix que de devoir gérer seul la survie de tout un équipage. Une vague de chaleur me monte dans le dos.

Lors de ses embardées les plus irréelles, la grand-voile, que j'ai complètement relâchée, perd le vent et se dégonfle. Elle quitte ensuite son poste avant de retourner se fracasser sur les haubans dans un claquement qui pourrait arracher toute la mature. La toile ainsi plaquée est forcée de reprendre l'air et redonne en un instant sa pleine puissance de propulsion au *Seagull*.

« La bôme », me dis-je en moi-même. Mais bien sûr, la bôme !

Nous étions conscients, Thibault et moi, du danger qu'elle représentait lorsque nous aidions tout à l'heure Mélanie à gagner le cockpit. Conscients qu'elle pouvait emporter n'importe quelle tête sur son passage lors d'un balayage...

Balayer ce pont !

Le nettoyer de cette vermine ! Voilà ce que je dois faire !

L'autre fait un nouveau pas en avant, tirant fermement la corde à l'extrémité de laquelle Yvon se débat toujours, pour nous faire gagner du temps.

Choisir le bon moment. Je n'aurai pas de coup d'essai !

Urosevski procède par secousses étudiées : il laisse du mou à sa victime pour mieux retendre la corde ensuite et tenter de la surprendre. Il fatigue ainsi mon grand-père qui tantôt s'accroche tantôt abandonne, épuisé.

Concentré, j'évalue le plus précisément possible l'endroit où le Polonais devra être positionné pour que la bôme l'arrache de ma vue.

Je prends tout à coup conscience que quelque chose est en train de se passer en moi.

Barre bien en main, campé sur des jambes d'acier, les mêmes que celles de la nuit du lac, je plisse les yeux pour me focaliser sur ma cible.

Je respire profondément. Calmement.

Je maîtrise.

Je n'ai plus peur.

Approche, Uro... Approche doucement...

Oui, c'est ça, continue de m'impressionner avec ton paralyseur, mais surtout ne glisse pas maintenant, pas avant ton heure...

Allez, encore un petit effort, mon vieux...

Je ne te manquerai pas. Promis, tu ne sentiras rien...

Et le Polonais se courbe en avant, et hurle chaque fois qu'il tire pour marquer son effort et tenter de m'effrayer. Et son visage se transforme chaque fois un peu plus en celui d'un dément.

« Allez, maintenant. Tu me le fais, ce dernier petit pas… Regarde, je te fais même signe d'avancer de la main… Tu souris ? Tu ne comprends pas ? Allez, viens… Un tout petit pas seulement et on y sera… Et tu ne glisses pas, hein, surtout tu ne glisses pas… »

Sentant une nouvelle résistance derrière lui, le tortionnaire laisse soudain filer la corde et fait dans ma direction le pas que j'attendais.

Vif comme l'éclair, je tire alors la barre des deux mains, forçant le *Seagull* à effectuer un empannage[37] en catastrophe.

Surpris par la manœuvre, Urosevski perd l'équilibre et, ne trouvant rien à quoi s'accrocher, il n'a que le temps de voir la voile entamer son changement de bord.

Elle balaie le pont à la vitesse d'un TGV, entraînant avec elle la bôme en aluminium que le Polonais se prend en pleine face.

Le bruit est mat et la violence du choc est telle que l'homme est projeté par-dessus les filières, la tête la première dans le vide.

Je l'entrevois encore quelques instants, cramponné à la corde qui le relie à Yvon, et donc à la vie.

Rebondissant sur le tapis blanc où il ne pensait sans doute pas aller rejoindre Jack de sitôt, il finit cependant par lâcher prise, arrêté net par une souche que j'ai évitée de justesse.

— La herse, Iwan, me crie Yvon, la herse !

Le frein chute à une vitesse foudroyante et ses centaines de pics agrippent puis labourent la neige avant de finalement s'y planter fermement.

---

37. Virement de bord par l'arrière.

Nous avons juste le temps de nous cramponner, moi à la barre, Yvon au pied du mât, Mélanie et Thibault aux filières, pour éviter d'être projetés en avant.

— Bien joué, fiston ! félicite Fox qui, un peu sonné, parvient à se débarrasser des liens, aidé en cela par mes deux copains.

Il se relève ensuite tant bien que mal et progresse lentement dans ma direction.

Lorsqu'il me rejoint enfin, il me prend la tête de son bras gauche et l'écrase à m'en étouffer contre lui. Il m'embrasse sur le front sans dire autre chose que :

— Faut s'occuper de Jack maintenant.

Estomaqué, je me dis que si ce bonhomme est capable de se remettre aussi rapidement de tout ce qu'il vient d'endurer, c'est forcément un immortel. Ce qui me nourrit de l'espoir que son *alter ego* le soit aussi !

— Tu restes là et tu tireras quand je te ferai signe, ordonne-t-il avant de se jeter dans la neige sans même prendre le temps de déployer l'échelle de corde.

À travers l'averse qui s'épaissit, je distingue vaguement le corps du Taureau immobile dans sa parka bleue et rouge là-bas au sommet d'une bosse.

Mélanie est la première à me rejoindre. Elle n'en peut plus. Elle défait son écharpe comme si elle allait étouffer, et c'est à bout de souffle qu'elle se laisse tomber dans le cockpit, les bras en croix.

— Et Jack ? s'inquiète-t-elle.

— Je sais pas...

— Ta manœuvre a été géniale, félicite Thibault qui parvient lui aussi à notre hauteur.

Il prend ensuite en mains la corde qui relie Jack au *Seagull*, s'apprêtant à tirer.

— On ne tire pas, dis-je en m'asseyant au bord du flotteur, les jambes au-dessus du vide.

— Comment ça « on ne tire pas » ?

— Faut attendre les ordres d'Yvon.

— J'ai bien cru qu'on allait tous y passer cette fois, soupire Mélanie en reprenant peu à peu son souffle. Mais comment ils ont pu se faire avoir comme ça ? J'en reviens pas.

— L'autre avait tout prévu... commence mon copain en se posant à côté de moi.

Nous gardons les yeux rivés sur Yvon qui, la neige jusqu'à la ceinture et parfois jusqu'à la poitrine, chemine de plus en plus difficilement.

— Tu sais, le bout qui nous sert à l'amarrage et qui reste toujours au taquet avant...

— Hmm.

— Eh bien, j'imagine que Urosevski s'est agenouillé sur le pont et y a tranquillement fait une grande boucle avec un nœud coulissant ou un truc dans le genre. Il était sûr que, comme Jack l'avait à l'œil depuis hier soir, il allait forcément venir mettre son nez pour voir ce qu'il manigançait encore.

— Et ? questionne Mélanie en se relevant.

— Et ça n'a pas manqué ! Il l'a vu venir. Il a pris tout son temps pour l'attirer au milieu de la boucle que la neige recouvrait sans doute plus ou moins.

— Et tous ces virages, c'était quoi ?

— Je pense qu'Yvon a compris avant le Taureau, mais, comme il lui était impossible de se faire entendre à cause du vent, Fox a dû lâcher la barre pour aller secourir son pote. Le *Seagull* a entamé une série de virages tout seul et le Taureau a perdu l'équilibre… L'autre a dû lui mettre un coup de paralyseur avant de serrer la boucle. Ensuite, on peut imaginer qu'il l'a poussé par-dessus bord et le grand Jack n'a eu que le temps de se voir partir.

— 'tain, j'y crois pas !

— Ouais, sauf qu'il faut me croire, Iwan.

Les flocons de plus en plus épais nous voilent la vision et Jack n'apparaît plus au loin que comme un minuscule point sombre.

Yvon semble maintenant l'avoir rejoint et s'affaire autour de lui. Il va nous falloir être des plus vigilants et tirer sans s'accorder une once de répit quand le moment sera venu.

— Et Yvon, comment il s'est fait gauler, lui ?

— Je l'ai vu lâcher la barre et se précipiter vers l'avant pour retenir Jack, mais comme le cata filait n'importe comment, il a dû glisser et s'assommer sur le pont ou un truc du genre. Quand il a repris connaissance quelques secondes plus tard, tu penses que le Polonais, lui, n'avait pas perdu de temps pour lui ligoter les pieds !

— Mais, pourquoi t'es pas intervenu plus tôt ?

— Intervenir ? Et comment ?

— Il y a des armes plein les malles !

— Et je fais quoi avec tes armes là, en plein rodéo ? Je tire au hasard dans le tas et je descends ton grand-père ?

Je soupire un grand coup.

— Non, ça n'aurait servi à rien, Iwan. Il n'y a qu'ensemble que nous pouvions faire quelque chose. Alors je suis venu vous chercher et c'est tout.

Je tourne la tête vers lui sans savoir quoi lui dire, même si je crains qu'il ne prenne mon silence pour un reproche.

Comment pourrais-je lui en vouloir ? Quel imbécile faudrait-il que je sois pour lui faire le moindre reproche ? Avons-nous d'ailleurs le droit de reprocher quoi que ce soit à quelqu'un qui a fait ce qu'il pensait être le mieux ?

L'obscurité s'étend progressivement tandis que le vent forcit encore. Une nouvelle tempête se prépare.

Je me lève pour aller serrer davantage l'écoute de grand-voile et m'assurer que rien n'a bougé depuis le départ de mon grand-père.

Mon grand-père qui, là-bas, ne nous fait toujours pas signe.

Nerveux, je demande à Mélanie de se munir de jumelles afin de nous donner des nouvelles, ce qu'elle fait sans attendre.

— Il est penché sur Jack, assure-t-elle. Il lui passe la corde sous les bras...

Ces informations ne sont pas suffisantes et je m'emporte.

— C'est tout ce que tu vois ?

— Écoute, Iwan, si tu penses que t'y verras mieux que moi, prends ma place, te gêne pas !

Je grommelle des excuses mais mon impatience est réelle.

— Faut pas s'énerver, ça sert à rien, s'incruste Thibault.

— J'aperçois encore *l'autre*, reprend Mélanie, mais dans un quart d'heure il aura disparu sous la neige. À mon avis, tu lui as mis son compte ! T'es un héros ! se réjouit-elle sans quitter sa cible des yeux.

Les miens sont tantôt rivés sur Yvon et Jack, tantôt dans le vague, fixant je-ne-sais-quoi sur cet univers de glace où rien n'existe plus.

Une impression de solitude lourde comme le poids du monde s'installe autour de nous, seulement perturbée par les gémissements de Snow qui s'impatiente dans le carré dont Thibault vient de repousser la porte, et les bourrasques que nous prenons en pleine figure.

Nous n'avons plus rien à nous dire.

Frissons dans le dos. Après le coup de chaud, je grelotte, pris entre ce que nous venons de vivre et ce qui nous attend.

Il faudrait qu'Yvon ne tarde pas trop maintenant...

— Tu sais, quand j'ai vu ton grand-père se faire tabasser, j'ai hésité dix secondes. Pas plus. Après, j'ai foncé vous prévenir. On avait vraiment plus de chances à trois que moi tout seul.

— T'as assuré comme une bête, t'inquiète. Je crois qu'on te doit tous un grand merci.

— Tu rigoles ? Merci de quoi ? T'aurais pas fait pareil à ma place ?

— J'espère que si ! Et je...

— Ça bouge en face ! s'enthousiasme soudain Mélanie alors que j'aperçois effectivement mon grand-père qui agite les bras au-dessus de sa tête.

C'est le signal que j'attendais.

Forts de nos appuis, nous prenons en mains la longue corde et tirons comme des forcenés.

Le fil est mince qui relie encore Jack à la vie. Tirer fort, le plus fort possible, le plus vite possible, en prenant toutes les précautions pour ne pas risquer de le couper.

Même s'il disparaît de temps à autre dans la poudreuse, le corps du géant glisse plutôt facilement et la manœuvre est plus simple que nous ne l'avions imaginé.

Plus que cinquante mètres...

Quarante...

Yvon nous aide en poussant autant qu'il le peut les pieds de son ami.

Vingt-cinq...

Nous y sommes presque...

Dix...

Il parvient à présent au bas de la coque et Thibault lui déroule l'échelle de corde qu'il prend à pleines mains pour se hisser.

Il est livide, Yvon. On ne fait plus la différence entre son visage, sa barbe et la neige.

Peut-être est-il arrivé malheur à son ami... Non, c'est impossible, il ne peut pas être...

— On le hisse ! ordonne Fox, autoritaire. Même si vous en bavez, n'enlevez vos gants sous aucun prétexte ! Allez, tirez !

Le corps de Jack se présente de dos et paraît sans vie. Nous crochons où nous pouvons dans sa parka, passons les mains sous ses bras pour avoir plus de prise, et, c'est au son des « ho hisse » et des « han ! » que le Bull se retrouve dans le cockpit en un peu moins de quatre minutes.

La nuit est presque totalement sur nous.

La seule chose qui importe maintenant est de faire tout ce qui est encore possible pour sauver notre géant et réentendre son rire et sa grosse voix.

Partout autour de nous, le temps devient fou.

Le *Seagull* tire sur ses rênes comme un cheval effrayé par la présence du diable.

Il faut déguerpir au plus vite de ce plateau exposé à tous les vents, car si le gros temps nous cueille et que nous n'avons plus ni la force ni l'opportunité de relever la herse, il faudra nous en séparer. Or, sans ce génial système de freinage, c'est la fin du voyage.

Si Jack a été remonté à bord au prix d'un effort surhumain, c'est avec mille et une précautions que Thibault, Mélanie et moi aidons Yvon à le descendre ensuite dans le carré.

Le Taureau n'a plus son écharpe mais, fort heureusement pour lui, ses gants n'ont pas été emportés.

— Jack est plutôt du genre prudent ! précise Yvon en dénouant les lacets qui entourent les poignets de son copain. C'est grâce à ça qu'il les a gardés !

Il a beau être du genre prudent, je comprends vite en voyant le visage tuméfié de notre compagnon, la neige qui lui remplit le nez, la capuche, le col et tout le reste, son corps meurtri figé par le froid, que la prudence ne fait pas tout.

— Activez, on ne traîne pas !

À la hâte, nous le débarrassons de presque tous ses vêtements.

— Mélanie, tu prends la plus grosse casserole que tu trouves, tu montes me la remplir de neige, tu me rejoins en fermant tout derrière toi pour garder un maximum de chaleur à l'intérieur et tu fais bouillir. Exécution !

Iwan et Thibault, vous retournez dehors, vous prenez trois ris[38] dans la grand-voile et vous me remontez cette herse à sa place. Ensuite, vous relâcherez progressivement de la toile, génois au minimum. Vous ferez cap plein nord au zéro. Vous allez me tirer un maximum de ce rafiot. Qu'on voie ce qu'il a dans le ventre ! Le projecteur avant sera allumé. Avec ce qui va nous tomber dessus dans les heures qui viennent, pas un de ces cloportes ne se risquera à nos trousses. Et n'oubliez pas de boucler vos harnais ! Exécution !

Les ordres viennent de claquer les uns à la suite des autres sans que qui que ce soit ne songe un instant à moufter. Dans de telles circonstances, lorsqu'on a la chance d'avoir à ses côtés quelqu'un qui sait exactement ce qu'il faut faire, on se contente de suivre docilement le mouvement.

D'autant que s'il faut faire bouillir de l'eau, c'est plutôt bon signe ! Par ailleurs, il m'a semblé sentir la tiédeur de la

---

38. Prendre un ris : quand le vent devient trop fort, on réduit la surface de la voile en la repliant en partie sur elle-même.

peau de Jack en effleurant sa jambe au moment où nous lui avons ôté son pantalon.

La porte de la descente et le toit coulissant du roof viennent de se refermer, nous laissant seuls Thibault et moi à notre stupeur glacée.

Pas le temps de se congratuler pour la tâche qui nous est confiée. La peur d'oublier une seule des consignes qui nous ferait manquer la manœuvre nous prend la tête.

Tout en répétant une à une les différentes étapes à haute voix, nous nous efforçons de rester calmes. Les écharpes sont relevées sur nos visages, nous vérifions mutuellement la bonne attache de nos gants en les tirant par leurs extrémités.

La nuit est de plus en plus sombre.

Comme nous allons devoir maintenir l'allure en vent arrière, ces satanés flocons ne viendront pas nous piquer les yeux ; voilà enfin un point positif !

La voile claque, le vent hurle dans les haubans, le *Seagull* trépigne sur sa herse.

Le chaos dans lequel Thibault et moi nous retrouvons ce soir, c'est l'enfer.

Et pour échapper à l'enfer, une seule solution : repousser nos limites.

Dès que je sens l'angoisse me gagner, je pense à la mer qui, lorsqu'elle est démontée, est bien plus impressionnante que ce vulgaire champ de neige que nous ne verrions même pas si de l'intérieur quelqu'un n'avait allumé pour nous le fameux projecteur du pont.

— C'est flippant, ce coup de vent ! me crie Thibault, tout en s'affairant.

Je lui réponds entre deux bourrasques de ne pas s'inquiéter, qu'on va gérer.

La température vient à nouveau de perdre trois degrés.

— C'est quoi cette histoire de riz qu'il faut prendre dans la grand-voile ? braille mon équipier en essuyant d'un revers de gant son visage déjà recouvert de poudreuse.

— Rien à voir avec le riz que tu bouffes ! Prendre un ris, c'est diminuer la toile exposée au vent.

— La quoi ?

— La toile exposée au vent ! Tu vas moins vite, mais tu prends moins de risques de casser du matériel.

La tornade nous pousse presque à marcher malgré nous.

— Mais, je m'en fous de ton matériel ! Notre peau d'abord !

— Tu te rappelles quand tu jouais les naufragés et que t'es tombé de ton lit chez Yvon ?

— Ouais, c'est bon, là ! Tu vas pas encore faire chier avec ton histoire !

— Non, mais là, t'étais bien à l'abri sur le plancher de la chambre ! Ici, sans le matériel, t'es mort !

Le cata se cabre.

— J'ai remarqué qu'on est plus peinards en vent arrière !

— Pas toujours ! Je pense que cette nuit on ne va pas l'être !

— On peut chavirer même si on est sur les deux coques ?

— Oui, ça peut arriver !

— Ben, comment ?

— Il peut planter par l'avant !

— Quoi ? Par l'avant ? Ça peut arriver, ça ?

— Cul par-dessus tête, je te dis !

Devinant mon copain en proie au doute, je lui explique comment nous devons procéder puis, sans plus attendre, nous prenons ces fameux ris dans une voile que la température a presque transformée en plaque d'acier.

Une fois cette première consigne exécutée, je fais de même pour la herse à soulever : nous tirons tous les deux sur le câble qui permet de descendre et monter le fameux frein, et Thibault achève de le caler pendant que je largue les voiles pour que le vent nous remette en marche.

Nous opérons dans la plus grande prudence et exécutons l'injonction d'Yvon en fixant nos harnais sur la ligne de vie, ce câble qui longe le pont d'avant en arrière et sur lequel sont frappés les mousquetons des harnais.

Je vérifie à plusieurs reprises la solidité et le bon fonctionnement des attaches à la lueur de ma frontale.

Écoute de génois à poste, écoute de grand-voile à main droite et barre à main gauche, je prends enfin place, Thibault à ma droite, sur l'un des sièges du flotteur tribord.

Nous sommes enfin prêts et c'est ensemble que nous larguons les voiles.

— *Winners we are !* me crie Thibault en me tapant la main.

— *Yes !* je réponds en le prenant dans mes bras.

— Pendant qu'on le descendait, je crois qu'il a bougé la main, me dit Thibault dès que nous filons bon train.

Je lui tape sur la cuisse pour lui faire comprendre que je partage ses pensées vers Jack.

Puis, comme souvent lorsque je me retrouve seul aux prises avec les éléments, les paroles d'une chanson des Junkmen Paradise me reviennent en tête.

C'est ma façon à moi de me rassurer.

When I was a child, I was
Walking in the countryside,
Playing all the games they wanted me to play,
Believing in the things they used to say…

But now, as they killed my dreams,
It's written all over my skin,

I can feel how deep is the pain,
And I don't want to take that train... again

Never care about what they say
Never share the game they used to play
Don't forget about what they've done
Well, as you know, the rain is not gone....

Look at the old man sitting by the sea,
He's just waiting for the sun to set,
Tears are now running down his face,
He won't ever forget all this mess.

Never care about what they say
Never share the game they used to play
Don't forget about what they've done
Well, as you know, the rain is not gone....

Quand j'étais enfant,
Je courais la campagne,
Jouant à tous les jeux auxquels ils voulaient que je joue,
Croyant en tout ce qu'ils disaient...

Mais maintenant qu'ils ont tué mes rêves,
C'est écrit partout sur ma peau,
Je peux sentir comme la douleur est profonde,
Et je ne veux pas reprendre ce train.

Ne te soucie jamais de ce qu'ils racontent
N'accepte jamais d'entrer dans leur jeu

N'oublie jamais ce qu'ils ont fait,
Comme tu le sais, la pluie ne cesse jamais vraiment

Regarde ce vieil homme assis au bord de la mer,
Il attend juste que le soleil se couche,
Les larmes lui courent sur les joues,
Jamais il n'oubliera tout ce gâchis...

Never care about what they say
Never share the game they used to play
Don't forget about what they've done
Well, as you know, the rain is not gone....

À l'intérieur, ils viennent d'allumer les plafonniers qui éclairent le carré et laissent échapper une lueur blafarde, presque spectrale, au travers des hublots.

Écharpe relevée jusqu'aux yeux, capuche serrée de manière à ne laisser aucune chance à la neige de se faufiler, debout, la barre entre les jambes, je vérifie une fois encore les lacets de mes gants, imité par Thibault, obsédés que nous sommes maintenant par ce détail qui aura, je l'espère, permis au Taureau de sauver ses mains, et sa vie aussi.

Je sais que c'est égoïste de le penser, mais les épreuves, lorsqu'on a la chance de les traverser et d'en revenir, autant que ça serve aussi aux copains.

C'est au cœur des ténèbres que se déroule désormais la route éclairée par notre feu avant.

Le souffle cinglant colle sur les voiles une épaisse pellicule farineuse qui finit par recouvrir aussi le pont en enrobant winchs, roof et bouts dont le désordre témoigne encore de la bataille passée.

Tout au long de la bôme pendent d'impressionnantes guirlandes de glace qui volent en morceaux chaque fois que la voile perd le vent, se dégonfle pour se regonfler ensuite, avant de s'en aller claquer contre les haubans.

Des dizaines de cristaux se décrochent alors, dont certains partent finir leur course dans le néant quand d'autres se font manger par la couche de neige qui tente sournoisement de nous enchâsser dans son décor morbide.

Puis, inlassablement, la guirlande se reforme et explose sous le choc suivant pour se reformer à nouveau...

Barrer ce monstre de onze mètres n'est pas une sinécure. Il nous faut parfois empoigner la barre à quatre mains, lutter pour maintenir le cap et faire preuve en même temps d'une vigilance extrême afin éviter d'éventuels obstacles.

Mais au fond de nous, nous savons que nous le faisons pour Jack, vers qui nous envoyons les meilleures ondes.

Si sa peau était tiède, s'il a vraiment bougé la main tout à l'heure, c'est donc qu'il est encore vivant.

De toute façon, même si nous la redoutons tous deux en secret, ni Thibault ni moi ne pouvons nous résigner à croire, ne serait-ce qu'une seconde en la mort du géant...

Voilà le genre de nouvelles qui redonne force et espoir à tout un équipage, au point de nous imaginer faisant l'inventaire aux deux adultes de ce que Mélanie et moi avons découvert dans la caverne du Polonais. En particulier cette petite boîte noire avec ses trois cylindres.

Parler pour se sentir vivants. Pour tromper le temps et la peur. Et la nuit surtout…

Pour l'instant, même exténués comme nous le sommes, à presque moins cinquante degrés et le compas de route bloqué au zéro, notre objectif premier est de rester en vie et maîtres de notre fauve.

Pour nous fatiguer le moins possible et ne pas risquer l'endormissement provoqué par le froid extrême, nous nous tapons dans le dos, sur les bras, nous nous levons pour nous ébrouer, nous nous racontons des blagues et nous relayons, l'un à la barre, l'autre au réglage des voiles.

Ainsi tenu, le *Seagull* se maintient à une moyenne phénoménale d'environ quarante nœuds.

La bête doit donner tout ce qu'elle a dans le ventre, c'est Yvon qui l'a dit.

Installé à la barre, je laisse le *Seagull* surfer ou s'envoler avant de retomber le plus souvent en tossant très brutalement le sol. On a alors l'impression qu'il va se disloquer, mais non, il tient bon !

À d'autres moments, il se cabre avant de replonger plus en douceur dans son océan insondable, faisant jaillir sur nous ce qui doit être l'écume des neiges.

À d'autres moments encore, lorsqu'il s'écarte lui-même de son cap, l'oiseau d'acier se dresse, fier, indomptable, sur une seule coque.

Perché au sommet du flotteur et aidé par le faible tunnel lumineux que m'offre le feu de mât, conscient que de nuit il est pratiquement impossible de détecter chaque relief, mon corps tout entier se tend et je compte sur la chance pour éviter tout tronc d'arbre, carcasse isolée de voiture ou de camion. Redoutables récifs qui jalonnent notre parcours, on s'y pulvériserait pour une seconde d'inattention.

Je force ensuite le navire à revenir progressivement à son cap.

— Je n'aimerais pas être à leur place à l'intérieur ! me crie Thibault.

— Moi non plus, mais on a l'autorisation de Fox de se défoncer pour rattraper le temps perdu !

— Ouais. De toute façon, si ça ne lui plaisait pas, il y a longtemps qu'on se serait fait engueuler !

— À cette allure, on va refaire notre retard !

— Et rattraper ce maudit train avant son terminus !

Tombmor…

Et si on arrivait trop tard ?

— Tu crois que Tombmor est vraiment imprenable, toi ?

Thibault hausse les épaules avant de répondre :

— Paraît que c'est la forteresse du diable.

— On lui demandera quand on le verra, alors !

Le tome 2 des* Mange-Rêve *paraîtra début 2019 aux éditions Slalom.

Remerciements :

Christel NOIR
Marie DÔ
Didier CONVARD
Sandy IVES
Aude SARRAZIN
Michaël TERRAZ

Composition : Facompo, Rouen

MIXTE
Papier issu de
sources responsables
FSC® C003309
FSC
www.fsc.org

Imprimé en Espagne par Cayfosa
août 2018